솜리 아이들

나남
nanam

나남 창작선 150

솔리 아이들

2019년 5월 15일 초판 발행
2019년 5월 15일 초판 1쇄

지은이   김은숙
발행자   趙相浩
발행처   (주) 나남
주소   10881 경기도 파주시 회동길 193
전화   (031) 955-4601 (代)
FAX   (031) 955-4555
등록   제 1-71호(1979. 5. 12)
홈페이지   http://www.nanam.net
전자우편   post@nanam.net

ISBN 978-89-300-0650-7
ISBN 978-89-300-0572-2 (세트)

책값은 뒤표지에 있습니다.

나남 창작선 150

솔리 아이들

김은숙 장편소설

나남
nanam

지금도 우리는
콩나물과 두부를 제일로 친다

'솜리'는 내가 태어나 자란 고향 이름이다. 행정상으로는 익산시, 내 어릴 때는 이리(裡里)라 했고, 고구려·백제·신라의 삼국시대엔 금마라고도 했다. '선화공주와 서동 이야기'로 유명한 백제 무왕이 천도를 하고자 지은 별궁이었던 왕궁리의 유적지가 있는 곳이다. 그곳에 백제미의 절정인 국보 289호 왕궁리 오층석탑이 저녁 햇살을 받고 고즈넉이 서 있고, 모두가 평등하고 사이좋게 사는 유토피아를 꿈꾸며 무왕이 지은 사찰 미륵사지가 있다. 2000년대 들어 미륵사지 석탑의 사리봉안기가 발굴되면서 유네스코 세계문화유산으로 등재된, 자랑스러운 우리 문화유산이 숨 쉬는 곳이기도 하다.

장황하게 내 고향 솜리를 내세우는 것이 조금은 쑥스럽기도 하나 나도 모르겠다. 왜 내가 내 고향을 그리하고 싶어 하는지. 그런데 조금은 알 것도 같다. 내 고향 솜리가 지금의 나를 키워 주었기 때문 아닐까. 그런 솜리를 고마워한다.

뛔에엑 —.

기적소리를 내며 솜리가 나를 깨운다. 솜리를 떠나와 어른이 되고 엄마가 되어 아득한 시간이 지났지만 그래도 솜리는 때 없이 내 곁에 다가와 속삭인다. 떠올릴 날이 있는 어른은 행복하다고, 자신 안에 시간의 보석을 갖고 있는 거라고.

어린 나를 때로 화나게 하고 때로 울게 하고 외롭게도 했지만 그때마다 나를 달래 주고 보듬어 주었던 1959년 무렵의 솜리. 세상이 시끄럽고 아파하는 가운데도 솜리 아이들은, 어른들의 심부름을 공부보다 앞서 했고 어른들 속에서 마음 키우는 법을 배웠다. 콩나물을 밥만큼 먹고 일 년 삼백육십오 일 단골메뉴인 두부와 김치를 먹으며 날마다 우쑥우쑥 클 수 있었다.

세상이 엄청난 속도로 변하고 있는 지금도 우리의 식문화는 콩나물과 두부를 제일로 친다. 게다가 칭찬이 자자하다. 먹는 게 뭐 그리 대수일까 싶겠지만 먹는 것만큼 중요한 일이 또 어디 있담. 먹는 것이 그러하듯 아주 중요한 부분은 시간이 지나도 그대로 아닐까. 마음도 그러하다. 정말 보이지 않는 깊은 곳에서 우리를 지켜 주고 있는 마음은 시간이 흘러도 크게 변하지 않을 것이다. 이를테면 사이좋게 지내고 싶은 마음, 착해지고 싶은 마음, 가난해도 용기를 잃지 않고 싶은 마음 같은…. 그러려면 살면서 마음 놀이를 많이 해야 한다.

여전히 심신이 아프고 시샘으로 괴로워하고 가끔은 찍자를 부릴 때도 있지만, 가만히 마음의 빈지문을 밀고 들어가 생의 마지막까지 어린이로 남아 내 마음을 데리고 신나게 놀아 보고 싶다.

우리는 모두 어린이다.

어제의 어린이이고 오늘의 어린이이고 그리고 내일의 어린이다. 어린 시절은 신의 시간에 가장 가까운 시간이다. 그러기에 자신은 작아지고 세상을 크게 받아들일 수 있는 은총의 시간이기도 하다.

오래전 어린 친구들에게 꽤 재미를 선사했던 글을 오늘의 은빛 세대에게도 선사하고 싶어 책갈피의 먼지를 털고 창을 열었다.

검은 천에 덮여 물만 먹고도 노오란 콩짜개의 고운 빛깔이 고소한 향기로 변신해 우리들의 건강을 담보해 주던 시절의 얘기다. 탈 것이 많지 않던 시절, 아무 때나 탈 수 없고 아무나 탈 수 없던, 삶의 처연한 현장이기도 했던 기차에 대한 선망이기도 하다. 통로까지 꽉 차있던 완행열차 속은 오일장처럼 시끄러웠지만 누구 한 사람 시끄럽다고 꽥꽥거리지 않았다. 교통요지답게 선로가 많았던 솜리역의 기적소리가 지금도 귓바퀴에서 웅웅거린다. 솜리의 기차를 타고 지구 어디든 가고 싶은 꿈을 꾸어 본다.

2019년 봄, 대촉동산에서
김은숙

솜리 아이들

차례

머리말 지금도 우리는
콩나물과 두부를 제일로 친다 5

1부 솜리의 아침 15
수퍼아 할머니 19
미란네 26
피구 게임 33
목재소 안 양옥집 37
색동춤 빗돌 47
부산 아줌마 56
곰례 엄마, 난지 아빠 63
엄마의 손 73
한밤의 손님 78
떠나는 미란네 85

2부

이상한 소문 95

공터 103

미란아, 어디 있니? 110

소풍 116

서양 친구 한나 121

종석 오빠 129

고수레! 138

종달이 누나 해순이 147

아버지의 숙제 150

어쩌지, 섭섭해서 158

홀로 남아 164

3부

안녕! 솜리, 안녕! 수피아 할머니 175

새 기분, 새 공부 185

시끄러운 바깥 192

무논의 거머리 소동 202

학교를 그만둔 선옥 언니 206

기우는 목재소 213

재투성이 방 217

몰래 탄 밤기차 223

서울은 서울 233

평안 감사도 싫으면 못 한다 241

4부

어디에도 없네 251

떠나는 사람, 돌아오는 사람 260

복장불량 학생 269

다시 또 혁명 276

한길로 빠진 아버지 282

제발 가지 마세요 288

다락방의 난지 295

분홍빛 꽃망울이 맺히고 300

미란아 304

우리도 세상을 보아야 해 311

1
부

솜리의 아침

작은 도시 솜리의 아침은 소리로 열린다.

"콩콩 콩나물, 콩콩 코옹나물."

콩나물통이 가지런히 놓인 리어카를 끌며 떠꺼머리총각들의 외침 소리가 밤새 빵빵해진 공기를 터뜨린다.

"땡그랑 땡, 땡그랑 땡, 두부가 왔어요, 땡그랑 땡, 땡그랑 땡."

요령보다 작은 놋쇠 종을 흔들며, 띠링띠링 자전거 종을 죄었다 풀 었다 하며, 두부장수 아저씨가 뒤따라 아침을 깨운다.

신작로를 따라 가게들의 빈지문이 열리고 골목 안 대문들이 열리는 소리가 나면, 이윽고 바다를 차고 오른 태양처럼 솜리의 얼굴이 힘차 게 떠오른다. 계절에 상관없이 그렇게 솜리의 아침은 콩나물과 두부 를 앞세우고 찾아오곤 했다.

골목 안 죽데기 생울타리 집 난지 엄마는 눈을 뜨자마자 자배기 두 개를 들고 대문 밖으로 나갔다.

밤새 골목에 배어 있던 어둠과 고요가 서늘한 새벽바람에 먼저 깨어 난지 엄마를 맞았다. 바람 속에 난지 엄마가 좋아하는 박하사탕 향기가 풍겼다.

"오늘은 국 콩나물을 주구랴."

"예예, 일찍 나오셨군요."

총각이 키 작은 콩나물을 숭숭 뽑아 자배기에 담아 주었다. 머리 부분 콩짜개가 햇살처럼 샛노랗고 몸통이 도라지 속살처럼 뽀얗다. 그냥 콩으로 있을 때보다 콩나물을 키워낸 콩짜개가 더 샛노랗다. 콩나물 리어카가 골목을 빠져나가기 무섭게 두부 자전거가 뒤따라 엄마 앞에 선다. 아저씨가 안장 뒷자리에 포갬포갬 앉힌 나무 두부판의 무명 헝겊을 젖혔다.

"오늘 두부는 맛이 더 좋을 겝니다. 간수가 아주 잘 배었거든요."

"언제는 맛없었나요? 솜리에서 샘내 콩나물과 단동 두부 맛없다는 사람 없을 거예요."

난지 엄마의 칭찬에 두부 아저씨의 표정이 흐뭇해졌다.

골목의 아침을 보듬고 집 안으로 들어온 난지 엄마는 아침을 준비하기 시작했다. 난지 엄마가 우물로 부엌으로 불풍나게 드나드는 동안 난지네 집은 시장처럼 부나해진다.

우물물로 냉수마찰을 하는 오빠, 아령이나 곤봉을 휘두르는 오빠, 물구나무를 선 채 마당을 손바닥으로 걸어 다니는 오빠···. 방마다 둘씩 셋씩 있는 오빠들이 한꺼번에 나와 운동을 하기 때문이다. 길고 쫍잔한 마당이 금세 작은 운동장이 되었다.

난지 엄마는 오빠들의 도시락을 싸랴, 방마다 아침상을 차려 들이

랴, 동동동, 난지와 눈 한 번 맞출 짬도 없다. 엄마의 하얀 옥양목 앞치맛자락에서 쉴 새 없이 스스스 바람소리가 난다.

"난옥아, 일어나 콩나물 좀 다듬어라."

가마솥아궁이 앞에 마들가리를 끌어모으면서 엄마가 큰언니를 깨웠다.

"엄마, 교복 컬러 다려야 해요."

"그럼, 어서 해라."

"난미야, 일어나 도시락 좀 닦아라."

둘째언니를 깨웠다.

"엄마, 숙제를 다 못했어요."

"그럼, 어서 해라."

"난희야, 방 좀 훔쳐라."

"엄마, 내 수틀 못 봤어요?"

혹 떼려다 혹 붙이는 셈이 되고 말았다.

프라이팬에 기름을 두르고 두부를 지지다 말고 난지를 불렀다.

"막내야, 어서 일어나 학교 갈 채비해라. 앞집 미란이 오기 전에 다 해야지."

'엄만 또 미란이. 눈만 뜨면 미란이, 미란이.'

아랫목 이불 속에서 꾸물거리던 난지가 꿍얼대며 일어났다.

"엄마, 나 미란이랑 학교에 가고 싶지 않아."

"그게 무슨 소리냐? 이웃사촌끼리 함께 다니니 심심하지 않아 좋고 보기도 좋고."

"보기 좋으라고 학교 가나? 친구 위해 학교 가나? 뭐."

이어 난지 입에서 '피이!' 하고 입술 바람이 새어 나왔지만 엄마는 듣지 못했다.

"아이구, 바쁜데 너랑 노닥일 때가 아니다."

난지 엄마가 난지의 볼멘소리를 눅지르고 상을 차렸다.

오늘따라 언니들이 모두 동동거리는 바람에 머리를 땋아 달라 할 수도 없다.

난지는 문고리에 쪽거울을 걸어 놓고 정수리에서부터 가르마를 낸 다음, 머리숱을 반으로 탔다. 난옥 언니나 난미 언니가 땋아줄 땐 귀밑머리를 먼저 땋고 꼭뒤에 한 줄로 도톰하게 모아 주지만, 난지 혼자서는 그렇게 할 재간이 없어 귓불을 돌아 양어깨 앞으로 내려오게 땋았다. 그래도 혼자 머리를 땋고 나니 왠지 마음이 흡족했다. 한 번 보아도 될 거울을 두 번, 세 번 보았다.

갑자기 거울 속에서 미란이가 나타났다. 이어 수피아 할머니도 보였다.

수피아 할머니

며칠 전 수피아 할머니가 난지네 집에 왔을 때다. 언제나처럼 기름
병이 든 구럭을 들고 들어오던 할머니가 꽃밭 앞에 섰다.

"맨드라미 볏이 진홍빛이 됐네. 여름도 다 가나베."

"할머니다!"

봉당마루에서 인형 옷을 만들고 있던 난지는 수피아 할머니의 목소
리를 단박에 알아챘다. 마침 우물에서 채소를 씻고 있던 엄마도 할머
니를 반갑게 맞았다.

"어서 올라가세요. 마침 저희도 점심 먹으려던 참이었어요."

"끼니때 오면 눈칫밥부터 준다는데…. 난지네는 안 그럴란가?"

"원, 할머니도 별말씀을."

엄마가 실눈으로 웃어 보이자 할머니도 따라 웃었다.

"이번엔 오신 지가 한참 됐어요."

"좀 아팠제. 벨 일은 아니고."

"기름이 떨어져 가는 걸 보며 무슨 일이 있으신가 했지요."

"고맙구만. 다른 데서도 사 먹을 수 있을 거이만….."

그랬다. 어디서든 참기름을 사 먹을 수 있지만 난지 엄마는 그렇게 하지 않았다. 참기름만은 꼭 수피아 할머니에게 대어 놓고 먹었다.

난지네는 엄마가 가까운 시골에서 유학(?) 와 남별중학교에 다니는 오빠들의 밥을 해주는 일을 하고 있어 다른 집보다 참기름을 많이 먹었다. 할머니의 참기름 향기로 엄마의 음식 솜씨가 더욱 맛이 붙었다. 그런지라 엄마는 할머니가 오기 전에 떨어지지 않도록 기름을 여벌로 더 사두곤 했다.

"나물 맛은 참기름 맛에 달렸지요. 그러니 할머니 건강하게 오래오래 사셔야 해요. 그래야 저희 집 식구들이 고소한 참기름을 두고두고 먹을 수 있을 테니까요."

"그래야굿제."

할머니는 옛뚜기 뚝방의 모래밭에 손수 깨를 심어 그걸로 기름을 짜고 단골집에 나눠 주는 일을 하며 살아간다. 잇속으로 치면 어디 가게 자리라도 하나 얻어 '솜리에서 가장 고소한 기름집'이란 간판을 내걸 만도 한데 할머니는 이대로 구럭에 몇 병씩 넣어 가지고 다니는 것으로 만족했다.

한 번은 엄마가 아예 가게를 내시면 어떻겠냐고 물었다.

"기름이 떨어지면 바로 사 올 수도 있고요."

말 떨어지기 무섭게 할머니가 고개를 설레설레 저었다.

"지금처럼 하는 것이 좋제. 많이 걸을 수 있어 좋고 이 집 저 집 사는 얘기 듣는 것이 즐겁제. 집에 돌아와 들은 얘기 곰곰 생각하다 잠들면 잠도 잘 오고. 마치 식구하고 사는 기분이제."

수피아 할머니는 그렇게 엄마에겐 믿고 참기름을 대어 먹는 기름 할머니지만, 난지에겐 둘도 없는 얘기 할머니다.

늦둥이로 태어나 터울이 많이 지는 언니들과 친구도 못 되고 어지럼증이 있어 맘대로 나가 놀지도 못하는 난지가 어느 날 동그마니 혼자 있을 때, 할머니가 조약돌 같은 얘기 몇 톨을 선사했다. 그 뒤로 난지는 할머니를 누구보다 반갑게 맞았다.

여름날, 툇마루에서 인형놀이를 하다 깜빡 잠이 든 난지를 보면 할머니는 살랑살랑 부채질을 하며 부채 자장가를 불러 주었다.

"땡볕 가리개요, 소나기 우산이요, 땅바닥엔 방석이요, 보고픈 님 몰래 거울이라. 산 위에서 부는 바람, 시원한 바람. 그 바람도 좋지만 손에 든 부채 바람, 내 사랑, 부채 바람. 어허, 시원타."

어쩌다 인형 옷을 만들 헝겊이 모자라 끌탕을 할 때면 일부러 옷감 집에 들러 색색의 헝겊 쪼가리를 얻어 오고 거들어 주기도 했다.

"정성은 매양 하나제. 우리 애옥이 때때옷 해 입히던 때도 이랬제."

난지에게 인형 옷을 건네며 할머니가 말했다.

할머니가 가슴속에 묻었다는 어린 딸 얘기를 비치면 난지는 괜스레 할머니가 안쓰러웠다.

할머니의 이야기는 매번 달랐다. 그런지라 할머니가 오면 기름병을 꺼내기도 전에 '오늘은 무슨 얘기를 갖고 오셨을까?' 하고 난지의 호기심이 먼저 들썩했다.

"할머닌 어디서 그렇게 재미있는 얘기를 모아요?"

하루는 난지가 물었다.

"어디서는? 후후, 책에서 모으고 신문에서 모으고 길 가다 서낭나무 아래서도 모으고."

"서낭나무 아래서도요?"

"해가 일찍 떨어지는 겨울 저녁, 어둠의 둥치로 서 있는 나무 앞에 서 있으믄, 서낭나무 아래 쌓인 돌멩이 속에 숨어 살던 얘기들이 내 귀로 소곤소곤 들어오제."

얘기에 대한 얘기 또한 재미있었다.

그 어떤 얘기보다 재미있는 얘기가 있는데, 바로 할머니의 이름에 관한 얘기다.

어릴 때 할머니도 너무 많이 아파서 일곱 살이 되도록 집 밖에 나가 맘 놓고 놀아 보지 못했다. 하루는 마을을 돌던 깽매기 스님이 횟배 앓는 아이처럼 해쓱한 할머니를 들여다보더니 할머니의 엄마를 가만히 불러내 말했다.

"모질게 맘먹고 숲에 갖다 버리시오."

"네? 아이구, 스님. 어미 품에 있어도 이러콤 사시랑인데 숲에다 버리라니요? 숲에 누가 있어 내 새낄 돌볼 것이요?"

"바람이 막힌 속을 시원하게 뚫어줄 게요. 나뭇잎들이 내뿜는 숨이 아이 배 속의 독을 풀어줄 것이오. 아이를 살리려면 내 말대로 하시오."

스님이 떠난 뒤 할머니의 엄마는 이상하게 스님의 말이 귀에서 맴돌았다.

'하기사 강아지 똥도 약이 되려면 된다는데 스님이 별로 한 말은 아 닐 테다.'

할머니의 엄마는 밤새 곰곰 생각하다 다음 날, 어린 딸을 데리고 먼 친척이 사는 숲정이 나뭇갓을 물어물어 찾아갔다. 그리고 딸을 맡 겼다.

일 년 뒤 엄마는 딸이 보고 싶어 숲을 찾았다. 핼쓱하던 딸의 얼굴 빛이 복숭앗빛으로 발그레해졌다. 사시랑이 같던 팔다리도 몰라보게 통통해졌다.

"누님, 이 아이를 이제부터 숲의 아이라고 불러요. 숲이 다시 사람 만들어 주었으니까요."

엄마의 동생뻘 되는 나무꾼 아저씨가 말했다.

"희한한 일이고만. 무슨 묘약이 숲속에 들었을꼬?"

"숲이 내쉬는 숨을 실컷 마신 덕분이지요, 하하하."

그렇게 해서 할머니의 이름이 '봉순이'에서 '숲의 아이'로 바뀌었다. 그걸 빠르게 부르다 수피아로 되었다고 한다. 이제 엄마의 어린 딸 수 피아는 엄마보다 더 늙은 할머니가 되었다. 할머니가 된 수피아의 이 름을 불러 주는 이도 없다.

할머니의 이름 얘기를 듣고 난 뒤, 난지는 할머니를 보면 할머니의 이름을 불러 보고 싶어졌다. 가만히 입 모양만으로 '수피아!' 하고 불 러 본다. 참 예쁜 이름이라는 생각이 든다. '수피아' 이름에서는 참기 름 냄새가 나지 않는다. '수우피아아아' 하고 길게 부르면 정말 숲의 향기가 느껴진다. 새벽이슬에 젖은 촉촉한 바람내도 난다. 이름 하나 가 할머니에 대한 느낌을 얼마나 다르게 해주는지 몰랐다.

엄마가 만든 수제비로 점심을 먹고 툇마루에 앉은 할머니를 바라보며 '오늘은 무슨 얘기를 해주실까?' 하는데 할머니가 난지의 손을 가만히 끌어다 사붓이 손바닥을 쓸어 주며 말했다.

"오늘은 얘기 대신 우리 난지 손금을 보아주련다."

"손금요?"

"응. 아침나절 앞집 미란이 손금도 보아주었제."

"미란이 손금을요?"

"응."

순간, 난지의 입술이 금세 앵돌아졌다.

"왜, 삐졌누? 난지부터 봐주지 않아서?"

"할머니, 미란이 손금은 어땠어요?"

난지가 대답은 뒷전이고 다그치듯 되물었다.

"무에 그리 급한고? 동무라서 얼른 알고 싶은가베?"

"미란이 손금 얘기 빨랑 해주세요, 할머니."

"미란이 손금은 아주 좋더만. 명줄도 길고 바다 건널 복도 있고."

"할머니, 제 손금도 얼른 봐주세요."

"그래, 그래. 어디 보자. 헌데 우리 난지 손금이 나쁘면 이 할미 욕하련?"

"아뇨."

난지가 잘라 대답했다. 그러나 한편 은근히 떨렸다.

'정말 내 손금이 미란이 손금보다 나쁘면 어쩌지? 혹 내가 몹쓸 병에 걸릴지도 모른다거나 아니면 엄마가 일찍 죽을지도 모른다거나 하는….'

상상만 해도 무서웠다. 엄마가 들으면 방정맞은 생각이라고 야단을 칠지도 모른다. 늘 일에 묻혀 난지가 어릴 때도 함께 놀아 주지 못한 엄마지만 그래도 엄마가 집에 있으면 방도 부엌도 툇마루도, 난지의 작은 가슴에도 따뜻한 기운이 넘친다. 그것은 말로 할 수 없는, 엄마에게서만 나오는 특별한 기운 덕분이다.

수피아 할머니는 주머니에서 돋보기를 꺼내 난지의 작은 손에 난 작은 길들을 한참 눈으로 좇았다. 그러고는 까칠한 손바닥으로 난지의 부드러운 손등을 한 줄금 후잇 쓸어 주었다.

"호오, 손금이 호사스럽구만. 명줄도 길고. 아이구, 시집을 일찍 가겠네? 후후, 이 자손금 좀 보아. 하나, 둘, 셋, 넷, 다섯 …. 후후후."

"그만, 할머니. 내가 시집을 일찍 간다구요? 싫어요. 난 선생님이 될 테야요."

'미란이 아빠처럼' 하려다 그만두었다.

"오오라, 난지도 미란이처럼 선생님이 되고 싶구만."

"미란이도 그랬어요?"

"음. 그랬제."

할머니의 입에 엷은 웃음이 묻어났다. 그러자 난지의 입이 또 한 번 앵돌아졌다.

'고게 왜 하필이면 내가 되고 싶어 하는 게 되려는 게야.'

바로 그것이었다. 거울 속에 미란이가 불쑥 나타나고 수피아 할머니가 보인 까닭이 바로 거기 있었던 것이다.

미란네

　미란네는 난지네와 이웃사촌이다. 군데군데 옹이구멍이 있는 나무 울짱이 우물 한복판을 지나가고, 두 집이 사이좋게 그 물을 나누어 마시며 지냈다. 물만 나누는 게 아니라 우물 속 정도 나누었다.

　참외나 수박을 뿔망태에 담아 우물 속에 담가 두었다가 시원하게 나눠 먹기도 하고, 또 콩국물을 병에 담아 두레박줄에 매달아 담갔다가 시원해지면 꺼내 미리 삶아 놓은 국수를 말아 나눠 먹기도 한다. 그래서 미란네가 수박을 먹는 날엔 난지네도 수박을 먹고, 난지네가 콩국수를 먹는 날엔 미란네도 콩국수를 먹는 날이 되곤 했다. 우물을 통해 더운 여름을 이겨낼 수 있는 힘을 나누었던 것이다.

　그러면서도 두 집은 서로 조심하며 지냈다. 서로라고는 하지만 주로 난지네가 미란네를 조심한다 함이 맞겠다. 그것은 단연 난지네 식구가 많기 때문이었다. 미란네는 외동딸인 미란이와 아버지, 엄마 달랑 세 식구뿐인 반면, 난지네는 본래 식구가 많은 데다 집이 시골인 중학생, 고등학생 오빠들이 일곱이나 있어 대식구였다.

식구가 적은 미란네는 늘 조용하지만 식구가 많은 난지네 집은 조용할 때보다 시끌벅적할 때가 더 많았다. 난지 엄마는 될수록 소리를 덜내려고 애를 썼다. 특히, 우물에서 물을 길어 올릴 땐 두레박줄을 한꺼번에 호르르 풀어 내리지 않고 한 자밤씩 한 자밤씩 살살 풀어 두레박이 가만히 샘물에 닿게 했다. 미란네 분합문과 미란 아버지의 서재가 바로 우물 쪽으로 나있다는 것을 잘 알기 때문이다. 그런데도 엄마는 자주 난지한테 말했다.

"새벽밥 짓기 위해 물 길 때마다 미란 아버지한테 미안하구나."

"왜, 엄마?"

"늦도록 책 읽는 미란 아버지의 새벽잠을 깨게 하지 않나 싶어서."

"미란넨 물 안 먹나, 뭐? 미란네가 물 길 땐 우리도 가만히 있잖아."

"그래도 미란네보다 우리 집이 늘 시끄러우니 어쩌냐. 새벽에 물 긷는 일이라도 조용조용 해야지."

난지는 엄마가 미란네 눈치를 너무 보는 것 같아 기분이 나빴다. 엄마 말대로라면 마치 시끄러운 난지네 때문에 조용히 살고 싶어 하는 미란네가 훼방을 받고 있다는 식이다.

반쪽 우물 사이, 트인 허방으로 미란 엄마의 소리가 건너왔다.

"미란아, 어서 밥 먹고 학교 가렴."

"네. 가요, 엄마."

미란이의 명랑한 대답소리가 들려 왔다. 아마 식탁을 차려 놓고 부르는 거겠지.

'칫! 자기 엄마가 뭐 왕비인가. 깍듯이 공대말을 하게.'

미란이가 공대말을 쓰는 것조차 곱지 않게 들렸다.

"난지야, 미란이 오기 전에 먼저 나가 기다리거라."

'엄만 또 미란이. 미란이가 내 언니나 되나, 뭐?'

난지는 뾰로통해져서 골판지상자로 만든 인형의 집 안에 인형들을
툭툭 던지고는 일부러 '탁!' 소리를 내 닫았다.

"너희들, 엄마 학교 갔다 올 때까지 집 잘 지키고 있어야 돼. 알았
지? 말 안 들으면 돌아와 우물에 빠뜨릴 테다."

다른 때 같으면 사알살 쓰다듬어 주던 인형들이다.

통통통. 맞추어 놓은 시계처럼 대문 두드리는 소리가 났다. 문고리
를 붙잡고 가볍게 두드리는 소리다.

"난지야, 학교 가자."

혹시나 했더니 역시나였다.

'눈치코치도 없는 애야.'

못 들은 척 책보를 끌어안으며 꾸무럭대고 있는데 엄마가 쫓아 나가
대문을 열어 주었다.

"어서 오너라. 우리 난지도 다했다."

"안녕하세요?"

미란이가 엄마한테 깍듯이 인사했다.

"그래, 부지런도 해라. 아침마다 우리 난지를 부르러 오니."

미란이가 꽃밭의 달리아처럼 생긋 웃었다. 난지는 더 이상 버틸 수
없었는지 태연하게 걸어 나왔다.

"잘들 다녀오거라."

난지 엄마의 눈빛이 난지와 미란이에게 똑같이 닿았다.

기찻길처럼 가지런히 땋아 내린 미란이의 갈래머리가 오늘따라 더 예뻐 보였다. 보나 마나 미란 엄마 솜씨다.

"미란아, 넌 우리 엄마한테 칭찬받는 게 그렇게도 좋으니?"

"엉?"

난지의 뜬금없는 물음에 미란이가 입을 벌린 채 난지를 바라보았다.

"우리 엄마가 맨날 널 칭찬하잖아. 우등생이고 인사도 잘한다고."

"으응, 우리 엄마도 맨날 널 칭찬하셔. 네가 마루에 앉아 인형 옷을 만들어 입히는 걸 보고 이담에 틀림없이 좋은 엄마가 될 거래."

"그게 무슨 칭찬이니?"

"그럼 아니니?"

"엄마는 누구나 될 수 있어. 내 꿈은 선생님이 되는 거야. 아주아주 훌륭한 선생님이 돼서 인사를 많이많이 받고 싶어."

'미란이 너네 아빠보다 더 많이' 하는 말은 꿀꺽 삼켰다.

"엄마가 돼도 선생님이 될 수 있지 않아?"

"알아. 그렇지만 난 지금, 엄마보다 선생님이 되는 꿈을 더 많이 꾸고 있다구. 그러니까 너네 엄마가 나보고 '훌륭한 선생님이 될 아이야' 하고 말했다면 내 기분이 훨씬 좋았을 거야."

"난지야, 사실 나도 이담에 선생님이 되고 싶다. 우리 아버지처럼. 난 아버지를 존경해."

"아버지를?"

난지가 미란이를 빤히 바라보았다. 자기 아버지를 존경한다고 서슴지 않고 말하는 미란이가 갑자기 어른처럼 느껴졌다. 난지는 한 번도 해 보지 않은 생각이었기 때문이다. 그러나 지금 바로 생각한다 해도 난지가 자기 아버지를 존경한다는 말은 나올 것 같지 않았다. 아버지를 생각할 때면 자기도 모르게 미란 아버지와 견주어 보는 버릇이 있어 도리어 아버지를 존경하는 마음이 더 멀리 도망갈 것 같았다.

'우리 아버지도 미란 아버지처럼 선생님이라면 얼마나 좋을까?'

사실 난지는 까닭 없이 아버지가 불만이었다. 길을 가다 미란 아버지를 보면 미란 아버지보다 더 깊숙이 고개를 숙여 절하는 것도 불만이고 아버지가 하는 일 자체도 불만이었다. 집 짓는 목수인 난지 아버지는 엄마랑 만나기 전에는 왕궁터 근동에 살면서 절집을 지었다고 한다. 지금은 보통 한옥을 짓는 일을 하고 있다.

아침이면 미란 아버지는 양복을 차려입고 큰 교문이 있는 학교로 가는데, 난지 아버지는 허름한 작업복에 무거운 연장그릇을 어깨에 메고 일터로 간다. 일터 또한 미란 아버지처럼 한곳에 붙박아 있지 않고 여기저기 흩어져 있다. 아버지의 그런 일터도 날마다 있는 게 아니다. 더구나 난지 아버지는 한옥만을 고집하기에 양옥 짓는 사람보다 일감이 비교도 안 되게 적었다.

"이러다가 우리나라 집이 죄다 양옥집으로 바뀔까 걱정이구먼."

"그래도 아주야 사라지겠어요. 집도 우리 얼굴인데."

아버지와 엄마가 밥상머리에서 나누는 얘기를 들으며 난지는 사람들이 점점 한옥보다 양옥을 좋아한다는 것을 알았다. 하긴 난지의 마음도 그랬다.

'그딴 한옥이 뭐 좋다고. 나도 미란네처럼 식탁이 있고 창문도 시원 시원한 양옥집에서 살고 싶은데 …….'

그렇지만 난지 아버지는 여전히 한옥을 계속해서 짓겠다고 했고 난 지 엄마는 그 일이 줄어드는 것을 걱정하곤 했다.

난지 아버지가 일을 마치고 집에 돌아올 때면 아침에 입고 갔던 옷 이 먼지투성이가 되어 있었다. 그런 차림으로 막내인 난지를 끌어안 고 볼을 부볐다. 난지는 그때마다 날개가 생겨 하늘로 후잇 날아가거 나 땅으로 폭 꺼져 버렸으면 좋겠다고 생각했다. 무엇보다 아버지의 턱수염이 껄끄러워 뺨이 따끔거리는 게 싫었다.

아버지에 대한 이런저런 불만을 가지면 가질수록 미란 아버지가 더 돋보였다. 선생님, 그것도 솜리에서 단 하나뿐인 대학의 선생님 인 미란 아버지를 보면 마치 세상에서 부러울 것이 하나도 없는 사람 같았다. 그런 생각은 곧 미란이에게로, 그리고 미란 엄마에게까지 번져 갔다.

언젠가 학교 가는 길에 미란 아버지가 오빠나 언니들한테 쉴 새 없 이 절을 받는 것을 보았다. 그때마다 미란 아버지는 목으로 가볍게 인 사를 받았다. 싫지만 근사해 보였다. 그러는 미란 아버지를 보며 난지 는 속으로 다짐했다.

'난 이담에 꼭 선생님이 될 테야. 그래서 사람들한테 절을 많이 받을 테야. 미란이 아버지보다 더 많이 받을 테야.'

그런데 미란이가 수피아 할머니한테 이담에 자기도 선생님이 되겠 다고 했다니, 공연히 약이 오른 것이다. 와락 눈물까지 났다.

난지는 미란이가 늘 자기 앞에서 알찐댄다고 생각했다. 아니, 미란네 식구 모두가 난지의 눈과 마음속에 들어앉아 난지를 깐작대고 있었다. 미란이의 옷매무새, 학예회 때 노래 솜씨, 교실 벽 뒤 '우리들의 솜씨' 판에 붙은 미란이의 그림까지도 난지의 마음을 휘젓고 다녔다.

언제부터인가 그것들이 난지의 마음 안에 모여 거울이 되었다. 난지가 만들어 놓은 미란이라는 이름의 이상한 거울. 머리를 땋다가 떠오른 미란이는 바로 그 거울 속 미란이였다.

그런데 마음속 거울은 거짓말을 할 줄 몰랐다. 거짓말을 할 줄 모르는 거울 때문에 미란이를 보면 자기도 모르게 쌀쌀맞게 대하고 마는 것이다.

그렇지만 정작 미란이는 난지의 마음속 거울을 들여다본 일이 없다.

피구 게임

"난지야, 무슨 생각 하니?"

"엉? 응. 아무것도."

얼마나 한참 딴생각을 하고 있었는지 모른다. 옆에서 걸으며 미란 이는 내내 난지를 기다리고 있었나 보다. 난지는 태연하게 아버지 생각을 접었다.

"참, 미란아. 오늘 우리 반하고 너네 반하고 피구 게임 하기로 했지?"

"응, 너도 나오니?"

"아니, 난 햇볕에 오래 못 있는 거 너도 잘 알잖아."

"그래도 너네 반 응원은 하겠지?"

"아니."

"아니?"

미란이가 되물었다.

"너 때문이야."

"나 때문이라구?"

미란이가 어깨를 움찔했다.

"내가 우리 반을 응원하면 미란이 네가 섭섭할 테고 너네 반을 응원하면 우리 반 애들이 무어라 할 테고, 그러니까 아무 쪽도 안 하는 게 좋겠단 뜻이야."

"그래애."

미란이가 고개를 천천히 끄덕였다. 그렇지만 난지가 방금 한 말이 난지의 진짜 마음은 아니었다. 마음속으로 벌써 어느 편을 응원할지 정해 두고 있었다. 그런데도 속내와 다르게 말하면서 미란이의 반응을 떠보고 또 미란이 앞에서 착한 척을 해 보는 것이 짜장 재미있었다.

"난지야, 만일 우리 반이 이기면 내가 아이스케키 사줄게."

난지는 잠자코 듣기만 했다.

그리고 그날 피구 경기에서 미란이네가 이겼다. 난지가 속으로 응원한 난지네 반이 지고 만 것이다. 미란이는 기분이 좋아서 난지에게 아이스케키를 사주려고 학교 앞 신작로로 앞서 나갔다.

'미란이는 아빠가 학교 선생님이니까 군것질할 돈도 많이 줄 거야.'

란도셀(멜빵가방)을 멘 미란이의 뒷모습을 바라보면서 난지는 허리에 맨 책보를 만지작거렸다. 뜬금없이 부자와 가난뱅이라는 말이 떠올랐다. 아버지가 의사인 병원집 윤옥이의 도시락 반찬도 떠올랐다. 며칠 전 얻어먹었던 소고기 장조림과 까만 콩장 맛을 지금도 잊을 수 없다. 길 맞은편에서 아이스케키 상자를 어깨에 멘 아이가 큰 소리로 외친다.

"아이스케키, 얼음나라 아이스케에키!"

미란이가 손을 흔들자 아이가 달캉달캉 상자소리를 내며 달려왔다. 땟국이 흐르는 이마를 손등으로 훔치며 상자 속 새하얀 서리 속에 묻힌 아이스케키를 재빨리 꺼냈다.

"먹어, 난지야."

"너나 먹어."

미란이가 약속대로 사주는 아이스케키인데 문득 얻어먹는다는 생각이 들었다.

"왜 그래? 내가 약속했잖아, 우리 반이 이기면 사주기로."

"그건 네가 한 약속이지, 내가 한 약속이 아니야."

난지가 메꽂듯 말했다.

"그럼 어떡하지? 나 혼자 다 먹을 수도 없고."

미란이가 아이스케키를 양손에 들고 어쩔 줄 몰라 했다. 그렇다고 난지에게 빨랑 받으라고 역정을 내지도 않았다. 난지의 마음이 난지를 타일렀다.

'그러면 안 돼. 친구의 호의를 그렇게 뿌리치면 못 써. 더구나 먹는 것을. 그건 복을 발로, 아니 손으로 떠미는 거라구. 그러니 어서 받아먹어.'

미란이의 손에서 아이스케키가 조금씩 녹기 시작했다.

'내가 안 받으니까 미란이도 못 먹는구나. 무슨 애가 이렇담.'

난지는 속으로 미란이에게 핀잔을 주며 불쑥 손을 내밀었다.

"이리 줘. 한 번 더 물어보고 샀으면 이런 일이 없잖아."

그러나 사실 얼마나 좋아하는 아이스케키인지 모른다. 난지는 아이스케키를 다 먹고도 미란이에게 잘 먹었다는 말을 하지 않았다.

"나 혼자 다 먹었으면 엉덩이에 뿔이 났을지도 몰라. 하하!"

단물이 묻은 손가락을 혓바닥으로 살짝 핥아 먹으며 미란이가 웃었다.

"왜?"

"너한테 사준 걸 내가 빼앗아 먹은 셈이 될 테니까. 그러면 진짜 엉덩이에 뿔이 날까?"

미란이가 우스개 질문을 던졌지만 난지는 대수롭지 않다는 듯 그냥 흘려버렸다. 그러나 속으로 조금 반성이 되기도 했다.

'미란이한테 이러지 말아야지. 미란이는 나한테 잘해 주고 날 늘 좋게 보는데 난 미란이를 보면 왜 이러는 걸까? 미란이가 나보다 공부를 잘해서? 미란이네가 우리보다 부자라서? 아니면 미란 아빠가 우리 아빠보다 훌륭해 보여서?'

난지는 그 어느 것도 아니라고 생각되지 않았다. 정말이지, 그 모든 것들이 기회만 있으면 미란이를 걸고넘어지게 하는 것 같았다.

목재소 안 양옥집

미란이와 헤어져 골목으로 꺾어 드는데, '난지야!' 하고 누가 불렀다. 돌아보니 순녀가 애기동생을 업고 오고 있었다. 포대기 아래로 애기 다리가 나와 있다. 달걀 껍질처럼 매끄로운 살굿빛 뒤꿈치가 순녀의 치마 꽁지에서 탈락거렸다. 포대기를 따라 치켜 올라간 치마를 끌어 내리며 물었다.

"왜 늦게 오니?"

"응, 반 대항 피구 게임을 했어."

"응, 그랬구나."

순녀가 고개를 끄덕였다. 이마를 가로지른 단발머리가 따라서 찰박거렸다. 아버지가 우쑥우쑥 키가 크는 콩나물 공장 주인인데 딸은 반에서 가장 작은 땅꼬마다.

"난지야, 너 오늘 저녁 나랑 우리 고모네 가지 않을래?"

"너네 고모네 집에 왜?"

"응, 고모가 큰집에 가는데 혼자 가기 싫어 나를 보내 달라고 했대. 그런데 나도 혼자 가기가 싫거든. 너랑 함께라면 몰라도."

"우리 엄마가 가라고 할까?"

"여기 편지. 우리 아버지가 너네 엄마한테 드리라고 써주셨어."

"그래. 그럼 집에 가서 우리 엄마한테 말하자. 근데 니 동생은?"

"그냥 업고 가야 돼. 엄마 지금 엄청 바빠. 오늘 콩나물 공장 대청소 날이거든."

"그래애."

난지는 순녀한테는 푸접스럽지 않았다.

순녀가 포대기 앞자락 틈에서 꺼낸 편지를 난지가 엄마에게 보였다. 편지를 다 읽은 난지 엄마가 방에 들어가더니 작은 보따리 하나를 들고나왔다.

"원피스다. 내일 순녀 고모 따라갈 때 입고 가거라."

난지 엄마의 허락이 떨어지자 순녀가 애기를 업은 채로 팔짝팔짝 뛰었다. 그러다가 갑자기 포대기를 풀고 애기동생을 내리더니, 수챗구멍에다 오줌을 쌔웠다. 애기동생이 오줌을 다 싸자 고추를 가볍게 털어 주고 바지를 끌어 올려 주었다. 열한 살 누나가 세 살배기 동생의 엄마 노릇을 하는 게 우습기도 하고 놀랍기도 했다. 그런데 정작 순녀는 아무렇지도 않은 표정이다.

'하긴, 그러니까 애기동생을 업고 우리 집까지 오지.'

어디 그뿐인가. 동생들을 업어 주고 업은 채로 엄마 심부름을 하고 학교 숙제도 하고 …. 난지는 어쩌면 그런 일 때문에 순녀의 키가 크

지 못하는지도 모른다는 생각이 들었다. 하지만 순녀한테 그런 말을
드러내고 한 적은 없다.

　순녀네 집은 난지네 집의 반대쪽, 정미소를 지나 옛뚜기라고 하는
만경강 뚝방 아래 있다. 긴 뚝방 끝자락엔 수피아 할머니 집이 있다.
　오빠들이 콩나물을 잘 먹는지라 난지 엄마가 콩나물을 통째로 사러
갔다가, 우연히 고향 이웃을 만났다. 마침 순녀가 난지와 같은 학교여
서 둘도 곧 친해졌다. 난지 엄마보다 십 년이나 아래인 순녀 아버지는
고향을 떠나와 맨손으로 천막을 치고 콩나물을 키워 지게에 싣고 다녔
다. 그렇게 콩나물을 팔아 모은 돈으로 땅을 사 콩나물 공장을 지었
다. 특히, 콩나물은 물이 좋아야 하는데 마침 잡은 자리에 물맛이 좋
은 샘물이 솟아 그 물을 먹고 자란 순녀네 샘내 콩나물은 솜리 엄마들
한테 '맛 좋은 콩나물'이라는 마음의 상표가 하나 더 붙었다.
　순녀 아버지는 가난이 두려웠다. 가난은 희망이 부푸는 것을 막고 하
고 싶은 일을 가로막는 막다른 골목 같은 것이라고 생각했다. 그 막다
른 골목을 빠져나오기 위해 순녀 아버지는 보리쌀 한 섬, 무명이불 한
채에 솥단지를 지게에 얹고 근동에서 가장 큰 도시인 솜리로 나왔다.

"고모네 곧바로 갈 거니?"
"아니, 집에 가서 내 동생 영길이를 두고 가야 돼."
"근데, 순녀야. 내일 너네 고모, 큰집엘 왜 혼자 가기 싫어하는 거
야?"
　옛뚜기 순녀네 집을 향해 걸으면서 난지가 물었다.

"가면 알게 돼."

순녀는 대답을 미루었다. 난지는 궁금했지만 더 묻지 않았다. 난생처음 다른 집에서 잔다는 생각을 하니 괜스레 설렜다.

"그리구 있지, 너네 고모가 나도 반길까?"

"넌, 내 친구잖아. 우리 고모, 내가 세상에서 제일 예쁘대. 내가 너를 세상에서 제일 친한 친구라고 하면 너도 예뻐할 거다."

돌아다녀 구경거리가 많은 누나 등에서 내리지 않으려고 떼를 쓰는 영길이를 순녀 엄마가 불끈 안아 휙 돌려 업었다. 다섯 아이를 키운 엄마답게 업는 솜씨가 날렵했다.

순녀 엄마도 순녀에게 보따리를 건넸다. 순녀 보따리는 두 개였다. 하나는 내일 입고 갈 옷 보따리고 하나는 콩나물 보따리였다.

"선걸음에 바로 가거라."

순녀가 난지를 보고 씨익 웃었다. 기분이 좋은 모양이다.

"아부지, 다녀오겠습니다."

순녀가 콩나물 공장 안에 대고 인사를 했다. 공장 안에서 순녀 아버지가 나왔다. 장화를 신고 손엔 호스를 든 채 끄덕끄덕 고개를 흔들어 주었다.

"오냐, 잘 다녀오거라. 내일은 느이 고모가 딸부자 되겠다. 허허."

순녀 집을 나와 갈산동 원불교 교당이 보이는 고개를 넘으며 난지가 순녀에게 또 물었다.

"순녀야, 너랑 나랑 고모 딸이 된다니 그게 무슨 말이니?"

"으응, 그거…."

순녀의 목소리가 한풀 가라앉는다.

"우리 고모, 사실은 딸이 없어. 딸뿐 아니라 아들도 없다. 아버지가 그러는데 우리 고모, 불쌍한 사람이래."

"고모부가 돌아가셨니?"

"아니."

순녀가 도리질을 했다.

"근데 왜 불쌍해?"

순녀가 아직 말하고 싶지 않은지 난지 손을 꼬옥 잡았다.

'그래, 나도 지금은 너랑 이렇게 손잡고 걷는 것만으로 좋아.'

왠지 모르게 난지는 순녀랑 있으면 편안하고 어깨도 으쓱해졌다. 키가 조금 커서일까? 얼굴이 조금 예뻐서일까?

순녀가 갑자기 난지의 손을 잡은 채 콩콩콩 깨금발로 뛰었다.

"왜 그래? 순녀야."

"그냥, 너랑 함께 걸으니 진짜 기분 좋다."

난지가 하고 싶었던 말을 순녀가 먼저 했다.

"나두."

'미란이만 없으면.'

하마터면 튀어나올 뻔한 말을 난지는 재빨리 삼켰다.

"순녀야, 너네가 우리 동네로 이사 오면 좋겠다."

"나두. 하지만 우리 집은 공장이니까 아무 데나 이사를 갈 수가 없어."

순녀가 입을 삐죽 내밀었다. 제풀에 섭섭한 모양이다.

"다 왔다, 저기."

순녀가 가리키는 곳은 목재소였다.

서울 외삼촌 제자인 벙어리 칠성이가 방학 때면 내려와 자전거를 태워 주던 호야동 묏등 너머에 이렇게 큰 목재소가 있다는 걸, 오늘에야 알았다. 보이는 것도 보지 않으면 못 본다는 말이 맞았다.

목재소 안 넓은 공터에 아름드리 통나무가 가득 쌓여 있었다. 누가 장난으로 한 개만 뽑아도 나머지가 한 번에 와르르 쏟아질 것 같았다. 산처럼 높은 통나무 더미를 오른쪽으로 돌아들자 붉은 벽돌 양옥집이 나타났다. 가운데가 불룩하게 나온 아래층 분합문엔 하늘빛 커튼이 쳐져 있고 이 층엔 귤빛 커튼이 쳐져 있었다.

"여기 오면 난 공주가 되는 기분이야. 아버지가 못 가게 해서 자주 올 순 없지만. 그런다고 고모가 섭섭해해."

"왜 못 가게 해?"

"고모가 아버지 말을 안 들었다나 봐."

"그럼 미워하는 거야?"

"몰라. 아니야. 우리 고모 좋은 사람이야."

순녀가 밑도 끝도 없는 말을 했다.

누가 나쁘다고 했니? 난지는 혼자 묻고 접었다. 그러나 한편 놀랍기도 했다. 집에만 오면 동생들 업어 주고 걸레 빨고 때로 설거지까지 하느라 숙제도 제대로 못 한다던 순녀가 여기 오면 공주가 된다는 말이 믿기지 않았다.

키가 무릎께 닿는 도장나무가 집을 빙 둘러쌌다. 목재소를 두른 철망 울짱 안에 또 하나 울짱이 있는 셈이다. 노란 금잔화가 방그레 웃으며 어린 손님을 맞았다. 발그레 익어 가는 석류알도 입을 쭝긋 내밀고 반겼다.

"에그머니나, 우리 공주님 오시네?"

창밖을 내내 내다보고 있었는지 마당에 들어서기 무섭게 순녀 고모가 달려 나왔다. 발목까지 내려오는 분홍 드레스를 입은 순녀 고모의 얼굴 위에 순녀 아버지가 스치듯 비쳤다. 다만 순녀 아버지는 키가 작은데 고모는 늘씬했다.

"고모, 내 친구 난지야. 얘네 엄마랑 우리 아부지랑 고향이 같대. 그래서 우리 콩나물 엄청 많이 사 가."

난지가 순녀의 옆구리를 쿡 찔렀다.

"어머, 그럼 나랑도 같은 고향 아니니? 반가워라. 나도 한번 뵙고 싶구나. 그 얘긴 나중에 하고 어서 들어가자."

고모가 순녀와 난지의 등을 떠밀며 안으로 들어갔다.

화아. 난지의 눈이 화등잔만 해졌다. 마루방이 학교 교실만큼이나 커 보였다. 역시 나무로 된 천장에 전등알이 여섯 개나 달린 커다란 등이 아슬아슬하게 매달려 있었다.

'꽃등 같다. 전기로 피어나는 꽃등 불.'

난지는 숨을 죽이며 중얼거렸다.

"어서들 앉으렴."

순녀 고모가 벽에 붙은 긴 의자를 가리켰다. 엉덩이를 가만히 댔는데 의자가 푹신했다. 이어 순녀가 털썩하고 앉자 그만 의자 등받이로 나가떨어졌다.

"놀랐니?"

순녀가 헤헤 웃었다.

"고모네 집에 오면 이 의자에서 엉덩방아를 찧는 게 너무 재밌다. "

"그러다가 의자 망가지겠다. "

"괜찮아. 우리 고모, 망가뜨리는 사람이 있으면 좋겠대. "

난지는 어이가 없어 입을 다물었다.

하늘빛 커튼이 부드러운 곡선을 그리며 내려와 창문 양 끝 마룻바닥에 닿아 있었다. 커튼 안쪽으로 꽃무늬가 있어 밖에서 볼 때보다 더 아름다웠다. 난지는 때에 절어 우중충한 학교 커튼 말고 이렇게 크고 고운 빛깔의 커튼을 처음 보았다. 겹겹으로 주름이 진 사이사이 물이랑처럼 푸른 기운이 출렁댄다. 햇살이 마룻바닥에 빗금을 수없이 그었다. 파랑, 빨강, 노랑의 수많은 빛 알갱이가 빗금 위에서 통통통 뛰고 구르고, 그러다가 나비처럼 하늘하늘 춤을 춘다. 빛들의 잔치를 한참 구경하고 있으니 눈이 부셨다.

"뭘 보니?"

순녀가 팔꿈치로 깨웠다.

"이렇게 큰 방에서 몇 식구가 자니?"

난지가 엉뚱한 질문을 했다.

"아무도 안 자. "

"아무도 안 자?"

"방이 아니고 응접실이거든. 여기 말고도 쓰지 않는 방이 또 있는걸. "

식구도 없는 순녀 고모네 집이 식구가 많은 난지네보다 방이 많다는 게 이상했다. 난지네는 일 년 내내 쓰지 않고 놀리는 빈방이 하나도 없다.

"으응, 순녀야, 근데 저게 뭐니?"

난지가 커튼 맞은편 벽을 가리켰다.

"그거, 십자가. 우리 고모 성당 다니셔."

"성당?"

"응, 있지, 학교 앞 신광교회 큰집이래."

"교회도 큰집, 작은집이 있다니?"

"응, 아주 옛날엔 한집이었는데 지금은 따로따로라나 봐."

자신이 없는지 순녀가 슬그머니 얼버무렸다.

"근데 저건 또 뭐지?"

난지가 벽의 액자를 가리켰다.

"성녀. 누구라고 했는데 잊어버렸다."

"들고 있는 쟁반 위에서 반짝이는 건?"

"눈. 고모가 그러는데 성녀의 눈이래."

"어맛! 눈이라구?"

난지는 눈살을 찌푸렸다. 성녀가 자기 눈을 쟁반 위에 올려놓고 하늘을 향해 무릎을 꿇고 있었다. 푸른 머릿수건이 등 뒤로 치렁하게 내려와 성녀의 몸을 감싸고 있다.

"어, 어떻게 자기 눈을 쟁반 위에 올려놓을 수 있단 말이니?"

"나도 처음엔 너처럼 놀랐는데 자꾸 보니까 괜찮아. 우리 고모가 그러는데 저 성녀가 저렇게 하는 건 눈뿐 아니라 자기를 몽땅 드린다는 뜻이래."

"누구한테?"

"그게 ….."

순녀의 말문이 또 막혔다.

"난지야, 우리 이 층에 올라가자. 내 방 보여줄게."

순녀가 딴청을 부렸다.

"니 방?"

순녀 방은 크지 않았다. 그 대신 의자가 있는 나무책상이 있고 거울 달린 작은 옷장도 있었다. 책상 위 책꽂이에 동화책도 몇 권 꽂혀 있었다. 책꽂이 옆 작은 유리의자에 구슬이 달린 새하얀 드레스를 입은 서양 고무인형이 눈을 똥그랗게 뜨고 순녀와 난지를 바라보았다. 난지가 손수 눈, 코, 입, 귀를 만들고 치마저고리를 지어 입힌 헝겊인형의 얼굴과는 느낌이 사뭇 달랐다. 예쁘긴 한데 조금 차갑게 보였다. 얼른 눈에는 띄었지만 갖고 싶다는 생각은 들지 않았다. 하지만 순녀 고모 집에 순녀 방이 따로 있다는 것이 작은 충격이었다.

'순녀 방까지 있는 고모 집엘 순녀 아버지는 왜 못 오게 하는 걸까? 땅딸이 순녀, 애 보기 순녀, 학교에선 공부 못한다고 선생님에게 가끔 퉁바리를 먹는 순녀에게 이런 멋진 방이 있을 줄이야.'

비록 자기 집은 아니지만 고모 집에 오면 자기 방을 가질 수 있는 순녀가 갑자기 부러워졌다. 그리고 어쩌다 한 번씩 주인이 찾는 방이 아깝기도 했다. 난지는 은근히 샘이 났다. 그러나 미란이에게 느끼는 그런 까스락진 마음은 아니었다. 애써 마음을 돌렸다.

'아무리 예쁜 방이라도 진짜 순녀 방은 아니잖아.'

그때, 순녀 고모가 불렀다.

색동춤 빗돌

부엌에 딸린 식당. 고모가 환하게 웃으며 의자를 빼주었다.

"앉으세요, 우리 공주님들."

화려한 집에 비해 상은 단출했다. 콩나물국, 콩나물무침이 눈에 띈다. 순녀가 가지고 온 것으로 만든 것 같다. 고모가 수저를 드는 것을 보고 난지와 순녀도 따라 들었다. 먹던 음식에 젓가락이 먼저 간다고 참기름에 무친 콩나물에 젓가락이 자주 갔다. 거의 다 먹었을 무렵, 고모의 눈가가 갑자기 붉어졌다.

"순녀야. 좋은 집, 좋은 옷보다 더 좋은 것이 무언 줄 아니?"

고모가 물었다. 순녀가 젓가락을 입에 문 채 잠자코 있다.

"어릴 적, 낑낑대며 물동이를 이고 우물에 가서 물을 담아 오면 엄마가 거적문을 젖히고 나와 받아 주었지. '애썼다'는 한마디가 얼마나 듣기 좋던지⋯. 오돌막에 살아도 마음이 햇살 같던 그때가 그립구나. 이제 와서 누굴 원망하겠니. 다 내가 똑똑지 못해서인걸. 부모에겐 불효자식 되고, 오라버니한테는 못난 누이 되고."

순녀 고모는 난지가 알아들을 수 없는 얘기를 하며 이내 훌쩍이기 시작했다. 분 바른 순녀 고모의 얼굴에 어룽이 졌다.

"고모, 그만해. 내 친구도 왔는데."

"아, 참. 그렇지. 미안하다. 어른이 되어 가지고…. 아이고, 내 정신 좀 봐. 우리 공주님들 과일 깎아 주는 것도 잊고 있었네."

사과를 깎는 순녀 고모의 손등이 미란이 손등처럼 소복했다. 난지 엄마가 쓰다듬으며 '아이고, 복스럽기도 해라' 하던 손등이다.

접시가 비기 무섭게 사과를 깎아 놓던 순녀 고모가 가만히 난지를 불렀다.

"난지야."

"네?"

"실은 내일이 우리 순녀 고모부 생일인데 큰집에 가야 해. 내가 혼자 가고 싶지 않아 오라버니한테 순녀를 보내 달라고 했더니 우리 순녀도 혼자 가기 싫은지 친구랑 왔구나. 함께 가줄 수 있지?"

"네."

"고맙다. 그럼 오늘은 일찍 자거라."

둘은 다시 이 층으로 올라갔다.

이불 속에서 난지는 아무래도 궁금해 견딜 수가 없었다.

"순녀야, 너네 고모부 생일을 고모 집에서 하지 않아? 큰집이라면 너네 고모부 아버지 집?"

순녀가 또 도리질을 했다.

"그럼?"

순녀가 한참 뜸을 들이다 가만가만 속삭이기 시작했다.

순녀의 얘기를 다 듣고 나서도 난지는 뭐가 뭔지 헷갈렸다. 순녀 고모부가 너무나 이상했다.

'부인이 있는데 또 부인을 맞다니 그게 무슨 말이야?'

순녀에게 물어볼 수도 없다. 순녀도 얘기를 들려주면서 내내 "나도 몰라. 우리 고모가 왜 그랬는지 정말 모르겠어" 하고 말했기 때문이다.

이튿날 아침, 난지는 순녀와 한 이불 속에서 자고 일어났다. 태어나서 처음 식구를 떠나 다른 집에서 잔 것도 잔 것이지만 친구와 한 이불 속에서 잔 것도 난생처음이다. 순녀가 더 가깝게 느껴졌다.

그리고 이불 속에서 들려준 순녀 고모네 얘기가 아직 놀라움으로 남아 있었다. 얘기를 듣고 나니 난지도 순녀처럼 고모가 가엾게 느껴졌다. 크고 환한 양옥집에서 예쁘게 차려입고 사는 순녀 고모, 도무지 걱정이라고는 없을 것 같은 순녀 고모의 마음 안에 그렇게 큰 슬픔이 고여 있으리라곤 상상도 못 했다.

'그건 그렇지. 아무리 좋은 집에 살아도 자기가 행복하다고 느끼지 못하면 소용없는 거야.'

순녀 고모부가 행복이란 이름으로 꾸며 준 집이나 좋은 옷이 순녀 고모에게 결코 행복이 되지 못하고 있었다.

새벽바람을 마시며 순녀네는 집을 나섰다. 난지와 순녀는 가지고 온 원피스로 갈아입고 순녀 고모는 옥색 주름치마에 치자꽃빛 블라우스로 사뜻하게 차려입었다. 고모의 손에 선물보퉁이 하나가 들려 있었다. 얼핏 보아 둥글고 볼록한 게 꿀항아리 같았다.

"너희랑 나들이 가는 기분이구나."

"그럼 그렇게 생각해, 고모."

"그럴까?"

고모가 실쭉 웃어 보였다.

똑똑똑, 뾰족 굽이 있는 순녀 고모의 구두소리가 난지의 귓바퀴를 돈다. 경쾌했다. 이른 아침이라서일까. 신작로에 다니는 사람이 많지 않았다. 줄지어 선 가로수 속에서 새소리가 들려왔다. "좋은 아침, 어딜 가세요?" 하고 인사를 건네는 것 같다.

뾰족지붕을 뒤로하고 비석고개를 오르자 녹슨 철문 안에 빗돌이 서 있었다. 촉촉한 풀밭이 빗돌 주위를 감쌌다.

"열녀비란다. 색동춤 빗돌이라고도 해."

고모의 구두소리가 멈추었다.

"이야기해 줄까?"

난지의 귀가 번쩍 띄었다.

"옛날, 아빠를 모르고 태어난 아기가 있었단다. 엄마는 전쟁터에서 죽은 아빠 몫까지 해서 어린 딸을 어기둥둥 키웠는데 호열자로 그만 죽고 말았대. 엄마는 딸아이가 너무 불쌍해 고운 색동옷을 입혀 하늘로 올려 보냈단다. 먼저 간 딸을 가슴에 묻고 엄마는 열심히 농사일을 하며 아빠의 늙은 부모를 극진히 섬겼단다. 그러다 엄마도 늙고 병들어 죽자, 마을 사람들이 엄마를 위해 빗돌을 세우고 슬프고 고운 마음을 기렸대.

지금은 이렇게 사람들이 많이 사는 곳이 되었지만 옛날엔 밭둑머리였단다. 그런데 언제부터인가 이상한 소문이 돌기 시작했지. 엄마보다 먼저 간 아이를 가진 엄마가 이곳을 지나면 색동옷을 입은 아이가 저기 빗돌에서 나와 춤을 춘다는구나. 사람들은 빗돌 속 엄마의 아이가 빗돌 속 엄마뿐 아니라 아이를 앞서 떠나보낸 이 세상 모든 엄마를 위해 빗돌에서 나와 춤을 춘다고 믿었지. 그래서 색동춤 빗돌이라는 이름 하나가 더 붙었단다.”

난지의 눈에 눈물이 갈쌍했다.

“빗돌 속 엄마가 너무 불쌍해요.”

“고모, 난지도 엄마거든. 인형 엄마. 히힛!”

순녀가 놀리자 순녀 고모가 웃으며 난지의 머리에 손을 얹어 주었다. 단지 이야기만으로 마음이 슬퍼지고 또 기뻐질 수도 있다니, 알 수 없는 어떤 힘이 이야기 속에 들어 있는 게다.

순녀 고모네 큰집은 솜리 정거장 앞 중심가에 있는 이층집이었다. 아래층엔 황금당이라는 간판을 단 금은방과 한복집이 나란히 있었다.

“살림집은 이 층이란다. 자, 올라가자.”

순녀 고모는 정작 다 와서 멈칫멈칫했다. 순녀가 초인종을 눌렀다.

“누구시요?”

“형님, 저 왔어요.”

대답은 순녀 고모가 했다. 한복을 입은 아주머니가 문을 열어 주었다.

“조카들이에요. 인사드리렴. 큰어머니시다.”

순녀 고모가 순녀와 난지를 앞세웠다.

"안녕하세요?"

둘은 얼떨결에 인사를 했다.

"오냐, 어서들 오너라."

뚱뚱한 몸매에 어울리게 아주머니의 목소리가 수더분했다. 잔뜩 긴장하고 있던 마음이 조금 풀어지는 듯했다.

복도처럼 기다란 마루 안쪽에 상이 차려져 있고 비단방석이 깔려 있었다. 방문과 방문 사이 문 윗지도리 높이에 커다란 액자 두 개가 걸려 있었다. 액자 하나에는 누런 갱지처럼 바랜 할아버지, 할머니 사진이 들어 있고 또 하나 액자는 순녀 큰엄마네 가족사진 같았다. 그런데 그 안에 순녀 고모는 보이지 않았다.

"잘 왔다. 오늘이 느이 고모부 생신이란다. 고모부, 목재소에서 곧 오실 게다."

순녀 큰엄마의 말이 끝나기 무섭게 현관문 열리는 소리가 났다. 순녀가 난지 허리를 가만히 잡으며 속삭였다.

"우리 고모부야."

"어?"

난지가 속으로 소리를 삼키며 순녀 고모와 고모부를 번갈아 보았다. 고모가 갓 시집온 색시라면 고모부는 아저씨 같았다. 순녀가 눈을 깜박했다.

"우리 작은 아씨가 왔구나. 옆에 아씬?"

"순녀 단짝 친구예요. 자매처럼 지내지요."

순녀 고모가 얼른 난지를 소개했다.

"오, 그래? 조카가 또 한 사람 생겼군. 하하!"

난지가 순녀 큰엄마 눈빛을 훔쳐보았다. 순녀 고모가 난지와 순녀를 싸잡아 조카라고 한 바람에 난지의 입장이 갑자기 서먹해진 것이다.

"형님, 국 덥혀 올까요?"

순녀 고모가 얼른 분위기를 바꾸었다.

"그러게나."

순녀 고모부가 상 한가운데 자리에 앉고 순녀 큰엄마가 그 옆에 앉았다.

"애들은?"

"큰애는 운동 가고 작은애는 심부름 보냈으니 곧 오겠지요."

"애비 생일에도 운동을 가니 운동 박사 되겠군."

순녀 고모부가 입맛을 쩝 하고 다셨다. 난지가 고모부를 살금살금 쳐다보다가 희끗희끗한 머리카락을 발견하고 또 한 번 놀랐다.

순녀 고모가 순녀 고모부와 큰엄마 앞에 밥과 국그릇을 조심조심 놓았다. 그리고 순녀와 난지 앞에도 놓아 주었다.

"먹자."

순녀 고모부가 오빠들을 기다리지 않고 수저를 들었다. 불고기, 잡채, 수정과, 고기전 등 별미음식이 상에 그득했다. 집에선 먹어 보지도 못한, 그래서 이름조차 알 수 없는 음식도 있었다. 큰엄마가 순녀 고모부에게 술을 따라 주었다. 순녀 고모가 뒤이어 또 따르며 "생일 축하드려요" 하고 말했다.

그러고는 조용했다. 난지네는 보통 때도 밥상에 둘러앉으면 떠들썩

하고 서로 많이 먹으려고 젓가락 싸움이 요란한데, 상다리가 휠 만큼 가득한 생일밥상에 소리가 없다. 음식이 반도 더 남았다. 떡에는 아예 손도 가지 않았다. 난지는 밥보다 떡을 먼저 먹고 싶었지만 아무도 손을 대지 않아 눈요기만 했다.

"축하합니다. 축하합니다. 아버지의 생일을 축하합니다."

중학생 오빠가 노래를 부르며 들어왔다. 모두 수저를 들고 막 먹으려는데 고등학생 오빠도 들어왔다. 갑자기 서먹해진 분위기를 눈치챈 큰엄마가 작은아들에게 핀잔을 주었다.

"인석아, 원님 지나고 나팔 불 거라."

"그래서 땀 나게 뛰어왔지요, 헤헤."

작은오빠의 대답에 난지가 못 참고 순녀 뒤로 고개를 돌려 웃었다. 순녀도 못 참고 난지 쪽으로 고개를 돌려 웃었다.

"너네들 누구냐? 사람을 보고 웃게?"

작은오빠 눈이 왕방울만 했다. 난지가 놀라 움찔했다.

"작은엄마 조카들이다. 짓궂게 하지 말거라. 손님인데."

"손님이라구요? 헤헤. 아버지 생일날, 아버지 친구가 아니라 꼬마 손님이라, 음."

작은오빠의 말에 순녀 고모부가 웃었다. 큰엄마도 순녀 고모도 따라 웃었다. 그런데 큰오빠만은 웃지 않았다.

밥상을 다 물리고 순녀 고모가 과일상을 봐 왔다. 새콤달콤 빨간 홍옥사과가 정말 먹음직스러웠다. 집에서 같으면 냉큼 한 개 집어 아삭아삭 소리 내어 먹을 텐데 자리가 자리인 만큼 기다릴 수밖에 없었다. 순녀 고모가 아깝게도 빨간 부분을 다 벗겨 내고 하얀 속살을 바람개

비 모양으로 저며 접시에 놓았다. 고모부가 맨 먼저 한 쪽을 집었다. 그다음 큰엄마, 그리고 큰오빠, 작은오빠 순서로 집었다. 순녀 고모가 순녀에게 눈짓을 주었다. 순녀가 얼른 한 개를 집어 난지에게 건네고 저도 한 개 집었다. 순녀 고모는 맨 꼴찌였다.

갑자기 순녀 고모부가 큰오빠에게 내지르듯 물었다.

"그래, 넌 애비 생일에도 나가야 직성이 풀리냐?"

"……."

큰오빠는 대꾸를 하지 않았다.

"운동은 무슨, 또 그 짓 하러 간 게지."

포크를 사과에 푹 박으며 순녀 고모부가 중얼거렸다. 큰오빠의 입은 이번에도 꿀 먹은 벙어리였다. 난지는 왠지 불안했다. 사과를 씹을 때마다 사각사각 나던 소리를 얼른 입안에 몰아넣고 늙은이처럼 오물오물 씹었다. 달콤하던 사과 맛이 싹 달아나는 것 같았다.

집에 돌아오면서 순녀 고모가 옆에서도 들릴 만큼 한숨을 내쉬었다. 난지는 그 숨이 큰엄마 집에서 머문 시간의 무게 때문임을 어렴풋이 깨달았다.

부산 아줌마

태어나 처음, 그것도 단 하루 남의 집에 가서 자고 왔는데 난지는 며칠 동안 먼 데 여행을 하고 온 기분이다. 엄마가 가장 보고 싶고 언니들도 보고 싶었다.

난지는 예쁘게 포장된 과자상자를 엄마 앞에 내놓았다.

"엄마, 생과자야. 순녀 고모가 사주었어."

"난지야, 부산 아줌마 오셨다."

이상하게 엄마가 딴청을 부렸다. 순녀 아버지한테서 순녀 고모 얘기를 들은 걸까? 그래도 그렇지. 엄마의 그런 모습을 순녀 고모가 보았다면 난지보다 더 섭섭해했을 것이다.

"푸우우."

난지의 입에서 바람 빠지는 소리가 났다.

부산 아줌마. 수피아 할머니 말고 난지네 집에 단골로 오는 또 한 사람이다. 수피아 할머니처럼 자주 오지는 않고 계절에 한 번 정도 온다. 부산 아줌마가 오면 난지네 북쪽 툇마루는 간판 없는 가게로 바뀌곤 한다. 난지는 수피아 할머니와는 달리 부산 아줌마에게는 데면데면했다.

아줌마는 이번에도 커다란 보퉁이를 머리에 이고 조금 작은 보퉁이를 양손에 들고 왔다. 큰 보퉁이 안에선 화장품이나 고운 무늬의 블라우스와 치마, 부드러운 모직바지 등이 나왔다. 작은 보퉁이에는 상자가 들어 있었는데 빨간 비로드 머리띠, 구슬 박힌 꽃 핀, 브로치 등이 얌전하게 모셔져 있었다. 먹을 것도 있었다. 버터, 치즈, 설탕 고물이 하얗게 발린 왕사탕, 말랑말랑한 갈색 캐러멜, 먹으면 입이 아릴 정도로 향기가 진한 초콜릿이 상자째 나왔다. 부산 아줌마가 그 귀한 것들을 어디서 받아 오는지 난지는 모른다. 난지 엄마도 아줌마가 가져온 물건들을 구경하며 혀를 찼다.

"참, 재주도 좋은 양반이지. 어디서 이렇게 요지가지 챙겨 오시는지 …."

부산 아줌마는 그냥 빙싯 웃으며 물건을 마루에 펼쳐 놓았다. 진열을 다 끝낸 다음, 우물 아래 허방에 얼굴을 디밀고 미란 엄마를 불렀다.

"미란 에미야, 건너오그래이."

안방 쪽 문이 열리며 비비추꽃빛 치마를 입은 미란 엄마가 대답과 동시에 얼굴을 내밀었다.

"오셨군요."

미란 엄마의 고운 목소리를 듣자 난지 엄마의 마음이 덩달아 붕 떴다.

"안팎이 모두 엄전한 양반들이라 배웠어도 배운 체 안 하고 있어도 있는 체 안 하는 분들이지요."

난지 엄마가 부산 아줌마 앞에서 미란 엄마를 추어주었다.

"어서 오세요."

미란 엄마가 엄마의 인사는 받는 둥 마는 둥 하고 부산 아줌마에게 말을 걸었다. 일부러 그런 건 아닐 텐데 고것이 또 난지 눈에 잡혔다. 속으로 '칫!' 하고 등 뒤에서 미란 엄마를 째려보았다.

"요번엔 물건을 참 많이 갖고 오셨네요."

물건을 이것저것 만져 보던 미란 엄마가 엄마에게 말했다.

"정말이지, 난지네 아니었으면 우리 고모님, 어디다 전을 벌였을지요, 호호호."

"원, 별말씀을요."

'그러면 그렇지. 미란 엄마가 얼마나 엄전한 양반인데.'

난지 엄마 기분이 다시 붕 떴다.

'아휴, 김난지, 고새를 못 참고.'

난지도 제 이마를 '콩!' 하며 저한테 퉁바리를 준다.

하지만 역시 부산 아줌마는 부산 아줌마다. 미란 엄마가 필요한 것을 먼저 고르게 한 다음 동네 사람들을 부르도록 했다. 그래서 툇마루 가게의 첫 손님은 언제나 미란 엄마였다. 그것은 미란 엄마가 일부러 그러려 한 게 아니라 순전히 부산 아줌마의 뜻이었다. 난지는 그러는 부산 아줌마가 얄미웠다.

"엄마, 난 부산 아줌마가 우리 집에 와서 자지 않았으면 좋겠어. 그리구 우리 집에서 장사하는 것도 싫어."

"왜 그런 생각을 하니, 난지야."

"우리 집에 와서 먹고 자고 장사까지 하면서 엄마를 놔두고 미란 엄마만 일등 손님으로 치잖아. 물건도 좋은 건 미란 엄마가 먼저 가져가게 하고."

"그냥 가져가는 게 아니잖니."

난지는 엄마가 사고 싶은 물건이 있어도 살 수가 없을 거라는 걸 모르지 않으면서도 그렇게 말했다. 뾰로통해 있는 난지를 엄마가 타일렀다.

"난지야, 부산 아줌마가 우리 집에 묵는 것, 미란 엄마 덕분이다."

"그게 무슨 말이야?"

"부산 아줌마, 사실은 미란 엄마 친척 되는 분이다. 이북이 고향이신데 전쟁 때 가족을 다 잃고 혼자 되셨다는구나. 어찌어찌 부산까지 내려가 살게 되었고 지금은 보따리 장사를 하고 계시지만, 높은 학교까지 나온 분이란다."

엄마는 누구든 공부를 많이 했다고 하면 그저 부러운 눈치였다.

"그럼 왜 미란이네로 가지 우리 집으로 오는 거야?"

"아이구, 난지야. 어찌 그리도 모르니. 미란 아버지가 늘 공부를 하시잖니."

엄마는 답답한지 난지의 팔을 잡고 가볍게 흔들었다.

"싫어. 밉단 말이야."

"싫긴 뭐가 싫고 밉긴 뭐가 밉단 말이냐?"

"……."

난지는 대답을 하지 않았다. 딱히 대답할 말도 없다. 곰곰 생각하면 난지가 부산 아줌마를 미워할 이유가 하나도 없다. 이유 없이 누굴 미워한다는 건 난지 스스로 생각해도 고약한 심보가 아닐 수 없다.

미란 엄마는 미란 아버지가 좋아하는 커피와 미란이가 먹을 캐러멜, 그리고 미란 엄마가 쓸 화장품을 샀다. 상자곽에 우리말이 없는 걸 보면 외제임이 틀림없다.

돌아가면서 미란 엄마가 캐러멜 한 통을 난지 손에 살짝 쥐여 주었다. 얼떨결에 받은 캐러멜 상자를 아망스레 바라보며 난지의 마음이 또 꼬였다.

'안 받는 건데. 싫다고 했어야 하는 건데. 뛰어가서 '안 먹어요' 할까.'

그러면서 한편 얼른 뚜껑을 열고 꺼내 먹고 싶다는 생각이 캐러멜 뚜껑보다 먼저 열렸다.

그때 부산 아줌마가 난지를 불렀다.

"난지야, 이리 와보그래이."

난지가 캐러멜을 재빨리 바지 주머니 안에 넣었다.

"이거 엄마한테 갖다드리그래이."

버터였다. 엄마가 아끼고 아껴 먹는 미제 버터였다. 엄마는 난지가 밥맛을 잃고 밥상 앞에서 깨작이면 하얀 입쌀밥이 담긴 주발 복판에 노란 버터 한 숟갈을 살짝 놓아 주곤 했다. 갓 담은 따끈한 밥공기 속으로 버터를 밀어 넣고 녹을 때까지 기다렸다가 다 녹으면 간장으로 간을 맞춰 비빈다. 입쌀밥의 뜨거운 김과 함께 피어오르는 버터의 고소한 냄새 덕분에 난지의 밥맛이 금세 꿀맛이 되고 만다.

난지는 부산 아줌마가 주는 버터 덩어리도 안 받고 싶었다. 그러나 그것도 생각뿐, 이미 두 손을 내밀어 버터를 받고 말았다.

'왜 이렇게 손이 말을 안 듣는 거야.'

손등을 내려다보고 투덜대듯 중얼거리며 버터 덩어리를 엄마한테 갖다주었다.

"고마우셔라. 매번 이 귀한 것을 갖다주시니."

엄마는 난지가 마치 부산 아줌마인 양 공손히 버터 덩어리를 받았다.

솔직히 말해 부산 아줌마는 인심이 좋은 분이다. 난지네 집에 묵는 동안 밥값을 넉넉하게 쳐줄 뿐 아니라 올 때마다 따로 무어든 선물을 주곤 했다. 난지가 제일 좋아하는 별꽃무늬 원피스도 지난해 생일선물로 아줌마한테서 받은 것이다.

그런데도 난지는 부산 아줌마가 또 한 사람의 미란네 식구처럼 생각되었다. 언니들한테도 부산 아줌마는 인기가 없었다. 아니, 부산 아줌마가 난지 집에 오면 언니들에게 비상이 걸린다. 따로 내놓을 방이 없는지라 언니들과 함께 써야 하기 때문이다.

부산 아줌마는 늦잠꾸러기인 데다 어른인데도 잠자리가 너무 고약해 아침에 일어나 보면 이부자리를 온통 버르집어 놓기 일쑤다. 게다가 한밤중, 요강에 철철 넘치게 실례를 하는 바람에 이불이 젖는 소동이 벌어질 때도 있었다. 언니들은 부산 아줌마가 오면 경계태세에 들어간다. 한 번은 요강을 쓰지 말자고 몰래 약속하고 자기 전에 미리 변소에 다녀오도록 작전을 세웠다. 언니들은 잘 참았는데, 부산 아줌마는 요강이 늘 있던 자리에 있겠거니 하고 갔다가 없는 걸 알고 밤중에

언니들을 다 깨워 요강 좀 가져오라고 하는 바람에 모두 잠을 설치고 말았다. 오히려 작전을 세우지 않은 것만도 못하게 된 것이다.

그런 부산 아줌마를 위해 난지 엄마는 조용조용 학교 갈 준비를 하라고 타일렀다.

"엄마는 맨날 남한테만 잘해 주려고 해. 우리 언니들 방이잖아."

정작 언니들은 아무 얘기도 못 하는데 난지가 볼통스레 말했다.

"그래도 우리 집에 온 손님이니 그러지. 기왕이면 조심하는 게 좋은 게지."

엄마는 으레 그렇게 말했다. 부산 아줌마가 언니들 방 아랫목을 차지하고 늦도록 자는 걸 볼 때마다 난지의 입이 삐죽 돌아가곤 했다.

곰례 엄마, 난지 아빠

일요일. 난지 엄마가 대청소를 한다며 식구를 모두 불러냈다. 그런데 난지만 청소에서 빼주었다. 대신 순녀네 집에 심부름을 시켰다. 순녀네도 온 집이 난장판이었다. 빨래통에 빨랫감이 수북하고 마당은 햇빛 소독을 하려고 내놓은 콩나물통들로 발 디딜 틈이 없다. 순녀 엄마가 불린 빨래를 하나하나 꺼내 애벌빨래를 한 다음 커다란 노구솥에 넣고 양잿물을 섞어 푹푹 삶아 내고 있었다. 대부분 공장 오빠들의 속옷이다. 갈피마다 꼭꼭 박힌 이들을 그렇게 해야 없앨 수 있기 때문이다.

순녀네뿐 아니었다. 이 때문에 집집이 골머리를 앓고 있었다. 학교에서도 봄철이면 구충약 먹는 날과 함께 머리 소독하는 날이 정해져 있다. 한 사람씩 선생님 앞에 나가 머리를 디밀면 선생님이 머리카락을 헤치며 하얀 가루를 뿌려 주었다. 디디티(DDT)라는 가루약이었다. 가루약을 뿌리고 의자에 앉아 있으면 잠시 뒤 앞자리 아이의 머리카락 속에 슬어 있던 하얀 서캐가 비듬처럼 떨어지고 약을 피해 도망

나온 이가 어깨 위로 설설 기어 내려왔다. 이가 발견된 아이는 순간 얼굴이 빨개지지만 정작 이를 본 아이는 언제 자기 차례가 될지 모르는지라 뒤에서 흉을 보거나 하지는 않았다.

엄마가 팔을 걷어붙이는 날은 순녀가 일에서 해방되는 날이다. 동생들하고 놀아 주기만 하면 된다.

"안 그래도 너네 집에 가려고 했는데."

"왜?"

순녀는 무슨 비밀 얘기가 있는지 난지의 팔을 끌고 부엌 뒤로 갔다.

"난지야, 이거."

공책을 찢어 접은 쪽지를 건넸다.

"이게 뭔데?"

"편지야. 고모네 작은오빠가 너 주래."

"거기 또 갔었니?"

"아니. 고모네 집에 갔다 우연히 만났는데 너한테 갖다주라고 하더라."

난지가 고개를 갸웃하며 눈을 깜박이다 그 자리에서 펼쳐 보았다. 뜻도 모를 꼬부랑글자 아래 글이 눈에 들어왔다.

아이 러브 유!

우리 아버지 생일에 와주어 고맙다.

이번 반공일(토요일) 중앙시장 공터에 서커스 공연이 온다는데 함께 보러 가자. 대답은 오는 걸로 하면 돼. 솜사탕도 사줄게.

— 남별중학교 일학년 배종수

난지의 볼이 자기도 모르게 빨개졌다.

"뭐라 썼니?"

순녀가 기다린 듯 물었다.

"몰라, 나도."

"근데 왜 얼굴이 빨개지니?"

"빨개지긴 누가 빨개졌다는 거니?"

말은 그렇게 하지만 종이를 쥔 난지의 손이 계속 꼼지락거렸다.

"히힛! 작은오빠가 너랑 연애하고 싶은가 보다."

순녀가 손뼉을 쳤다.

"순녀얏!"

난지가 순녀의 등을 힘껏 때렸다.

"아얏!"

얼마나 세게 때렸는지 순녀가 얼굴을 잔뜩 찡그렸다.

"미, 미안. 너가 그렇게 말하니까 그랬지."

난지가 놀라 얼른 순녀의 등을 싹싹 쓸어 주었다. 순녀의 얼굴이 이내 환해졌다.

"나도 그냥 놀리려고 한 말이었어. 우리 공장 오빠들한테 편지가 많이 오는데 난 그게 다 집에서 오는 건 줄 알았어. 나중에 오빠들이 그러는데 이담에 색시 될 사람한테서 오는 연애편지래. 그러니까⋯."

"순녀야, 다음엔 절대로 이런 거 전해 주지 마. 알았지?"

"난지야, 정말 화났니?"

순녀가 미안한지 되물었다. 난지는 가볍게 고개를 저었다.

"갈래?"

순녀가 아무래도 궁금한지 슬쩍 물었다.

"안 가."

난지가 톡 쏘고 벌떡 일어나 집으로 향했다.

"난지야, 잘 가."

순녀가 앞머리를 긁적이며 닭 쫓던 개 지붕 바라보듯 난지의 꼭뒤에 대고 인사를 했다.

돌아오는 내내 난지는 다리에서 자꾸만 힘이 빠져나가는 것 같았다.

'작은오빠가 너랑 연애하고 싶은가 보다.'

순녀의 말이 고추밭 잠자리처럼 머리 위에서 배앵뱅 돌았다. 순녀 고모부 앞에서 생일 축하노래를 부르고 '웬 꼬마 손님?' 하고 놀려 대던 작은오빠가 눈앞에서 알찐거렸다. 그냥 재미있는 오빠라는 생각을 했다. 그 이상 특별한 느낌은 없었다. 그런데 쪽지를 본 난지의 가슴이 까닭 없이 콩닥거리는 것이다.

'나랑 연애를 하고 싶다구? 그럼?'

문득, 수피아 할머니의 손금 점이 생각났다.

"우리 난지 시집은 일찍 갈라네베? 애기도 많이 낳고."

생각만 해도 싫었다. 난지는 지금 선생님이 되고 싶다는 꿈 말고는 아무것도 갖고 싶지 않았다. 집에 가자마자 돌아 나와 곰례 언니네 집으로 향했다. 손에는 분홍 주름치마를 입힌 인형이 들려 있다.

마침 난지 아버지도 와 있었다.

"우물마루 한 귀퉁이에 습기가 차는지 썩어들어 가는구려. 틈 없던

마루판도 조금 벌어지고. 해서 좀 보아주면 좋겠소만."

안개도 채 걷히지 않은 새벽에 영천이 아저씨 편에 학수 할아버지의 전갈을 받고 첫새벽에 건너갔던 것이다.

학수 할아버지네는 난지네 옆집이다. 영천이 아저씨는 학수 할아버지네 집에 살면서 과수원 일을 하고 있다. 전에는 그 집을 학수네 집이라 불렀다. 그런데 할아버지 손자인 학수가 엄마 따라 새벽기차를 타고 서울로 간 다음, 황 부자 할아버지가 누구든 손자 이름을 부르지 못하게 했다.

학수가 이웃해 살 때는 토각토각 싸울 때도 많았지만 지금은 할아버지를 위해 학수가 다시 돌아왔으면 하고 바랄 때도 있다. 자기 집이 부자라고 걸핏하면 뻐기는 게 보기 싫어, 비 오는 날 일부러 웅덩이를 콸 밟아 바짓가랑이를 흙탕물 범벅이 되게 골려준 것도 학수가 돌아오면 사과하고 싶다.

그 집에 곰례 언니네가 오고 나서부터 난지는 곰례 언니네 집으로 불렀다. 난지네 집이 함석지붕인 데 비해 학수 할아버지네 집은 기와집이다. 그러니까 붉은 벽난로의 굴뚝이 있는 미란이네 양옥집과 용마루에 도깨비가 올라앉은 할아버지네 기와집, 비둘기가 처마 끝에서 날개를 접고 있는 난지네 생철집을 위에서 이어 그려 본다면 직각삼각형 꼴이 된다.

난지 아버지는 학수 할아버지 집이 제대로 된 우리 한옥이라며 잘 보존되어야 할 집이라고 입버릇처럼 말했다. 학수 할아버지도 한옥이야말로 바람과도 친하고 구름과도 벗할 수 있는 멋진 집이라고 칭찬을 늘어놓았다. 그래 그럴까. 난지 아버지는 할아버지가 부를 때마다 득

돌같이 달려가 기와집 여기저기를 손보아 주고 집에 와서는 노트에다 무언가를 꼼꼼히 적곤 했다.

"못을 쓰지 않고 천년을 지탱하는 집을 짓는 이가 대목 아닌가. 자네 같은 대목이 이웃사촌이니 얼마나 든든한지 모르이."

"무슨 말씀이십니까. 귀한 집 옆에 사니 제게 여간 공부가 되지 않습니다."

영천이 아저씨가 과수원 일을 제쳐 두고 난지 아버지를 거들었다. 썩거나 틀어진 나무를 빼고 미리 말려 두었던 소나무를 대패질하여 마주 끼워 넣는데, 혼자서는 귀를 맞추기 힘든지라 할아버지가 영천이 아저씨를 조수로 붙여 주었다. 고향이 영천이라 이름 대신 할아버지도, 난지 아버지도 그렇게 부른다.

난지 아버지가 마루를 손보는 동안 난지는 곰례 언니와 소꿉놀이를 했다. 난지보다 세 살 위인 곰례 언니는 할아버지 집에서 부엌일을 도맡아 하는, 영천이 아저씨 딸이다. 얼굴 생김새뿐 아니라 착하기도 영천이 아저씨와 붕어빵이어서, 난지가 가면 먹을 것도 덥석덥석 내주고 하던 일 제쳐 두고 난지의 소꿉상대가 되어 주었다.

사실 둘 다 소꿉놀이할 나이가 지났는데도 만나면 누가 먼저랄 것 없이 소꿉놀이부터 했다. 그리고 엄마는 꼭 곰례 언니가 했다. 한 번은 난지가 '나도 엄마 하고 싶어' 하고 말했지만 무가내였다.

곰례 언니가 채 썬 빤닥이(셀로판종이를 자른 것)가 살포시 깔린 빈 화장품상자를 가지고 와 인형을 앉혔다.

"우리 아기집이다."

"나 정말 엄마 하고 싶은데."

난지가 또 한 번 말해 보았으나 역시 소용없었다.

"아니다. 넌 학교도 다니고 야무지니 아빠 해."

"엄마보다 나이가 적은 아빠가 어디 있어."

"있다. 옛날 옛날엔 색시보다 어린 신랑이 수두룩했다."

곰례 언니는 어디서 들었는지 옛날얘기를 해주며 엄마 자리를 양보할 수 없다는 뜻을 단호하게 비쳤다. 문득, 난지는 그 까닭을 알아챘다.

'언니 엄마가 일찍 돌아가셨기 때문이야. 그래서 엄마가 되고 싶은 거다.'

넓은 대청마루 기둥 옆에 곰례 엄마가 살림을 차리고, 난지 아빠가 마당 깨꽃 옆에 밭이랑 금을 긋고 씨앗을 심었다. 곰례 엄마는 사금파리로 빨간 깨꽃잎을 찢어 황토에 버무린 다음 고기완자를 만들었다. 그리고 토끼풀잎을 찢어 나물반찬도 만들었다. 밥은 계절에 따라 살구꽃잎밥 아니면 국화꽃잎밥이다. 꼬막 조가비 밥그릇에 꽃잎밥을 꾹꾹 눌러 담고 토란잎 접시에 황토고기완자며 나물반찬을 담았다.

손바닥처럼 반반한 돌팍 위에 곰례 언니가 밥상을 차린다. 살구나무가지를 괭이 대신 메고, 토란잎 구럭에 버을어진 석류 두 개를 따 담아 가지고 난지 아빠가 봉당 위로 올라왔다. 곰례 엄마가 난지가 가지고 온 아기인형을 안고 난지 아빠를 맞는다.

둘은 밥상에 마주 앉아 꽃잎밥, 풀잎나물을 먹는 시늉을 하며 까르륵까르륵 웃고 시디신 석류알을 깨물며 진저리를 쳤다. 인형아기에게 서로 뽀뽀를 많이 해주려다 그만 이마뚝을 하기도 했다.

그렇게 한참을 알콩달콩 놀다가 아기인형을 놓아둔 채 뒤란으로 갔다. 집 벽에서 다섯 걸음쯤 떨어져 올라간 기와굴뚝에 고무줄을 묶고 번갈아 잡아 주면서 둘은 고무줄넘기를 했다. 그곳은 종일 그늘이 지는 북쪽인지라 뙤약볕에서 잘 놀지 못하는 난지에겐 더할 나위 없이 좋은 놀이터였다. 기다란 고무줄을 사이에 두고 가위걸기, 앞산 뒷산 뛰어넘기, 강 건너기를 했다. 이름은 거창하지만 모두 가느다란 고무줄을 사이에 두고 뛰는 모양에 따라 붙은 이름들이다.

고무줄넘기를 하다 또 진력이 나자 쪽문 밖 과수원으로 들어갔다. 가시를 삐죽삐죽 내민 탱자나무가 사과나무를 지키고 있었다. 푸릇푸릇하던 사과알이 창을 든 탱자나무 병사들의 호위를 받으며 익어 가고 있었다. 그 모습은 지금도 예쁘지만 특히 가을, 노란 탱자알의 향기와 빨갛게 익어 가는 사과향기가 만날 때 가장 황홀했다.

"우리 아버지가 흘린 땀이 향기로 피어난 거다."

지난가을, 갓 딴 사과를 난지의 손에 들려 주며 곰례 언니가 들려준 말이다. 그때 난지가 물었다.

"땀이 향기가 된다구?"

"응. 있지, 난지야. 밭에서 가장 좋은 거름이 뭔지 아냐?"

"몰라."

"똥이다."

"에? 똥?"

"응."

"앗, 어디서 냄새가 난다, 언니. 으윽!"

갑자기 난지가 코를 쥐었다.

"냄샌 무슨 냄새? 과일이 익을 무렵엔 거름을 하지 않아."

"그래?"

농부아빠 난지의 체면이 폭삭 가라앉았다.

"괜찮아. 넌 소꿉 때만 농부잖아."

곰례 언니가 부드럽게 어깨를 쓸어 주었다.

똥이란 말을 들으면서 공연한 상상으로 똥 냄새를 느낀 게다. 누구나 가끔 멋대로 상상을 하다가 엉뚱한 방향으로 생각이 흐를 때가 있다. 난지는 그게 좀 많은 편이라 할까?

그때 영천이 아저씨가 곰례 언니를 불렀다.

"예에에에에!"

곰례 언니가 나팔을 불 듯 목소리를 길게 뽑으며 뛰었다. 집 고치는 일이 다 끝난 모양이다.

곰례 언니가 부엌에 들어가 국수 삶을 물을 끓이고 양념장국을 만들었다. 부엌에서 일할 때 곰례 언니는 철없는 소꿉엄마가 아니었다. 난지 엄마처럼 식구들을 위해 밥상을 차리는 진짜 엄마였다.

복숭아꽃잎 모양의 칠기상에 할아버지, 난지 아버지 그리고 영천이 아저씨, 세 분이 둘러앉았다. 영천이 아저씨는 난지 아버지를 선생님인 양 공손히 대했다. 난지의 마음이 자신도 모르게 우쭐해졌다.

'이런 것이 미란이가 말한 아버지를 존경한다는 것일까?'

난지는 처음으로 아버지가 하는 일이 싫지 않게 느껴졌다.

솟을대문을 나오는 난지 아버지에게 영천이 아저씨가 허리를 숙여 절을 했다. 황 부자 할아버지도 마당에 서서 배웅을 했다. 난지 아버지가 돌아서서 할아버지에게 허리 숙여 절을 했다. 할아버지는 난지 아버지의 절을 받으며 몇 번이나 고맙단 말을 했다.

'할아버지가 저렇게 고맙다고 말하는 걸 보면 아버지의 기술이 보통이 아닌 게다. 그렇담 나도 이제부터 우리 아버지를 존경해야지. 미란이 너만 하는 게 아니라구.'

탱자가시에 찔린 듯 뜨끔 정신이 났다. 갑자기 귀가 웅웅 울렸다. 어질병이 도지려 할 때처럼 난지의 눈앞에 꼬마 해님이 나타났다 사라지고 나타났다 사라졌다. 웅웅대던 귀울림이 차츰 또렷한 소리로 들려왔다.

'너 혼자 이러는 거야. 미란이는 언제나 그대로인데. 그러지 마, 난지야. 네 마음속 미란이란 거울을 없애렴. 그건 가짜 미란이라구.'

개운하던 기분이 다시 찌뿌드드해졌다.

엄마의 손

'내가 뭐 어쨌다구. 숙제나 해야지.'

난지는 머리를 힘껏 흔들어 조금 전 귀울림 속에 들린 얘기를 날려 버렸다. 그리고 책상 앞에 앉았다. 엄마가 무어라 할까 봐 부지런히 했다. 해가 짧아져 일찍 어두워지는 계절이 오면, 엄마는 해 있을 때 숙제부터 하라고 성화다. 전기세가 많이 나오는 것을 걱정해서다. 그 나마 밤 11시면 전기가 나가고 그때까지 다 못 하면 촛불을 켜야 하는데 촛값도 만만치 않았다.

촛불 아래 앉아 숙제를 하면 졸음도 더 잘 왔다. 졸다가 앞머리를 꼬실르는 바람에 머리카락 타는 냄새에 불이 난 줄 알고 엄마가 깬 적도 있었다.

엄마는 벌써 잠이 들었다. 종일 일에 묻혀 지내느라 초저녁이면 잠에 곯아떨어진다. 엄마의 손을 가만히 들여다보았다. 말라 있을 때보다 젖어 있을 때가 더 많은 엄마의 손. 날마다 밥 짓고 빨래하고 김치 담그고 철마다 식구들의 옷을 갈무리하고 …. 도무지 쉴 짬이 없는 손이다.

엄마는 바느질 솜씨도 좋아 아버지의 바지저고리를 손수 짓는다. 특히, 푸새옷이나 이불감을 손질하는 솜씨는 수피아 할머니도 혀를 내두를 정도다. 겨울엔 뜨개질로 손끝이 꺼슬꺼슬해지고 여름엔 푸새를 하느라 손이 풀귀얄이 된다.

푸새한 홑청감을 손질할 때나 옷을 다릴 때 엄마는 으레 난지를 맞은편에 앉혔다. 홑청감의 솔기를 따라 붙잡게 하고 엄마는 입안 가득 물을 모았다가 한꺼번에 푸우우 내뿜는다. 그러면 입안의 물이 안개비처럼 푸새감에 고루 번져 살이 펴졌다. 그러고는 “꼭 잡아라” 한마디 뒤에 오른팔, 왼팔 번갈아 힘을 주며 솔기 양 끝을 쭉쭉 잡아당겼다. 이어 또, “이제는 줄다리기다” 하고 선언했다. 두 손안에 홑청감을 끌어모아 엄마는 엄마 쪽으로, 난지는 난지 쪽으로 밧줄인 양 잡아당기는 것을 엄마는 줄다리기라고 했다.

“놓치지 않기다.”

엄마는 정말 줄다리기 시합이라도 하듯 ‘욱욱!’ 기합을 넣어 가며 한 번은 세게, 한 번은 약하게 잡아당겼다. 그러고는 탬버린을 텔치듯 위아래로 흔들어 털었다. 그런 다음 다시 솔기를 따라 접고 풀기운이 고루 가도록 꾹꾹 밟아 다듬잇돌 위에 놓는다.

엄마의 다듬이질 솜씨는 마치 악기를 다루는 것 같았다. 소리에 높낮이가 있고 강약이 뚜렷했다. 힘을 덜 들일 때는 물동이의 물을 막대기로 찰방찰방 때리는 듯하는 소리가 나지만, 양 손바닥에 침을 택택

뱉어 문지른 다음 힘껏 두드리면 다듬잇돌에서 쇳소리가 난다.

다듬잇살이 한껏 붙은 홑청을 햇살 속에 내다 널면 새하얀 홑청에 하늘물이 배어 푸르스름하다. 그렇게 새로 빨아 푸새질을 한 이불을 덮으면 여름 더운 날에도 서늘하니 잠이 잘 왔다.

"애썼다, 난지야. 우리 난지 없으면 누가 잡아 줄꼬."

엄마가 이마의 땀을 닦으며 칭찬해 주었다. 그리고 칭찬값은 다음 순서인 다림질로 이어졌다.

"푸새한 옷은 바로 손쓰지 않으면 막대기가 된다."

엄마는 왼손과 오른발로 옷 귀를 꼭 잡고 남은 손으로는 무쇠다리미의 손잡이를 붙잡고 이쪽저쪽을 오갔다. 새하얀 푸새옷 위에서 숯불다리미가 활활 파도를 탔다.

추운 겨울엔 따뜻해서 좋지만 여름날, 샛노랗게 약이 오른 불잉걸은 바라보기도 더웠다. 너무 더워 난지가 몸을 틀며 앉은 채로 가둥거려도 엄마는 무가내다. 이마에서 떨어진 땀방울이 벌겋게 달아오른 숯불다리미 위에 떨어지면서 푸지직 하고 타들었다. 소리는 다리미가 엄마 쪽으로 갈 때 한 번, 난지 쪽으로 와서 또 한 번 겨끔내기로 났다. 엄마의 등줄기로, 가슴 복판으로 줄줄 흐르는 땀에 모시적삼이 다 젖었는데도 뽀송뽀송하게 다려진 옷들을 바라보며 엄마는 흐뭇해했다.

난지는 그런 엄마를 볼 때마다 엄마가 되는 일이 선생님이 되는 일보다 몇 곱 아니 몇십 곱 힘들겠다는 생각이 들었다.

그토록 일에 파묻힌 엄마의 손이지만 난지가 아플 땐 이내 약손이 되어 주었다. 보통 때는 다른 집 엄마처럼 싹싹하게 대해 주지 않아 섭섭할 때도 많았지만 아플 땐 엄마의 태도가 백팔십도 바뀐다.

열이 나면 찬 수건을 난지의 이마에 얹어 주고 배가 아프면 손으로 살살 쓸어 주었다. 시원한 꿀물을 타주고 잣죽, 시금자죽도 쑤어 주었다. 아플 땐 무엇보다 엄마를 실컷 볼 수 있어 난지는 아파도 행복했다.

'엄마가 땀을 흘리는 건 엄마의 손이 부지런해서고 엄마의 손이 부지런한 건 우리 식구를 위해서야. 그럼, 엄만 누가 위하지? 그러니까 내가 꼭 선생님이 되어야 한다구. 내가 선생님이 되면 엄마 손도 고와질 거야. 미란 엄마 손처럼.'

모처럼 난지가 속 깊은 생각을 했다.

그런데 정작 엄마는 손이 늘 젖어도 지금이 좋다고 했다. 오빠들 밥을 해주기 전, 엄마는 기차를 타고 엄마 동생이 사는 남쪽 바닷가에 가서 미역, 김, 마른 생선 등을 사다 팔고 남은 이문을 살림에 보태곤 했는데, 그 일보다 지금 하는 일이 낫다는 생각이었다. 지금도 엄마는 가끔 오빠들에게 맛난 생선을 먹이기 위해 이모 집에 다녀온다.

어릴 때 난지는 장사를 떠난 엄마가 보고 싶어 참 많이 울었다. 아버지가 달래도 소용없고 언니들이 달래도 소용없었다. 치마꼬리를 놓지 않는 난지가 안쓰러워 엄마는 난지가 잠든 사이 몰래 갈 수 있는 새벽 첫 기차표를 끊었다. 눈 뜨면 옆에서 자던 엄마가 없을 때 허통한 마음을 난지는 다 커서도 잊을 수가 없었다.

1학년 때였던가. 엄마를 따라가고 싶어 몰래 기차 시간표를 보아 두었다가 새벽에 일찍 깼는데 엄마가 벌써 나가고 없었다. 아직 시간이 남았다. 정거장으로 달려갔는데 그 시간에 떠나는 기차가 없었다. 개찰구 아저씨에게 물어보니 그 기차는 동이리역에서 출발한다고 했다. 집에서 엄마를 놓친 것보다 더 허퉁했다. 기찻길이 많은 솜리는 기찻길이 많은 만큼 정거장도 둘이나 있다. 서울, 군산, 목포 방향은 솜리역(이리역)에서, 전주, 여수, 장항은 동이리역에서 기차가 출발한다. 어린 난지는 그것까지는 미처 몰랐던 것이다.

  잠든 엄마의 손이 난지의 숙제보다 더 많은 생각을 하게 해주었다. 원위치! 난지는 연필에 침을 묻혀 가며 남은 숙제를 한다.

한밤의 손님

　우물 옆 단풍나무가 잎을 떨구기 시작했다. 저마다 제 몸만큼의 무게를 안고 어떤 것은 우물 속으로, 어떤 것은 장독대로, 또 어떤 것은 마당으로 떨어진다.

　겨울을 알리는 찬 바람이 우물가를 맴돌면 우물물은 반대로 따뜻해진다. 여름엔 시원하고 겨울엔 따뜻해지는 물. 미란네도 난지네도 그런 우물 같은 정을 나누며 여전히 좋은 이웃으로 지내고 있다. 세상이 어떻게 변해도 우물은 변하지 않을 것이다. 누가 일부러 메워 버리지 않는다면.

　단풍잎 몇 개가 우물 속에서 달빛 헤엄을 치고 있었다. 탐방! 겨울의 문턱을 넘는 밤, 우물 속으로 두레박 떨어지는 소리가 났다. 미란네 쪽 우물에서 나는 소리였다.

　'밤에는 거의 물을 긷지 않는 미란네인데 이 밤에 무슨 일일까?'

　깜박 잊은 자리끼를 가지러 부엌으로 가던 난지 엄마가 두레박소리를 들었다. 엄마는 주전자와 컵을 쟁반에 받쳐 들고 나오며 우물 앞에 잠시 섰다. 마침 보름달이 떠 옹이구멍으로 미란 엄마의 저고리 깃이 비쳤다. 우물을 가른 죽데기 울짱 틈으로 미란 아버지 방의 불빛도 새어 나왔다. 사람소리가 들렸다. 한 사람이 아니고 두엇이 나직나직 주고받는 소리였다.

"손님이 온 모양이네."

난지 엄마가 혼잣말을 하며 가만히 방문을 열었다. 누워 다시 잠을 청하는데 두레박 떨어지는 소리가 간간히 또 들려왔다. 가볍게 그릇 부딪는 소리도 났다.

'밤늦게 손님을 위해 상을 차리는가.'

설핏 잠이 들려는데 철대문이 열렸다 닫히는 소리에 다시 잠이 깼다.

'손님이 왔다 가는 모양이네. 헌데 이상도 하지. 한밤중에 무슨 손님이 왔다 가는 걸까? 초저녁만 지나면 절간 같던 집이 ….'

난지 엄마는 그날 밤 내내 잠을 설치고 말았다.

다음 날 아침, 학교 갈 시간이 빠듯해지도록 미란이가 난지를 부르러 오지 않았다.

"엄마, 미란이가 왜 안 오지?"

아침마다 오면 오나 보다 하던 미란이가 막상 오지 않으니 은근히 기다려졌던 것이다.

"그러게 말이다. 어젯밤, 늦게 손님이 온 모양이던데."

"손님?"

"응. 밤에 미란 엄마가 물을 긷고 밥을 짓는 것 같더니만."

더 이상은 난지 엄마도 알 수 없었다. 결국, 그날 교문에서 지각을 하는 미란이를 보았다.

첫째 시간 수업이 끝나고 난지가 미란이 반으로 갔다.
"미란아, 너 어디 아프니?"
미란이 힘없이 고개를 저었다. 언제나 먼저 다가오고 난지가 아무리 행티를 부려도 웃어넘기던 미란인데 오늘은 정말 이상했다.
끝나는 종이 칠 때마다 미란이네 반으로 가 보았다. 쉬는 시간이 되어도 미란인 제자리에 앉아 책만 읽고 있었다.
'쟤가 왜 저러지? 혹, 어젯밤에 온 손님 때문에 미란네 집에 무슨 일이 생긴 걸까?'
알 수 없는 불안이 스쳐 갔다.

학교가 파하고 집에 올 때가 되어서야 미란이가 난지에게 왔다. 함께 가자는 뜻이다. 미란이 난지의 귀에 입을 대고 속삭이듯 말했다.
"난지야, 우리 … ."
"엉? 우리 뭐?"
"이사 가."
"이사?"
난지는 뒤통수를 한 방 맞은 기분이다.
"너네 집, 아빠가 손수 지은 집이라고 했잖아?"
"응."
"그런데 왜 갑자기 이사를 간다는 거야?"

"아빠가 정했나 봐."

"너네 아빠, 다른 학교로 가시는 거야?"

미란이가 도리질을 했다.

"그럼?"

난지는 꼬치꼬치 캐묻듯 물었다.

"나도 잘 몰라. 어젯밤, 서울 사는 친척 할아버지라는 분이 왔다 갔는데 아침에 아빠가 갑자기 그러시는 거야. 아빠가 다른 나라에 공부하러 가신대."

"너랑 너네 엄마는?"

"응. 엄마랑 난 서울로 가야 한대. 거기 엄마네 친척 할아버지 집에서 학교를 다니래."

"아빠랑 함께 갈 거 아니면 여기 그냥 살아도 되잖아."

난지가 자기도 모르게 미란의 마음을 붙잡았다. 이번엔 진심이었다.

"나도 그러고 싶어. 엄마도 안 가고 싶어 하는걸."

난지의 맥이 탁 풀렸다.

"그런데 왜 가려는 거야?"

"하지만 엄마도 아빠 말을 들어야 한대."

"그럼 전학?"

난지의 물음에 미란이의 고개가 힘없이 떨어졌다. 왈칵 난지의 눈에서 눈물이 솟았다. 아까부터 참았던 눈물이다.

"왜 그래? 난지야, 어디 아프니?"

난지가 "아, 아니" 하며 손등으로 눈물을 훔쳤다.

"미란아, 나 어떻게 하지?"

"울지 마, 난지야. 나도 뭐가 뭔지 모르겠어."

"……."

난지가 더 말을 잇지 못한다. 분명 하고 싶은 말이 있는데 말이 되어 나오지 않았다. 그러다가 쏘듯이 물었다.

"그래도 그렇지. 너네 엄마나 아빠가 왜 이사를 가야 하는지 말해 주지 않은 거야?"

"난지야, 나 어떻게 하지?"

이번엔 미란이가 난지의 손을 잡고 되물었다.

"무얼?"

물음이 물음으로 이어졌다.

"너 보고 싶어서."

미란의 커다란 눈에서 눈물이 뚝 떨어졌다. 여간해서 울지 않는 미란이의 눈물이 언뜻 보석 같다.

'미란인 눈물도 보석처럼 갈고 닦아서 흘리는구나.'

가만히 아린 마음이 돋는다. 그러다 이내 어깃장이 불거진다.

"너 나 안 보고 싶을 거야. 내가 얼마나 너를 미워했는데."

"네가 언제?"

"내가 알아. 그게 바로 나였으니까."

"난지야, 누가 뭐래도 넌 내 단짝이야. 함께 학교에 가고 함께 집에 오고, 그리고 우린 앞뒷집에 살며 한 우물물을 마시며 살고 있잖아. 우물 속 두레박까지도 날마다 서로 인사를 하는걸. 그런데 네가 언제 날 괴롭혔단 말이니?"

난지는 미란이의 얼굴을 빤히 바라보았다. 앞에 있는 미란이는 아무래도 난지의 마음속 거울에 비치는 미란이가 아니었다. 까닭 없이 난지를 약 오르게 하고 그래서 찍자를 부리고 싶어지는 미란이가 아니었다. 그러니까 지금 난지가 마주 보고 있는 미란이는, 그동안 난지가 멋대로 생각하고 멋대로 대하던 마음속 거울 안의 미란이가 아니라, 착하고 이해심 많은 거울 밖 진짜 미란인 것이다.

미란의 얼굴에 다시 그늘이 졌다.

"아빠, 엄마랑 내가 할아버지 집에서 잠깐 동안만 살면 된다고 하셨어. 하지만 어쩐지 그럴 것 같지 않아."

"그럼 너도 나중에 아빠 따라 외국으로 가는 거야?"

"그건 아직 몰라."

"참, 미란아."

무슨 생각이 났는지 난지가 미란이를 불렀다.

"수피아 할머니 있지."

"응. 참, 그 할머니한테도 인사를 하고 떠나야 할 텐데. 내가 만일 못 하게 되면 네가 대신 전해 줘. 할머니가 들려주신 옛날얘기, 오래오래 잊지 않겠다고."

"너 그럼 기억하고 있겠구나."

"뭘?"

"할머니가 손금 봐준 것."

"아니."

"아니?"

난지는 난지 손금이 아닌데도 또렷이 기억하고 있는데 정작 미란이는 제 얘기인데도 까맣게 잊고 있었다.

"너가 있지, 바다 건너갈 복이 있다고 했어. 그러니까 그건 틀림없이 좋은 일일 거야."

오랜만에 난지의 진심이 한 말이었다. 미란이가 난지 손을 덥석 잡았다.

"난지야, 넌 언제나 솜리에 살고 있어야 해. 언젠가 내가 꼭 돌아올 테니."

"응, 그럴게. 꼭 여기 남아 널 기다릴게."

난지가 힘주어 대답했다. 하지만 미란이의 얼굴은 여전히 밝지 않았다.

"난 우리 아빠가 우리 엄마와 의논도 하지 않고 혼자서 그런 결정을 내린 것을 이해할 수 없어. 다른 때는 그러지 않았는데. 그리구 네 말대로 왜 서둘러 이사를 가야만 하는지도 내게 분명히 말해 주지 않아 답답해."

미란이의 얘기를 들으며 난지도 답답해지는 것 같았다.

학교에서 종일 말을 하지 않던 미란이는 오는 동안 얘기를 많이 했다. 난지는 또 그 어느 때보다 미란이 얘기를 열심히 들었다. 그런데도 둘의 기분은 여전히 답답한 채로 가라앉아 있었다.

어른들은 때로 아이들 모르게 일을 꾸미고 아이들에게 답답함만 안겨 준다. 그러고도 아무렇지도 않은 듯 넘어간다. 그 점이 더욱 답답한 거다. 미란도, 난지도.

떠나는 미란네

반공일(토요일). 순녀 고모네 작은오빠의 쪽지에 적힌 날이다. 난지는 잊기로 했다.

'일방적 약속은 약속이 아니니까 약속을 지키지 않아도 돼.'

생각은 그런데도 쪽지의 글자들이 난지의 머릿속에서 자꾸만 꼬물거렸다. 무엇보다 서커스를 함께 보자는 말이 난지를 솔깃하게 했다.

장터에 서커스단이 왔다 하면 바람처럼 싸아 소식이 퍼지고 아이들은 숙제도 미뤄 놓고 달려간다. 어디서 어떻게 알았는지 천막극장이 세워지기 전에 뻥튀기 아저씨도 리어카를 끌고 와 한 마장 떨어진 곳에서 뻥튀기 기계를 돌린다. 거무튀튀하고 배가 볼록한 기계 속에 쌀이나 옥수수를 넣고 밑에서 장작불을 때면, 얼마쯤 지나 '뻥이요!' 하고 팡파르가 울린다. 모두 귀를 막고 있다 쏟아지는 하얀 튀밥에 눈이 화등잔만 해지곤 했다. 서커스단의 문지기인 난쟁이 아저씨가 대소쿠리에 튀밥을 가득 받아다가 들어오는 사람마다 한 움큼씩 퍼 준다. 손님 끌기 작전인 것이다.

생선 가게 선옥 언니 덕분에 난지는 언제나 좋은 자리를 차지할 수 있었다. 서커스단 식구들이 쇠꼬챙이를 땅에 박고 천막을 다 치기도 전에 가서 땅바닥에 신문지를 깔고 네 귀퉁이에 돌멩이를 눌러 놓고 '여긴 김난지 자리' 하고 써놓으면 그 자리가 바로 난지 자리가 된다.

울긋불긋한 천막 안에서 불붙은 고리 속으로 원숭이가 뛰어들고 개가 뛰어든다. 코끼리가 남자아이를 태우고 어슬렁어슬렁 돌아다니며 코로 비스킷을 받아먹는다. 받아서 몇 개는 등에 탄 아이에게 던져 주기도 한다. 아이가 귀신같이 알아채고 두 손을 모아 달랑 받아먹는다. 그것도 아무나 흉내 낼 수 없는 서커스였다. 소녀 곡예사가 아득한 천장에서 그넷줄 하나에 몸을 매달고 허공을 날아다닌다. 이어 대여섯 살쯤 돼 보이는 여자아이가 두 팔만을 땅에 댄 채 등을 뒤로 꺾어 두 다리와 발바닥이 눈과 마주한다.

아슬아슬한 묘기를 볼 땐 마음이 졸여 그만 오줌을 지렸지만, 몸이 360도가 다 되도록 종잇장처럼 말리는 어린 곡예사를 보며 난지는 왠지 슬퍼졌다.

'난 가만히 있어도 어지러운데 얼마나 어지러울까? 저 아이의 엄마가 보면 나보다 더 슬퍼하겠지.'

서커스를 보고 돌아오는 길엔 언제나 조금은 즐겁고 조금은 슬펐다.

그래도 즐겁다는 마음이 조금 많았을까. 오늘도 보고 싶은 마음을 누르기가 너무 힘들었다.

'순녀랑 함께 가볼까?'

그러다가 정신이 퍼뜩 났다. 토요일 오후와 일요일엔 동생들을 아예 순녀한테 맡기고 밀린 일을 하는 순녀 엄마가 순녀를 놓아줄 리 없었다.

'지금쯤 순녀네 작은오빠가 시장 공터에서 나를 기다리고 있을지 몰라. 정말이지, 가야 하나 말아야 하나.'

순녀에게 물어볼 수도 없고 그렇다고 엄마나 언니한테 물어볼 수도 없는 노릇이었다. 어른들한테 말하면 '쪼그만 게 벌써?' 하고 놀리기만 할 거고 순녀한테 말하면 '진짜 연애하려는가 보다' 하고 학교에 짜아— 소문을 낼지도 모른다.

난지는 난감했다. 마음도 손발도 안절부절못했다. 빨리 밤이 되었으면 하고 바랐다. 시간이 해결해줄 테니까.

우물에 가서 두레박으로 물을 퍼 세숫대야 가득 부었다. 어푸어푸 소리 내어 세수를 했다. 정신이 벌떡 나도록.

"난지야."

우물 아래로 고개를 내밀고 미란 엄마가 불렀다.

"네?"

난지가 놀라 고개를 들었다.

"엄마 계시니?"

"아뇨."

"아버지도 안 계시지?"

알면서도 묻는 듯했다.

"저녁 드시고 두 분께 잠깐 들러 주십사 한다고 말씀드리렴."

무슨 일일까? 아무래도 이사에 관한 얘기를 하려는 걸 거야. 난지는 작은오빠와의 약속을 지키지 않아도 된다는 핑계를 얻었다. 서커스 보고 싶은 마음이 저 멀리 도망갔다.

'기다렸다가 아버지나 엄마한테 바로 말해야 한다.'

난지는 미란 엄마의 부탁을 다른 무엇보다 소중하게 생각했다. 결국 미란이네가 떠나는구나 생각하니 작은오빠의 쪽지 따윈 아무것도 아니었다. 왈칵 불안이 덮쳤다.

'안 돼. 가지 마, 미란아.'

난지는 자신에게 힘껏 도리질을 했다. 미란이와 떨어져 있고 싶어 안달은 했지만 아주 헤어진다고 생각해본 적은 없었다. 단 한 번도 없었다. 그런데 생각지도 못한 일이 생긴 것이다.

저녁밥을 먹고 난지 아버지와 엄마가 미란네 집으로 건너갔다. 난지에게서 미란네 소식을 들은지라, 난지 엄마는 쪽을 질 때마다 빠진 머리카락을 모아 만든 하트 모양의 바늘쌈지와 꽃골무를 작은 조각보에 싸서 가지고 갔다. 난지 아버지도 집 짓고 남은 향나무 토막으로 다듬은 목침을 한지에 쌌다. 반쪽 우물을 함께 쓰며 지내는 사이라도 많이 배운 이웃사촌을 어려워해 일부러는 찾아가지 않던 집이다.

"급한 사정이 생겨서 이사를 가게 되었습니다. 갑작스럽게 떠나게 돼 차라도 한잔 나누고 싶어 이렇게 …."

미란 아버지가 말끝을 얼버무렸다.

"네? 아닌 밤에 홍두깨 같은 말씀을 …."

"말씀은 없어도 늘 든든했는데 떠나시다니요?"

난지 아버지도 난지 엄마도 어마지두에 입을 다물지 못했다.

"정말이지, 정든 이웃과 헤어지려니 가슴이 아프군요."

미란 엄마가 찻종에 찻물을 따랐다. 미란 아버지가 자리에서 일어나 벽의 액자를 뗐다.

"그림은 미란 엄마 솜씨고 글은 제가 몇 자 넣었습니다. 그림 속에 산이 있고 들이 있어 보고 있으면 시원하지요. 짐이 안 된다면 드리고 싶습니다."

산에는 먹꽃이 오련하게 피어 있고 들엔 먹풀이 돋아 있다. 하얀 종이 위로 냇물이 흐르고 냇물엔 먹이랑이 너울거린다. 먹물 하나로 이렇게 멋진 풍경을 보여주다니 …. 미란 엄마의 그림 솜씨도, 그림에 곁들인 미란 아버지의 글씨도 보통이 아니었다. 병풍 그림이나 누마루 문지도리의 현판 글씨를 많이 보아온 난지 아버지는 금세 알아챘다.

미란 아버지가 창가의 돌 하나를 찻상 옆으로 끌어왔다. 쌍봉 모양의 조각돌이었다. 솜리에서 몇십 리 떨어진 황등이라는 곳에서만 나는 까만 돌로 다듬은 것이다.

"제가 아침저녁 마주하는 돌입니다. 여기가 큰 배산, 여기가 작은 배산. 하하, 어디 가서도 솜리를 잊을 수 없을 겝니다. 제2의 고향이지요. 어디를 가든 이 돌만은 가지고 다니렵니다."

난지 아버지와 엄마도 가지고 온 선물을 슬며시 내놓았다. 난지는 아까부터 우물을 가로지른 나무옹이 구멍에 눈을 대고 귀를 세우고 있었다.

"서운해서 어쩌지요?"

난지 엄마가 미란 엄마 손을 덥석 잡았다.

"정말 고마웠습니다."

뒤이어 미란 아버지가 난지 아버지의 손을 가만히 잡았다.

"무, 무슨 말씀을 …."

"다 알고 있었지요. 원체 식구가 적은 집과 이웃해 사시니 시끄러울까 봐 늘 조심하시는 모습 보며 미안하기도 하고, 그저 고마울 뿐이지요."

"저희도 정말이지 고마웠습니다. 부산 아주머니 오실 때마다 덤으로 주시는 인정도 다 미란네 덕분인걸요. 어딜 가 계셔도 저희 식구들 미란네 못 잊을 거예요."

"저희도 그럴 겁니다."

난지 엄마의 말을 미란 아버지가 받았다.

"요 며칠, 밤이면 제 딸애가 혼자 훌쩍거리는 소리를 듣곤 해요."

"난생처음 아버지와 친구와 헤어지려니 많이 슬픈가 봅니다."

"그럼, 함께 떠나시는 게 아닙니까?"

"네, 사정이 좀 있어 저 먼저 떠나고 식구들은 뒤에 떠납니다."

"그러시군요."

난지 아버지와 엄마가 고개를 주억거렸다.

"그래서 미란이가 더 힘들어해요. 제 마음이 이렇게 힘든데 미란인 오죽하겠어요."

미란 엄마의 목소리에 힘이 하나도 없다. 난지 엄마가 더 놀랐다. 난지에게서 이사 간다는 말을 듣긴 했어도 따로따로 간다는 얘기는 못 들었다.

난지는 미란이가 보석 같은 눈물을 흘린 것이 단지 난지와 헤어지는 것, 오직 그것 때문만은 아님을 알았다.

'미란네가 떠나고 싶어 떠나는 게 아니구나. 억지로 헤어지는 거야. 헤어지고 싶지 않은데 헤어지는 거야. 그렇지 않으면 미란이가 밤마다 그렇게 울 까닭이 없잖아. 왜 그러는 걸까?'

무언가가 어른들 속에서 진행되고 있다는 생각이 막연히 들었다. 그러나 그것이 무엇인지는 난지도 미란이도 알 수 없었다.

난지에게 좋은 생각이 났다.

'미란이와 헤어지기 전에 함께 사진을 찍자.'

다음날 난지는 미란이를 데리고 광명사진관으로 갔다. 지나가다 유리 진열장 안에 교복을 입은 언니오빠들이 어깨를 나란히 하고 찍은 사진을 본 생각이 났던 것이다.

찬 바람이 몹시 불던 날. 미란네는 찬 바람 속에, 그러나 살던 때 모습처럼 조용히, 솜리를 떠났다. 미란 아버지는 하행선 기차를 타고 미리 떠났고, 미란이와 미란 엄마는 상행선 기차를 타고 떠났다.

미란이가 떠나는 날, 난지는 정거장까지 나갔다. 난지 엄마도 함께 갔다. 정거장 대합실에서 기차를 기다리는 동안에도 미란이는 풀이 죽어 있었다. 언제나 밝은 미란이 얼굴에 그렇게 그늘이 져있는 것을 난지는 처음이자 마지막으로 보았다. 난지 엄마는 손수건을 자꾸만 눈에 가져갔다. 미란 엄마도 눈물을 참느라 눈자위가 붉어졌다.

억지로 떠밀리듯 떠나는 미란이와 미란 엄마를 생각해 난지는 아린 마음을 안으로 삼켰다. 자꾸만 나오려는 눈물도 삼켰다. 눈물을 흘리는 것보다 삼키는 것이 더 힘들다는 것도 처음 깨달았다.

2
부

이상한 소문

미란네가 떠나고 미란네 집엔 새 이웃이 왔다.

새 이웃은 난지네 집처럼 식구가 많아 새벽 물을 긷느라 조심하지 않아도 됐다. 그런데 이상하게도 얼른 부닐어지지 않았다. 우물에서 함께 두레박을 내릴 때도 인사는 하지만 그냥 말인사로 그쳤다. 새 이웃은 난지네보다 더 시끄러웠다. 자주 싸우는 소리도 들렸다. 싸울 때마다 그릇 깨지는 소리 아니면 고래고래 고함을 지르는 소리가 뒤섞여 터져 나왔다.

"고함소리에 집 무너지겠다. 아이구, 사납기도 해라."

난지 아버지가 큰기침으로 화를 달랬다. 이른 새벽부터 밤늦도록 떠드는 소리가 끊이지 않는 새 이웃은 조심이라고는 약에 쓰려고 해도 없어 보였다. 언니들은 말할 것도 없고 오빠들도 시끄러워 공부를 할 수 없다고 툴툴거렸다. 그렇다 해서 일부러 가서 무어라 말할 수도 없어 난지 엄마는 발만 동동 구르다 말곤 했다.

"쯧, 사람은 그저 처지를 바꿔볼 줄 알아야 하는 것을 ….."

여간해서 싫은 소리를 안 하는 난지 엄마도 쩝쩝했다.

난지의 마음 안엔 새 이웃이 아예 들어오지도 않았다. 마음이 자꾸만 미란이를 찾아 헤맸다. 우물에서 세수할 때도 미란이가 생각났다.

'보고 싶다, 보고 싶다, 미란이가 보고 싶다.'

집에선 밥맛이 없고 학교에선 공부가 잘되지 않았다. 몸살이 난 것처럼 머리가 띵하고 맥이 없다. 미란이네 반에 가서 미란이가 앉았던 자리를 돌아보고 올 때도 있었다. 미란이 반 친구들은 언제 미란이가 한 반이었나 싶게 잊고 있었다. 심지어 어떤 아이는 미란이가 앉았던 책상에 올라가 장난을 치기도 했다. 난지는 화가 났다. 들어가서 때려주고 싶었다.

'어쩜, 미란이가 떠난 지 몇 달이나 됐다고.'

"난지야, 선옥이네 가게 좀 다녀오너라."

엄마가 행주치마 주머니에서 생선 이름을 적은 종이를 내밀었다.

송학동 철둑 밑에 사는 선옥 언니는 엄마의 단골 생선 가게 아줌마의 딸이다. 난지보다 한 학년 위인데 얼마 전 할머니가 돌아가셨다. 그 언니가 할머니 상을 치르느라 며칠 결석을 한 뒤 학교에 가던 날, 마침 난지도 혼자서 학교에 가는 중이었다. 선옥 언니 옆으로 한 떼의 아이들이 지나가다 황급히 선옥 언니를 피해 멀찌감치 떨어져 갔다. 선옥 언니는 주춤 서며 아이들을 돌아보더니 이내 고개를 숙이고 걸었다. 아무래도 이상했다. 난지가 뛰어가면서 선옥 언니를 불렀다. 선옥 언니가 난지의 손을 잡고 플라타너스 아래로 데려갔다.

"난지야, 너도 내게서 냄새가 나냐?"

"무슨 냄새?"

"비이리인내."

난지는 그제야 비로소 선옥 언니의 말뜻을 알아챘다. 그리고 조금 전 아이들이 선옥 언니를 피해 간 까닭도 알았다.

"가만. 여기 있어, 언니."

난지는 선옥 언니를 피해 가던 한 떼의 아이들을 따라잡았다. 모두 난지보다 덩치가 컸다.

"얘들아, 쟤 옆을 지나가면 언제나 비린내가 나지 않니?"

"맞아, 난다."

"왜인 줄 아니?"

"생선 가게가 쟤네 집이기 때문이야."

"맞다. 쟤네 엄마가 시장에서 생선을 판대. 학교 끝나면 쟤도 시장에 가서 엄마를 도와준대."

"펄떡펄떡 살아 숨 쉬는 생선을 칼로 토막 치고 내장을 빼고 하는 일도 한대. 아이, 징그러워."

"그러니까 쟤는 생선 덕분에 학교도 다니는 거다."

"그러니 당연히 비린내가 날 수밖에."

"문제는 그 냄새가 별로라는 거지."

아이들이 멀쩡한 코를 싸잡으며 키득거렸다.

"그러니까 어쨌다는 거야? 너네는 생선 안 먹니?"

난지가 소리를 빽 지르며 끼어들었다.

"이게, 누구한테 소리를 질러?"

"너 몇 학년이니? 쪼고만한 게."

"몇 학년이면 무슨 상관이야? 너네는 생선 안 먹냐구?"

어디서 그런 용기가 났는지 난지 스스로도 놀랐다.

"야, 너 보아하니 우리보다 아래 학년 같은데 정말 까불래?"

그중 키가 가장 큰 아이가 허리에 손을 얹으며 으름을 놓았다. 속으로 뜨끔했다.

'정말 때리면 어떡하지?'

그때 선옥 언니가 달려왔다.

"얘들아, 그만둬. 얘는 내 사촌 동생이여. 너희들이 그런 말 하니까 내 동생이 그러는 거지. 가자, 난지야."

하마터면 몰매를 맞을 뻔했다.

"어서 오너라. 엄마 심부름 왔구나."

선옥 언니 엄마가 난지를 반갑게 맞아 주었다.

"난지야."

선옥 언니는 오늘도 엄마를 돕고 있었다. 선옥 언니 엄마가 꼬챙이로 아가미를 치들어 보며 생태를 골라 주었다. 그리고 말린 가자미를 신문지에 싸서 주었다.

"사 잡숫는 건 사 잡숫는 거고, 이건 내가 드리는 거라고 말씀드리거라."

부피가 꽤 됐다.

"들어다 줄까?"

"그러거라. 많아서 안고 가다 옷에 냄새 밸라."

선옥 언니가 한 손으로는 신문에 싼 말린 가자미와 생태봉지를 들고 다른 한 손으로는 난지의 손을 잡았다. 선옥 언니와 나란히 걷는 동안 줄곧 옷에 냄새 밴다는 선옥 언니 엄마 말이 귓가에 맴돌았다.

"언니, 난 생선 무어든 다 좋아해. 그래서 생선냄새 아무렇지도 않아. 우리 엄마가 그러는데, 사람한테 고기보다 생선이 웃길이래."

"내 친구 가운데 단 한 사람이라도 너 같은 친구가 있으면 좋겠다. 그렇지만 친구 얻자고 엄마를 몰라라 할 수는 없지."

그렇게 말하는 선옥 언니가 소꿉엄마 곰례 언니보다 더 의젓해 보였다. 그러나 한편 친구가 없어 늘 외톨이인 언니가 안쓰럽기도 했다.

엄마가 가자미 튀김을 하려고 신문을 펴다 말고 화들짝 놀랐다.

"아니, 이, 이분이?"

"왜, 엄마?"

"아니다."

난지 엄마가 얼른 신문을 접어 부엌에서 가장 높은 시렁 위에 놓았다. 가자미를 썼던 신문이 가자미보다 더 소중하게 모셔졌다.

"뭔데, 엄마?"

"아, 아니래두. 어서 들어가 숙제나 해라."

난지 엄마가 난지를 부엌에서 밀어냈다.

밤. 난지 엄마는 난지가 잠든 사이 난지 아버지에게 시렁 위의 신문을 보여 주었다. 난지 아버지는 이미 그 내용을 알고 있었다.

"참, 열 길 물속은 알아도 한 길 사람 속은 모른다더니. 도무지 뭐가 뭔지, 아아."

"글쎄 말예요. 그토록 점잖고 친절한 분이 … . 누, 누명을 쓴 게 아닐까요?"

"아니 땐 굴뚝에 연기 나지 않는다고는 하지만 … . 허, 참."

"그래도 소문 가운덴 헛소문도 있잖아요."

안 그래도 미란네가 떠난 뒤, 이상한 소문이 그림자처럼 소리 없이 퍼지고 있었다. 소문의 발원지는 미란 아버지 학교에서부터였다. 학교 소사(경비)가 순찰을 돌다가 어두운 방에서 이상한 암호로 말하는 미란 아버지 목소리를 들었다는 것이다.

"미란네, 여기 사람 아니었다지?"

"아니지, 미란 엄만 서울 토박이였다네. 문제는 미란 아버지지."

"이곳 솜리로 내려와 산 것도 다 속사정이 있었다지. 거 무슨 책이라던가."

"일이 터지기 전 미란 아버지 혼자서 급히 떠난 거라지. 미란이와 미란 엄마를 두고 혼자 떠났다는구먼."

"어디로?"

"그건 아무도 모르지. 북으로 갔다는 말도 있고 일본으로 들어갔다는 말도 있긴 하지만 … ."

소문에 소문이 꼬리를 물고 이어졌다. 그러나 난지 아버지는 믿지 않았다. 난지 엄마도 못 들은 척했다. 그러나 그예 일이 터진 것이다.

"어쨌거나 우리라도 험한 얘기 하지 맙시다."

난지 아버지가 무겁게 말했다.

"뭐 좋은 일이라고요."

"애들한테도 단단히 일러두구려. 특히, 난지에겐 절대 비밀로 해요."

며칠 지나지 않아 엄마가 난지를 불렀다.
"난지야, 밖에서 누가 뭐라 해도 넌 미란네를 의심하면 안 된다. 알겠지?"
"갑자기 그게 무슨 말이야, 엄마?"
"그러니까 엄마 말은, 이담에 난지 네가 어른이 되어서도 지금 네마음에 있는 미란이만을 생각하란 말이다. 엄마도 옛날 앞뒷집에 살면서 우물물을 나누어 먹던 미란네만을 생각할 거다."
"엄마. 갑자기 왜 그런 얘기를 하는 거야?"
"어? … 그래, 미란네가 생각이 나서. 새가 앉았던 자리엔 훈기가남고 사람 떠난 자리엔 정만 남는다는데 …."
엄마가 말끝을 흐렸다.

이런저런 소문을 모두 귓등으로 흘리고 입을 다물었던 난지네에게가자미를 싼 신문 속 미란 아버지 모습은 모든 소문이 사실임을 증명해 주고 말았다. 미란 아버지에 대한 얘기가 신문에 난 뒤로 난지네는집에서도 일체 미란네 얘기를 하지 않았다. 우물을 길어 올릴 때마다생각난다고 입버릇처럼 말하던 엄마의 입에서도, 든 자리는 몰라도난 자리는 안다며 그리워하던 난지 아버지 입에서도, 미란이 이름조차 나오지 않았다.
이상하게도 미란네가 떠난 뒤, 부산 아줌마도 오지 않았다.
"엄마, 부산 아줌마가 왜 안 오지?"

미란이의 편지를 막연히 기다리던 어느 날, 난지가 엄마에게 물었다.

"네가 싫어하니까 안 오시나 보다."

"정말?"

"그럴 리가 있겠니. 부산 아줌마는 어른이고 또 많이 배운 분인데 난지, 네가 미워한다고 토라질 분이 아니지."

엄마가 웃으며 말을 고쳤다.

"부산 아줌마가 올 때 어쩌면 미란이 편지를 가지고 올지도 모르겠다. 기다려 보자."

"그럼, 부산 아줌만 미란이가 어디 사는지 아는 거야?"

"엄마 짐작이다. 친척이니까."

"부산 아줌마 빨리 왔으면 좋겠다."

난지의 표정이 밝아졌다. 미란이의 편지를 받게 된다는 기대만으로도 마음이 조금 가벼워졌다.

공터

해가 바뀌었다. 양력설도 지나고 음력설이 다가오고 있다. 양력설은 나라에서 쇠라고 해서 쇠는 설이다. 진짜 설다운 설은 역시 음력설이다. 난지네도 물론 음력설을 쉰다.

"조상님은 양력설은 모르신다. 음력설밖에는."

난지의 노란 깨끼 회장저고리 동정을 새로 달면서 엄마가 말했다. 툇마루에 올라앉은 한낮의 겨울 햇살이 귤만큼이나 소중해 보이는 때다. 아침이면 난지를 부르러 오던 미란이 생각도 조금씩 바래어 갔다.

'순녀는 지금쯤 무얼 하고 있을까? 설 준비로 더 바빠진 엄마를 대신해 여전히 아이 보기를 하고 있겠지. 곰례 언니는? 영천이 아저씨랑 돌아가신 학수 할머니 차례 준비에 눈코 뜰 새 없겠지.'

문득 골목 공터가 궁금해졌다. 좁은 골목이지만 그 안에 꽤 넓은 공터가 있다. 옛날 학수 할아버지의 할아버지네 땅에 느티나무가 한 그

103

루 있었는데, 훗날 담을 쌓을 때 집 안에 들이지 않고 내놓았다고 한다. 그리고 나무 둘레를 넓찍하게 양보해 골목 안 쉼터가 된 것이다.

아이들이 여럿 나와 있었다. 시장 구둣방 버버리 아저씨네 막동이, 도넛 가게 아줌마네 셋째 딸 영란이, 기차 건널목 집 담뱃가게 육손이와 누이동생…. 설 준비에 일손이 되지 못하는 아이들이었다. 공기놀이를 하는 아이도 있고 땅따먹기를 하는 아이들도 있었다. 차가운 땅에 커다란 원을 그려 놓고 가위바위보를 해서 이기면 각자 준비한 차돌로 제 손 뼘만큼 금을 그어 땅을 차지한다. 가위바위보를 해서 이기는 것도 이기는 것이지만, 손 뼘이 얼마나 크냐 하는 것도 땅을 많이 차지할 수 있는 잣대가 된다.

손 뼘에는 단연 육손이가 일등이다. 워낙 덩치도 크지만 남이 갖지 않은 손가락을 하나 더 가진 것이 힘을 발휘하는 유일한 때가 바로 땅따먹기를 할 때다. 손발이 따로 노는 영란이는 어쩌다 이겨도 제대로 금을 그을 수 없어 제 손 뼘만큼도 못 차지할 때가 많다. 그런데 육손이 누이가 이길 때면 오빠 육손이가 대신 그려 주어 땅을 더 많이 차지했다. 버버리 아저씨네 막동이만은 정확하게 자기 손 뼘만큼 금을 그었다.

한번은 막동이가 영란이 대신 손 뼘을 그려 주었다. 그러자 육손이가 벌떡 일어났다.

"그건 불법이다."

"너도 네 동생 대신 네가 그려 주지 않았냐. 네가 네 동생 대신 그린 거나 내가 영란이 대신 그려준 거나 쌤쌤이다."

'더구나 넌 육손이라서 손 뼘도 더 크잖아' 하고 말하고 싶은 걸 혀

104

밑에 묻어 두었다.

그런데 육손이가 먼저 막동이의 속을 질렀다.

"틀려. 난 내 동생 대신한 거지만 영란인 남이잖아. 남과 동생도 구분 못 하는 바보다, 넌."

"남과 동생을 구분하려는 네가 더 바보다."

"아무튼 이건 너도 분명 알아야 한다. 동생은 동생이고 남은 남이다."

"몰라도 된다. 더구나 네 동생은 아무렇지도 않은 아이고 영란인 손뼉을 제대로 못 그리는 아이인데 내가 도와주는 것은 당연한 거다."

막동이가 따지듯 말하자 육손이가 잠시 주춤하더니 갑자기 주먹을 쑥 내밀었다.

"너 내 주먹맛 좀 볼래?"

육손이의 씩씩대는 소리가 막동이의 코밑까지 밀려왔다.

막동이가 갑자기 일어나 땅 위의 금을 모두 발로 뭉갰다. 그러고는 냅다 집으로 달렸다. 힘으로는 아무래도 육손이한테 이길 자신이 없었기 때문이다. 육손이가 뒤쫓아 골목 밖으로 달려 나갔다.

'잡히면 어쩌나? 보나 마나 맞을 텐데.'

구경만 하던 난지가 일어나 공터를 빠져나왔다. 그러고는 골목 지름길로 버버리 아저씨네 구둣방으로 뛰어갔다. 아저씨가 얘기를 듣고 구두를 쇠틀에 끼워둔 채 "어, 어떤 놈이 우, 우리 마, 마, 마똥이를!" 하고 달려 나왔다.

나오다 막동이와 마주쳤다. 아무렇지도 않은 듯 걸어오는 막동이를 보고 난지도 버버리 아저씨도 제자리에 뚝 서고 말았다.

"괜찮아?"

"따돌렸지."

막동이가 씩 웃으며 말했다. 막동이의 웃는 얼굴을 보고 버버리 아저씨도 비로소 마음을 놓는 눈치다. 뽀르르 달려와 일렀던 일이 싱겁게 되고 말았다.

'공연히 또 내가 긁어 부스럼을 만들었구나.'

난지는 맥없이 저를 나무랐다.

다시 공터로 돌아왔다. 그새 공터의 주인이 바뀌었다. 여자아이들이 몇 더 나와 오자미를 하고 공기놀이를 하고 있었다. 난지는 오자미팀에 붙었다. 콩이나 팥을 넣어 만든 헝겊주머니 두 개를 번갈아 위로치올리며 오래 떨어뜨리지 않는 쪽이 이긴다. 앉은키보다 높이 올린주머니가 정확히 손안으로 떨어질 때 기분이 짜릿했다.

갑자기 막대기 하나가 공깃돌 팀의 자리로 날아왔다. 반대편에서자치기를 하는 남자아이들의 막대기였다. 공깃돌 팀 중 덩치가 가장큰 여자아이가 얼른 주워 일부러 공터 밖으로 던지고는 '메롱!' 하고혓바닥을 내밀었다. 일종의 도전이었다. 그러나 남자아이 누구도 도전에 응해 오지 않았다. '으레 있는 일인데, 뭐' 하고 생각하는지 막대기를 새로 만들기 위해 찾아 공터 밖으로 나갔다.

그런데 또 사달이 났다. 구슬치기를 하기 위해 남자아이들이 파놓은구멍을 땅따먹기하는 여자아이의 부채꼴 손 뼘이 차지해 버린 것이다.

"왜 우리가 파놓은 구슬 구멍을 차지하는 거냐?"

"이 땅이 너네 땅이니?"

"너네가 돈 주고 산 땅이냐구."

"그럼 너네는 돈 주고 샀냐?"

"아니니까 피장파장이다. 누가 차지해도 상관없는 거다."

턱을 치들며 따지고 들던 남자아이가 여자아이들한테 한 방 먹었다 싶은지 슬그머니 등을 돌렸다. 아금박스러운 아이는 그려 놓은 손 뼘의 땅 금이 남자아이들의 발로 뭉개질까 봐 아예 땅에서 손을 떼지 않은 채 버티고 있었다.

그렇게 싸움의 시작은 남자아이 쪽이지만 싸움의 끝은 여자아이 쪽의 승리로 끝나기 일쑤였다. 여자아이들은 일단 남자 대 여자 싸움이다 싶으면 다른 놀이를 하다가도 우르르 벌 떼처럼 몰려오는지라 남자아이들이 두 손을 들고 만다.

그렇지만 싸움은 지나가는 바람처럼 잠깐 머물다 가고 아이들은 다시 놀이에 빠진다.

집에 돌아오니 엄마가 그새 우물 앞마당에 그릇 전을 폈다. 놋주발, 놋대접, 놋수저, 놋젓가락, 놋김치보시기, 놋간장종지, 놋촛대 ···. 집 안의 놋그릇이란 놋그릇이 모두 다 나와 있었다.

'이크, 또 시작이다!'

명절을 앞두고 집 안 대청소와 함께 벌어지는 놋그릇 닦기 행사가 곧 시작될 참이다. 난지는 보기만 해도 머리가 아파 왔다. 그러나 난지 엄마는 며칠 전부터 준비를 했다.

툇마루 밑에 남겨둔 기왓장을 깨서 쇠절구에 콩콩 찧은 다음, 체에 쳐서 고운 잿가루를 만들었다. 그리고 쌀가마의 짚을 풀어서 또아리 모양의 짚수세미를 여러 개 만들고 몫몫이 닦을 그릇도 나누어 놓았다. 놋그릇의 묵은 때를 벗기고 반짝반짝 윤을 내는 데 묵은 기왓장 가루만큼 좋은 게 없다고 엄마는 매번 되풀이 말한다.

식구들이 멍석에 둘러앉았다. 언니들은 물론, 아직 고향에 가지 않은 오빠들도 한몫 끼었다. 엄마가 몫몫이 닦을 그릇을 나누어 주었다. 난지 아버지와 난지만 빼놓고 온 식구가 달라붙어 팔 힘을 모아 놋그릇을 닦는다. 일 년 동안 묵은 놋때가 기왓장 가루에 닦여 푸르딩 하게 묻어 나온다.

그렇게 놋그릇을 다 닦고 나면 손톱 밑까지 까매진 손을 대충 씻고 공중목욕탕으로 향한다. 솜리 사람들은 대개 일 년이면 두 번, 추석과 설 명절을 앞두고 목욕탕에 간다. 여름에 집에서 간단한 멱이나 등목을 하는 것 말고, 명절 밑을 별러 묵은 때를 벗긴다. 그러니까 명절이 다가오면 목욕탕도 고깃간이나 한복집처럼 손님이 넘쳐 대목 재미를 톡톡히 본다.

목욕탕은 정말이지 바글바글했다. 더운물의 김과 사람들이 내뿜는 숨이 뒤엉켜 한 치 앞도 보이지 않고 타원형의 물통 둘레는 크고 작은 엉덩이들로 빼곡했다. 그나마 늦게 간 사람은 맨바닥에 바가지통 하나를 끌어다 앉아 사람들 사이로 물을 퍼다 씻어야 했다. 명절을 잘 보내려면 어떻든 목욕을 하지 않으면 안 된다는 생각을 모두 갖고 있었기에 불편함을 참으며 양보했다. 그리고 일단 목욕탕에 간 사람은 몸과 마음이 모두 개운해져 나왔다.

난지 아버지 또한 명절 밑이 되면 바빠진다. 일 년 중 두 번의 큰 명절, 설과 팔월 한가위 즈음에 사람들이 명절을 앞두고 미뤄온 일을 부탁해 오기 때문이다.

'미리미리 손을 써두면 좋을 것을 …' 하면서도 난지 아버지는 묵은 한옥을 없애지 않고 손보면서 살려는 집주인들의 마음을 정성으로 받들었다.

그릇을 다 닦고 대청소도 마치고 온 식구가 둘러앉아 가래떡을 써는데 부산 아줌마가 왔다.

미란아, 어디 있니?

엄마도 난지도 몹시 놀랐다. 명절 밑엔 온 적이 없었기 때문이다.
게다가 이번엔 물건을 가지고 오지도 않았다.

"아이구, 설밑에 다 오시다니···. 오랜만에 오셨으니 저희 집에서
설 보내세요."

"안 그캐도 난지네 조상 어르신이 괘얀타 하면 그랄 끼고만."

"원, 별말씀을···. 그리고 혹 미란네 소식은 들으시는지요?"

"잘 있다 캐요."

난지가 귀를 번쩍 세웠다.

"아줌마, 미란이는요? 잘 있어요? 학교는 어디 학교죠?"

소나기 질문에 부산 아줌마가 주춤하더니, 속 고쟁이 주머니에서
봉투 하나를 꺼내 난지 무릎 밑에 디밀었다.

"미란이 편지다. 다른 사람 말고 난지 니 보고 직접 주라 캐서 이리
안 왔노."

"고맙습니다, 고맙습니다."

난지가 편지를 들고 뽀르르 건넌방으로 갔다.

보고 또 보고 싶은 난지에게

난지야, 안녕?

날마다 몇 번씩 입안에서 너를 불러 보다가 이렇게 쓰면서 부르니까 네가 더 보고 싶어진다.

난지야, 그동안 잘 있었니? 나도 잘 있어. 그럼, 지금까진 엄마랑 함께 있으니까 잘 있다 할 수 있겠지.

난지야, 엄마보다 선생님이 더 되고 싶다는 네 꿈, 아직도 살아 있는 거지? 나도 사실 너처럼 선생님이 되고 싶긴 한데 … . 글쎄, 이루어질지 요샌 조금씩 자신이 없어지는 것 같아. 이담에 내가 선생님이 되려면 우리나라에서 학교를 다녀야 할 텐데 … .

무슨 말인고 하니 나, 며칠 뒤엔 엄마와도 헤어지게 돼. 여기선 내가 안전하게 학교에 다닐 수 없다며 엄마가 미국 이모네 집으로 보낸대. 사실 일루 이사 와서 난 날마다 누군가에게 미행을 당하는 것 같은 기분이 들었어. 그런 나를 엄마가 또 그림자처럼 따라다니고. 엄만 내가 어떻게 될까 봐 늘 걱정하셔. 그래서 집에서도 우린 꼭 붙어 지내고 있단다. 너무 붙어 있다고 누가 샘을 낸 걸까.

내가 아버지와 헤어지고 또다시 엄마와도 헤어져 먼 나라(아마 미국이 될 거야)에 가서 학교에 다녀야 한다니, 너랑 헤어질 때의 슬픔이 또 밀려오고 있어. 그렇지만 내가 태어난 곳에 난지 네가 살고 있다는 생각을 하면 슬픔이 조금 가신단다.

난지야, 난 네가 오래 그곳에서 살았으면 좋겠어. 너넨 우리처럼 이사 가지 마. 물론 그런 일은 어른들이 마음대로 하는 일이긴 하지만. 네가 거기 살고 있어야 언젠가 내가 널 보러 갈 수 있잖아? 그러겠다고 바로 약속해줘.

난지야, 네가 답장을 보내도록 주소를 써서 편지를 보내지 못해 미안 해. 부산 아줌마가 꼭 전해주겠다고 해서 드렸는데 지금쯤 받았을까?

난지야, 정말 보고 싶다. 내가 다니던 우리 반 아이들 모두를 보고 싶은 마음보다 더 많이 네가 보고 싶다. 이 편지의 글자 하나하나마다 너를 생 각하는 내 마음을 꾹꾹 눌러 담았으니 읽어 보면 너도 느낄 거야.

언제쯤 이런 편지를 또 쓸 수 있을까?

난지야, 보고 싶다, 보고 싶다, 보고 싶다, 안녕!

핑! 눈물이 돌았다. 마지막 줄에 잇달아 쓴 보고 싶다는 말을 본 순 간, 난지는 더 참지 못하고 울음을 터뜨렸다.

"아아아! 미란아아아아!"

"이, 이게 무슨 소리예요?"

난지 엄마가 방 안으로 뛰어 들어갔다.

"왜 우니, 갑자기?"

난지가 울음을 뚝 그쳤다. 휴우, 엄마가 한숨을 쉬었다. 갑자기 배 탈이라도 난 줄 알았나 보다.

"다 큰 애가 툭 하면 어린애처럼 울다니, 언제나 저 별난 버릇을 그 만두려나."

쩟! 하며 나가는 엄마 등 뒤에 대고 난지가 쏘듯이 대꾸했다.

"별난 버릇 아냐. 보고 싶으니까 운 거지. 엄만 남의 맘도 모르고, 치이."

엄마가 멈칫 서서 뒤돌아보았다. 픽 웃음이 나와 얼른 고개를 돌렸다. 미란이랑 학교도 함께 가지 않으려고 행티를 부리던 아이가 지금 와서 보고 싶다고 소리를 내어 우니, 한편 철없기도 한편 가엾기도 했다.

"난지야, 미란이 이담에 꼭 만나게 될 거다. 그러니 너무 애태우지 말아라."

엄마가 난지를 달랬다.

그렇지만 엄마는 미란이가 미국으로 갈지도 모른다는 것까지는 아직 모르고 있다. 무릎 밑에 둔 편지를 다시 꺼내 읽었다. 읽고 또 읽다가 무릎 사이 얼굴을 묻은 채 깜빡 잠이 들었다.

난지와 미란이가 망아지가 되어 들판을 뛰어다녔다. 난지 망아지가 미란이 망아지를 쫓아간다. 산과 들로, 학교로, 옛뚜기 뚝방으로 …. 신나게 뛰는 미란이 망아지 뒤에서 난지 망아지도 학학 숨을 몰아쉬며 뛴다. 빌미만 생기면 미란이에게 어깃장을 부리던 난지는 간데없고, 히잉히잉 콧소리를 내며 난지 망아지가 그저 좋아 장난스레 쫓아간다.

"얍! 잡았다!"

난지가 미란이의 꽁지를 잡는 순간, 그만 잠이 깼다.

"아아앙! 미란아! 정말 어디 있는 거야?"

이번엔 더 큰 소리로 울어 제꼈다.

"우야꼬, 난지가 우리 미란일 찾는가베?"

이번엔 부산 아줌마가 들어왔다.

"난지야, 친구는 말이대이. 헤어졌다가도 언젠가는 또 만난다 아이가. 서로 잊지만 않고 있으믄. 그라고 ···."

부산 아줌마가 두 손으로 난지의 볼을 쓸어 주며 가만히 말했다.

"정말로 보고 싶은 친구는 가슴에 꼬옥 담고 사는 기다. 거울을 지니는 기라. 보고 싶을 때 살짝 꺼내 보고로."

아줌마의 입에서 거울 얘기가 나오자 난지는 깜짝 놀랐다.

'아줌마가 내 맘에 들어갔다 나온 것 같다.'

그러나 부산 아줌마가 말하는 거울은 전에 난지가 가졌던 그런 거울이 아니었다. 보고 싶은 친구의 모습을 보여 주고 듣고 싶은 친구의 목소리를 들려주는 그런 착한 거울이다.

난지는 마음속 거울의 묵은 때를 닦아 냈다. 맑은 마음으로 닦았다. 미안해하는 마음으로 닦았다. 그리고 보고 또 보고 싶은 마음을 새겨 넣었다. 꼭 만나리란 희망도 함께 새겼다. 그렇게 하자 난지의 마음속 미란이 거울이 새 거울이 되었다.

명절을 난지 집에서 보내기로 한 부산 아줌마는 부엌을 들며 나며 엄마 일을 거들었다. 언제나 차려 주는 밥상만 받아먹던 부산 아줌마가 엄마 옆에서 일하는 모습을 보며, 난지는 처음으로 아줌마가 외로운 분이라는 생각을 했다.

며칠 묵는 동안 부산 아줌마도 수피아 할머니처럼 난지에게 얘기를 들려주었다. 아줌마의 얘기는 주로 북쪽 고향 얘기였다. 겨울이면 눈이 자로 쌓이던 북쪽 눈의 도시, 눈보라 소리를 자장가로 듣고 자란 고향 얘기였다. 눈에 덮인 산과 들, 모닥불을 켜고 한뎃잠을 자며 나라를 되찾기 위해 고생했던 할아버지, 할머니들의 얘기였다. 아줌마의 얘기 속에 북녘 고향을 그리워하는 마음이 담뿍 녹아 있었다.

소풍

소풍날이다. 미란이가 떠나고 처음 맞는 봄 소풍이다. 마지막 봄 소풍이기도 하다. 가는 곳은 올해도 어김없이 배산이다.

소풍날엔 미란이가 더 일찍 오곤 했다.

'에구, 눈치코치도 없는 애.'

소풍 때도 어김없이 함께 가고 싶어 했던 미란이를 두고 난지는 속내로 흉을 보곤 했다. 그 미란이가 늦게도 아니고, 아예 오지 않게 된 지도 몇 달이 지났다. 달수로는 그렇지만 그새 해가 바뀌고 학년이 올라가서인지 몇 년은 된 느낌이다. 그런데도 아직 미란이 생각이 머리를 떠나지 않고 있다. 신작로를 따라 학교 갈 때, 어깨에 통을 짊어진 아이스케키 장수를 볼 때도 생각이 났다. 어떨 땐 가슴이 뜨끔 아파 왔다. 그렇게 떠오르는 미란이는 예전의 거울 속 미란이가 아니라 한없이 보고만 싶은 얼굴이다. 비스킷, 드롭스, 캐러멜, 사과, 구운 오징어가 김밥과 함께 담긴 소풍가방을 미란이가 열면 사방에서 아이들이

116

모여들던 일도 이젠 거염이 아니라 추억이 되었다.

그래도 소풍은 소풍인가. 소풍을 가는 날도 날이지만 전날의 달콤한 기대가 마음을 더 졸인다. 그 달콤함 때문에 제대로 잠을 못 자기 일쑤다. 오늘도 그렇게 자는 둥 마는 둥 하다가 난지는 가슴츠레한 눈을 비비고 일어났다.

"소풍을 가는 건 두 가지를 위해서다. 하나는 많이 걷기 위해서이고 또 하나는 바람을 실컷 마시기 위해서다. 발품은 우리들의 몸을, 바람은 우리들의 마음을 시원하게 해준다. 그러므로 소풍은 놀러 가는 것도 아니고 캐러멜 까먹기 위해 가는 것도 아니라는 것을 너희 모두 알아야 한다. 알겠느냐?"

운동장에 모여 교문 밖으로 나가기 전 교장 선생님의 긴 훈화도 노래처럼 들렸다.

난지네가 배산에 도착하기 전 벌써 다른 학교 아이들이 와있었다. 솜리에 있는 대부분의 학교도 소풍 하면 배산이다. 그만큼 솜리엔 지도에 내놓을 만한 큰 산이 없다. 백 미터도 안 되는 배산. 소나무가 많은 큰 배산과 밤나무가 많은 작은 배산이 잘록한 허리를 사이에 두고 사이좋게 마주하고 있는 언덕 같은 산이다.

그러나 솜리 사람 누구도 배산을 감히 언덕이라 말하지 않는다. 비록 산이 정씨 문중의 것이긴 하지만 이름이 그럴 뿐, 배산은 솜리 사람 모두의 산이었다. 만경강 물을 끌어온 봇도랑이 산을 휘감으며 흐르고 있다. 가장자리에 돋은 잡풀의 파란 이끼를 쓰다듬으며 봇도랑 물이 물꼬를 통해 이 논 저 논으로 들어간다. 봇도랑에서 놀던 물방개와

논게, 송사리도 따라 들어간다. 아이들은 배산 황토흙에서 팔방, 제기차기, 닭싸움 같은 놀이를 하기도 하지만, 봇도랑 옆 둔덕에 걸터앉아 물장구를 치며 놀기도 한다.

순녀가 물꼬자리에 사도놓인, 구들장처럼 납작한 돌팍에 엎디어 손을 담그고 헤적였다. 엄마를 도와 청소도 하고 빨래도 하는 손인데 물속에선 곱고 예뻤다. 난지도 가만히 손등이 닿는 데까지 디밀었다.

"난지야, 부드럽지?"

"응. 누가 손을 담가도 물은 부드럽게 대해줄 거야."

난지가 의젓하게 대꾸했다.

"맞다. 그러니까 난지야, 물은 착한 거다."

"물이 착하다구?"

"응. 우리 집 콩나물이 무럭무럭 자라는 것도 다 물이 착하기 때문이다."

난지는 순녀를 올려다보았다. 물이 착하다고 생각하는 순녀가 더 착하다고 생각했다. 봄인데도 봇도랑물에 한참 손을 담그니 서늘했다.

멀리서 선생님의 호루라기소리가 가늘게 들려왔다.

"어맛! 모이라는 신호다. 우리만 늦었나 봐."

그러고 보니 봇도랑가에 있던 아이들이 하나도 보이지 않았다. 냅다 달렸다. 달리기엔 순녀가 단연 엄지다.

"순녀야, 천천히 가. 아휴, 숨차."

난지가 소리쳤다.

"천천히 와. 너네 선생님이 출석 부르면 내가 대신 대답해 줄게."

순녀가 손을 흔들며 달려갔다. 난지는 하릴없다는 듯 걸어서 간다. 햇빛에 오래 있지도 못하고 달리기도 제대로 못하고, 난지는 생각하면 할수록 자신이 한심했다.

서쪽 밤나무가 듬성한 둔덕에 고등학생 오빠 네댓 명이 이젤 앞에서 그림을 그리고 있었다. 특별활동 시간에 그림을 그리러 온 건지 몰랐다. 그림이라면 난지의 마음이 공연히 쏠린다.

'기왕 늦었는데 ⋯.'

가만히 그쪽으로 발을 옮겼다.

"어맛!"

난지는 손으로 입을 막았다. 오빠들 중 한 사람이 순녀 고모네 큰오빠였다. 순녀 고모부 생일날, 작은오빠 등 뒤에 말없이 서 있던 오빠다. 아버지 생일날에도 운동을 하러 갔다고 야단을 맞던 오빠다. 난지는 순녀 고모부의 말이 생각났다.

오빠들이 팔레트에 물감을 풀어 각자 보는 방향대로 펼쳐진 풍경을 그리고 있었다. 난지가 슬몃슬몃 큰오빠 뒤로 다가갔다. 난지가 학교에서 쓰는 도화지보다 곱도 더 되는 도화지 위에 배산이 들어 있고 만경강 벌판이 들어 있었다. 파아란 봄 하늘도 들어 있었다.

기척을 느꼈는지 큰오빠가 뒤를 돌아보았다. "넌?" 하고 눈을 크게 뜨며 잠시 생각하다가 붓을 놓고 일어났다.

"순녀 친구지? 소풍 왔나?"

난지가 고개로 대답했다.

"그럼, 순녀도 왔겠네?"

"저기 숲 공터, 지금 출석 부르고 있어요."

엄마한테도 하지 않던 공대말이 저절로 나왔다.

"근데 넌 왜 가지 않는 거지? 여기선 들리지 않아 대답할 수가 없을 텐데."

"순녀가 대신해 줬대요."

"하하하. 좋은 친구를 두었구나."

큰오빠가 입을 크게 벌리고 웃었다. 다른 오빠들이 고개를 돌려 난지를 보고 덩달아 웃었다. 순간 난지의 얼굴이 빨개졌다. 갑자기 오빠들 앞에서 웃음거리가 된 것 같아 창피했다.

'내가 뭘 어쨌기에 웃는 거야.'

말은 그랬지만 마음은 풍선처럼 붕 떴다.

난지가 말없이 돌아서자, "잘 가라" 하며 큰오빠가 큰 소리로 인사말을 던졌다. 난지는 대답 대신 손을 가볍게 흔들어 주었다. 어디서 그런 용기가 났는지 난지도 알 수 없었다.

우연히 소풍 와서 만난 순녀 고모네 큰오빠. 밖에서 듣는 오빠의 목소리는 맑고 시원했다. 표정도 밝고 환했다. 난지는 무엇보다 큰오빠가 그림 그리기를 정말 좋아한다는 사실을 알았다. 그리고 오빠네 아버지가 생일상 앞에서 못마땅한 얼굴로 큰오빠를 바라보던 까닭이 바로 오빠가 그림 그리기를 좋아하는 데 있음도 알아챘다.

그렇지만 그림을 좋아해서일까. 난지는 작은오빠보다 큰오빠에게 마음이 더 쏠렸다. 그리고 첫 방에 퇴짜를 맞았다고 생각했는지 작은 오빠한테서는 두 번 다시 편지가 오지 않았다.

서양 친구 하나

시간은 사람이 지어준 매듭을 따라 어김없이 종을 치고 사람들은 그 종소리를 들으며 나이를 먹는다. 먹는 나이로 아이는 자라고 어른은 늙어 간다.

육학년이 된 지도 어언 반년이 지났다. 학교공부의 반이 중학교에 들어가기 위한 시험공부로 채워졌다.

'미란이는 미국으로 갔을까? 거기서도 중학교에 들어가려면 시험을 보아야 하나?'

미란이 편지를 받고 미란이가 미국으로 갈지도 모른다는 사실을 알게 되면서 난지는 미국이라는 나라가 궁금해졌다.

학교에서도 미국이라는 나라에 관해 선생님 설명을 들은 적이 있다. 유럽의 큰집 나라 영국으로부터 독립해서 신대륙에 세운 나라, 서쪽으로 서쪽으로 나아가며 나라가 점점 커져 나중엔 다른 나라를 도울 수 있을 만큼 부자가 된 나라다. 그리고 우리나라에서 일어난 전쟁 때 우리

나라를 도와준 나라, 지금도 구호품을 보내오는 나라다. 당장 난지가 학교에서 받는 덩어리 우유도 미국이 앞장서 보내 주는 간식이었다.

우유가 싫은 아이는 교문 앞에서 칡뿌리를 잘라 파는 할아버지에게 가지고 가 칡뿌리와 바꿔 먹기도 했다. 할아버지는 좋아서 칡뿌리를 후하게 잘라 주었다. 할아버지는 그 덩어리 우유를 녹여 손녀에게 엄마 젖 대신 먹인다고 했다.

난지는 아버지가 가져오는 〈자유의 벗〉이라는 잡지에서도 미국을 본다. 부피는 작지만 교과서보다 크고 매끄러운 종이의 촉감이 너무 좋았다. 무엇보다 잡지 속의 그림이 난지의 눈을 끌었다.

난지는 잡지 속의 그림을 가위로 오렸다. 아름다운 드레스를 입은 서양 아줌마를 오리고 예쁜 서양 아이나 파란 잔디가 깔린 언덕 위의 하얀 집을 오렸다. 온 가족이 넓은 탁자에 둘러앉아 아이스크림을 먹으며 카드놀이를 하는 모습, 동물가면을 쓰고 거리에서 춤추며 노는 광경도 오렸다. 오린 것들을 잠자리에 누웠을 때 보이는 벽에 밥풀로 붙여 놓았다. 달마다 오는 잡지 속의 그림은 달마다 달랐다. 난지의 벽그림도 따라서 달라졌다. 그것들을 보면서 난지는 미국이라는 나라가 살기 좋은 나라라고 막연히 생각했다. 그런 나라에 미란이가 가 있다는 것이 조금은 다행이라는 생각도 들었다.

그런데 그 미국을 쬐금 떼어다 놓은 곳이 솜리에도 딱 한 곳 있었다. 벙어리 칠성이네 동네 맞은편에 있는 선교사 집이다. 순녀 고모부네 목재소와는 정반대 방향이다. 솜리에 처음 예배당을 지은 목사 할아버지가 살던 집인데, 지금은 할아버지 손자가 선교사로 들어와 살고 있다고 했다.

서울 농아학교에 다니다 방학을 맞아 내려온 칠성이가 외삼촌 편지를 가지고 왔다. 먼 길을 자전거를 타고 달려온 칠성이에게 엄마는 부꾸미를 부쳐 주었다. 배가 고팠는지 마파람에 게 눈 감추듯 접시를 비웠다. 부꾸미 맛을 잊지 못해서일까. 칠성이는 방학 때마다 공동묘지와 문둥이 촌이 있다는 호야동 묏등 고개를 넘어 자전거를 타고 쭈르륵 왔다. 부꾸미를 배불리 먹고 돌아가려는 칠성이에게 난지가 글씨를 써서 보여 주었다.

선교사 집 구경하고 싶어.

칠성이가 난지를 불끈 안아 안장 뒤에 앉혔다. 보조자리였다. 엄마가 웃으며 끄덕였다. 갔다 와도 좋다는 뜻이다. 칠성이의 얼굴이 환해졌다.

난지를 태우고도 칠성이의 자전거는 씽씽 잘 나갔다. 한참 신나게 달리다 마동고개를 넘을 때였다. 갑자기 길옆 쪽에서 개들이 짖어대며 달려 나왔다. 난지는 칠성이의 허리를 붙잡고 재빨리 두 발을 안장 뒤로 끌어모았다. 개들이 계속 뒤쫓아 왔다. 개들과 난지 사이가 점점 좁아지고 있었다.
"컹컹, 멍멍, 강강, 어릉어릉!"
개들의 합창이 발치에서 들려왔다. 무섬이 정수리까지 치달았다. 허리를 붙잡고 마구 흔들었다.
"개가 날 물려고 해! 어떻게 해 봐!"

칠성이가 난지를 뒤돌아보며 무어라 하는데 알아들을 수가 없었다. 오르막 고갯길, 속도가 나지 않는지 칠성이는 페달에 더욱 힘을 주었다. 여전히 쫓아오는 개들, 금세라도 치마꼬리를 물고 난지를 넘어뜨려 물어뜯을 것 같다.

"칠성앗!"

난지가 소리를 꽥 지르며 칠성이의 목덜미를 붙잡고 일어섰다. 그 바람에 칠성이도 난지도 평형을 잃고 모로 나동그라졌다.

그때였다. 화가 잔뜩 난 칠성이가 벌떡 일어나더니 잽싸게 돌멩이를 주워 제일 사납게 생긴 개를 향해 냅다 던졌다. 돌멩이가 개의 콧잔등을 정통으로 맞혔다. 무섭게 짖던 소리가 끄응끄응 신음소리로 돌변했다. 맞지 않은 개들의 짖는 소리도 힘이 빠졌다.

"나 집에 갈 테야!"

넘어진 데 대한 부아가 가라앉지 않아 소리를 꽥 질렀다. 그러나 칠성이가 알아들을 리 없다. 머쓱한 표정으로 난지가 다치지는 않았나 여기저기 살펴보고 옷에 묻은 흙을 털어 주었다.

"넌 너네 집에 가. 난 혼자 우리 집에 갈 테니까."

손으로 방향을 반대로 가리켰다. 칠성이가 말없이 돌아서 무어라 손말을 하고는 언덕을 향해 올라갔다. 언덕을 다 올라가 내리막으로 들어서기 전, 고개를 돌려 난지를 향해 손을 흔들어 주었다. 마침 난지도 칠성이가 궁금하여 고개를 돌린 것이 딱 마주쳤다.

'난 왜 이렇게 언제나 쌀쌀맞은 거야. 말 못 하는 칠성이한테까지.'

생각과 행동이 따로 노는 자신을 발견할 때마다 난지는 화가 났다. 그렇지만 어쩌지도 못해 더욱 화가 났다.

'어째서 내겐 착한 마음이 한 톨도 없는 것일까?'

무슨 변덕이 났는지 집으로 향하던 난지가 고개를 되돌아서 올라갔다. 칠성이도 없는데 개가 또 나타나면 어쩌나 겁은 났지만 조금 전 돌멩이에게 된통 맞았으니 다시 나타나지 않겠지 하고 마음을 놓았다. 저만치 자전거와 함께 걸어가는 칠성이가 보인다. '부를까?' 하다 그만두었다. 설혹 부른다 해도 들을 수도 없다.

'섭섭했을 거야. … 하지만 내가 얼마나 혼이 났는지 알아?'

난지는 잠깐 칠성이의 마음을 생각하다 이내 접었다.

그러고는 선교사 집 쪽으로 걸음을 놓았다.

'가보는 거다. 책에서만 보던 미국 사람이 아니라 진짜 미국 사람이 사는 집을 구경해 보자.'

누가 처음 그랬는지는 잘 모르지만 옛날 우리나라에 처음 서양 사람이 들어왔을 때 할아버지, 할머니들이 양귀신이라고 했다. 그 서양 귀신들이 전쟁 때 우리를 돕고 먹을 것, 입을 것도 주어 지금은 착한 사람들이 되고 있다.

선교사 집은 마동고개 오른쪽 들판 너머에 있었다. 들판 가운데 가르마처럼 길이 나 있고 길 끝, 봉긋한 터에 빨간 지붕을 한 하얀 집이 보였다. 그림 같았다. 아니, 저런 집을 보고 누군가 그림으로 그려낸 것이리라.

난지는 길을 따라 걸어 들어갔다. 다행히 구름이 햇볕을 가려 주어 어질병이 돋지 않았다. 선교사 집 말고 다른 집이 없어 마치 선교사네를 위해 만들어진 길 같았다. 어깨높이로 피어 있는 넝쿨장미의 향기가 먼저 나와 난지를 맞았다.

'호옴. 장미 향기다.'

난지는 코를 흠흠 하며 장미 향기를 마셨다. 마시면서 문득 향기의 맛을 말로 표현할 수 있으면 참 좋겠다는 생각을 했다.

울짱과 어깨를 나란히 한 대문이 활짝 열려 있었다. 열려 있는 대문 사이로 파아란 잔디마당이 보였다. 때마침 불어오는 하늬바람이 잔디 위에서 물결처럼 출렁였다. 난지는 대문 문설주에 몸을 기대고 얼굴만 빼꼼 내민 채 안을 살폈다. 말 그대로 꽃 대궐이었다. 연못도 보였다. 오똑한 바윗돌이 연못 가운데 섬처럼 앉아 있고 종이배가 동동 떠다닌다. 연못 옆 둥근 탁자 위에 빨강, 노랑, 하양의 삼색 파라솔이 펼쳐져 있고 머리가 곱슬곱슬한 여자아이가 의자에 앉아서 책을 보고 있었다.

'내 또래일까? 무슨 책을 읽고 있을까?'

맥을 놓고 한참 바라보고 있는데 '부릉!' 하는 소리와 함께 울짱이 꺾이는 곳에서 자동차가 불쑥 나왔다.

"엄마야!"

난지는 너무 놀라 그 자리에 털썩 주저앉았다.

"끼이익!"

자동차도 놀랐는지 급히 섰다. 난지는 무서워 눈을 꼭 감고 오돌오돌 떨었다. 칠성이의 자전거를 타다가 놀란 것과는 비교도 안 됐다.

곧이어 자동차 문이 열리고 발소리가 난지 앞에 멎었다. 무어라고 하는데 알아들을 수가 없어 난지는 계속 눈을 감고 있었다. 발소리의 주인이 안 되겠는지 난지의 팔을 가만히 잡아끌었다.

"이거 봐요!"

난지도 모르게 소리를 빽 질렀다. 그리고 눈을 뜨고 위를 본 순간, "어맛!" 하고 입을 막았다. 발소리의 주인은 푸른 눈의 남자아이였다.

난지의 얼굴이 홍당무가 되었다. 무서움이 부끄러움으로 바뀐 것이다. 푸른 눈은 난지의 속내를 아는지 모르는지 더 어쩌지 못하고 엉거주춤 서 있었다. 난지 또한 눈을 땅에 박고 오도 가도 못 하는 꼴이 되고 말았다. 벌떡 일어나면 될 텐데 도무지 그런 생각조차 까마득히 도망가 버리고 만 걸까. 마치 다른 나라에 잡혀 온 듯한 기분이었다.

그때 안으로부터 발소리가 났다. 이번엔 아주머니였다. 어깨 위로 흘러내린 금빛 머리카락이 노을 한 줌을 매단 듯 곱고 윤이 났다. 어느 나라 왕비가 이만큼 아름다울까 싶었다. 마주했던 남자아이가 왕비에게 달려가 무어라 말을 했다. 왕비가 놀라는 빛으로 난지에게 다가와 얼굴을 살피고 팔이랑 다리랑 만져 보고 옷매무새를 고쳐 주었다. 그러고는 손을 잡고 파라솔이 있는 데로 데려갔다.

파라솔 의자에 앉아 있던 여자아이가 일어나 난지에게 손을 내밀며 "안녕?" 하고 인사를 했다. 난지는 깜짝 놀랐다.

'서양 아이한테 인사를 받다니, 그것도 우리말로 받다니 ….'

난지는 웃음으로 얼버무렸다. 여자아이는 자기가 앉았던 자리에 난지를 앉혔다.

"내 이름은 한나야. 영어로는 앤. 넌?"

"응? 응, 나, 난지."

난지는 제 이름을 말하며 더듬었다. 혼자 생각해도 우스웠다.

"난지, 이분은 우리 엄마야. 그리고 오빠."

금발의 왕비가 한나와 난지를 번갈아 바라보며 환하게 웃었다.

"난지, 여긴 외딴집이라서 심심해."

한나 엄마가 그새 주스와 비스킷을 쟁반에 담아 내왔다.

"아—프—지 아안니?"

"네."

난지가 공손히 대답했다. 한나 엄마도 우리말을 할 줄 알았다. 그러나 한나만큼 잘하지는 못했다.

"그럼, 노오다 가요."

"네."

"넌 내 친구야. 함께 놀자."

한나가 탁자 위 상자에서 은종이 두 장을 꺼내 한 장을 난지에게 주었다. 둘은 말없이 종이배를 접었다.

"이건 내 친구 배, 아니 난지 배야. 물에 띄워 보자."

은빛 종이배 둘이 연못을 동동 떠다녔다. 햇빛에 종이배가 반짝반짝 빛났다. 도무지 믿기지 않았다. 파라솔 아래 서양 아이와 함께 주스를 마시고 종이배를 띄우고, 한다는 사실이. 게다가 서양 아이 한나가 우리말을 잘한다는 사실이 난지를 황홀하게 만들었다.

불쑥 호기심에 오게 된 선교사 집에서 난지는 해동갑까지 놀다 비스킷과 초콜릿을 상자째 얻어 가지고 돌아왔다.

집에 와서는 그곳에 다녀온 것을 비밀로 해두었다. 특별한 이유가 있는 건 아니고 그냥 그러고 싶었다. 비밀은 난지의 가슴 속에서 가끔씩 보석처럼 반짝이며 난지를 설레게 해주었다.

종석 오빠

　육학년에 올라와 처음 순녀와 한 반이 되었을 때 좋아서 서로 껴안고 빙글빙글 돌았다. 그러나 마음뿐, 정작 순녀와 난지는 한 반일 때나 아닐 때나 똑같았다. 순녀네 집이 학교에서 너무 멀고 또 빨리 가서 동생들을 봐야 했기 때문에 남아서 난지와 놀 짬이 없었다.

　반면 난지는 자유로웠다. 집에서도, 학교에서도, 학교가 파해도 남아서 노닥거리다 집에 와도 나무라는 사람이 없다. 집에서는 인형을 만들어 인형엄마가 되고, 중학생 상급학년 오빠들이 틀어 놓은 축음기에서 나오는 유행가를 따라 부르기도 했다. 그러다가 엄마한테 꾸중을 듣긴 했지만. 하지만 그때 유행하던 '산장의 여인'이라는 노래를 부른 여자가수의 목소리는 너무 슬퍼 가끔씩 생각이 나곤 했다. 방바닥에 배를 깔고 엎디어 〈자유의 벗〉을 뒤적이며 미국을 생각하고 이어 선교사 집 한나를 떠올리기도 했다.

　'다시 가면 또 반겨 줄까? 분명 친구라 했으니 반겨 줄 거야.'

그렇지만 순녀네 집에 가듯이 선뜻 가지지는 않을 것 같았다.

그런 중에도 불쑥 미란이가 또 나타났다. 참 이상한 일이다. 학교 가다가도, 집에 혼자 있으면서도, 잠을 자는 중에도 호야동 묏등 도깨비불처럼 미란이가 튀어나온다.

'그래, 언젠가 미란이를 꼭 다시 만나야 돼. 하지만 그때가 언제일지 … .'

쓸쓸한 난지의 마음속으로 순녀 고모네 큰오빠인 종석 오빠가 살며시 들어왔다. 하루는 종례시간이 끝나고 난지는 순녀 자리로 갔다.

"순녀야, 너네 고모네 큰오빠 지금도 그림 그리니?"

"종석 오빠? 응. 근데 고모부가 못 하게 엄청 말린대."

"너네 큰오빠 불쌍하다."

"왜?"

순녀가 가다가 뚝 섰다.

"그렇게 좋아하는 걸 아버지가 못 하게 하니 말야. 지난봄 소풍 때, 배산에서 너네 오빠 봤다. 정말 잘 그리더라."

"맞아. 우리 고모도 그러는데 큰오빠 그림 엄청 잘 그린대. 상도 엄청 많이 탔대. 그래서 말인데 큰오빠, 미술대학 가는 걸 절대 포기하지 않을 거래. 참, 우리 집에 고모가 왔었어."

"고모부랑?"

"아니, 큰오빠랑."

"왜?"

"큰오빠가 나랑 함께 수분리 할머니 집에 다녀오고 싶다는 말 전하려고."

"그래서 갈 거니?"

"내가 이번에도 너랑 함께 가고 싶다고 했지."

"그랬더니?"

"고모가 '그럼 더 좋지. 우리 순녀, 심심하지도 않고' 했어."

"잘했다, 정말 잘했어."

난지가 호들갑스레 순녀의 등을 토닥거렸다.

"근데 난지야, 이번엔 기차를 타고 버스도 타고 꽤 멀리 갈 것 같다. 너네 엄마가 허락해 주실까?"

"너랑 가는데, 해주실 거야."

생각지도 않은 즐거운 여행을 할 수 있게 되어 난지는 신이 났다.

그런데 가기로 한 전날, 순녀한테 일이 생겼다. 순녀 엄마가 갑자기 아파 눕게 된 것이다. 아기 돌보는 일뿐 아니라 밥 짓는 일까지 순녀가 하지 않으면 안 되게 되었다.

"고모, 나는 못 가도 난지랑 가게 하세요. 난지는 언니들이 많아서 갔다 와도 돼요."

그렇게 해서 난지와 종석 오빠 둘이서만 순녀 고모부네 고향을 가게 되었다.

솜리역에서 여수 가는 기차를 타고 남원역에서 내려, 장수 가는 시외버스로 갈아타고 내려서, 또 수분재라는 고갯마루를 넘었다.

"난지야, 우리 할머니네 마을 이름이 왜 수분리인지 가르쳐 줄까?"

"응."

친해졌다 싶으면 어김없이 반말이 나오고 만다.

"물매가 가파른 억새지붕에 빗방울이 떨어지면 하나는 금강으로 흘러 서쪽 바다로 가고, 다른 하나는 섬진강으로 흘러 남쪽 바다로 간다고 해서 붙은 거야. 그렇게 물이 갈라지는 마을이란 뜻이지."

종석 오빠 말이 재미있었다.

고개를 넘자 산에서부터 내려오는 실개울이 나타났다. 실개울은 들판으로 내려오면서 제법 큰 폭으로 퍼졌다.

"이 개울을 건너야 해."

물속에 징검돌이 두 줄로 나란히 앉아 있었다. 돌멩이와 돌멩이 사이가 하나는 짧고 하나는 넓다.

"오른쪽 건 애기 징검다리, 왼쪽 건 어른 징검다리."

난지는 애기 징검다리로, 종석 오빠는 어른 징검다리로 건넜다.

오빠는 갓난아기 때부터 학교에 들어가기 전까지 이 마을에서 자랐다고 한다. 그리고 한 가지 비밀을 난지에게 말해 주었다. 난지는 그 비밀을 듣고 너무 놀랐지만 오빠는 오히려 태연했다.

"난 친엄마를 모른다. 지금 내 어머니는 동생의 엄마지. 동생의 어머니가 오래 아이를 못 낳아 업둥이인 나를 키운 뒤 용케 아이가 생겼다. 동생이 태어난 뒤에도 난 동생의 어머니를 내 친어머니로 알고 자랐다. 처음 알게 되었을 때 몹시 놀라고 슬펐지만 곧 생각을 고쳐먹었지. 낳은 엄마도 엄마지만 이만큼 키워준 엄마도 분명 내 엄마니까."

꼬불꼬불한 황톳길을 따라 마을로 향했다. 종석 오빠가 곡식과 채소들을 손으로 가리키며 이름을 가르쳐 주었다. 그냥 이름이 아니라

토를 단 이름이다. 이를테면, 귀신을 쫓아 주는 수수, 맛있는 인절미가 되는 찹쌀, 고갱이가 생겨 애기 알궁뎅이 같은 배추, 하얀 기둥 위로 푸른 분수처럼 뻗친 청무… 이런 식이다.

"재밌다. 누구한테 들은 얘기야?"

"할머니."

난지는 들으면서 오빠가 그림만 잘 그리는 것이 아니라 글도 잘 쓸 거라는 생각이 들었다.

마을로 들어가는 길은 난지네 골목보다도 좁았다. 나붓나붓 엎디어 있는 초가집을 나지막한 토담이 에워싸고 있었다. 토담 어깨에 올라앉은 조롱박이 마치 저희끼리 누가 오고 있다고 말하는 듯했다. 우물 옆 땡감나무에 노랗게 익은 감이 주렁주렁 매달려 있다. 어찌나 다닥다닥 맺혔는지 가지가 휘어져 우물 속으로 빠지려 했다. 신기해서 우물을 한창 들여다보고 있는데 흰 저고리에 검정치마를 입은 아주머니가 물동이를 머리에 이고 오고 있었다. 아주 옛날 사람 같았다. 오빠가 넙죽 인사를 했다.

"아이고, 할머니 집에 왔나베?"

"네."

"아이구, 석이 할마씨가 얼매나 좋아하실꼬?"

동이를 내려놓고 두레박줄을 풀어 내리며 아주머니가 오빠에게 말했다.

"그럼, 먼저 가겠습니다."

오빠 따라 난지도 돌아서는데, 아주머니가 불쑥 말했다.

"애기가 곱게 생겼네?"

물을 동이에 쏟으며 아주머니가 난지를 바라보았다.

'히잉? 나보고 애기라구?'

오빠가 눈치를 챘다.

"괜찮아. 귀여워서 하신 말씀이야."

"오빠 아는 아줌마야?"

"그으럼."

"친척이야?"

"아니, 친척 같은 이웃사촌. 시골은 다 그래. 다 함께 하늘이 주는 복을 나누어 받고 사니까 이웃도 친척인 거지."

"하늘이 주는 복이 뭔데?"

"함께 농사지을 물을 주지, 들판의 곡식이 다 잘 익으라고 햇빛을 주지, 더운데 쉬엄쉬엄하라고 둘러앉을 정자나무 바람도 주지."

"에계? 그게 복이야?

종석 오빠의 대답이 너무 싱거웠다. 할아버지 얘기 같았다. 하지만 곰곰 생각하면 아주 틀린 말 같지도 않았다.

맞은편에서 등에 아기를 업은 아이가 걸어오고 있었다. 종석 오빠가 달려가며 반기자, 포대기를 치키며 아이도 달려왔다. 이마를 가린 일 자 머리가 얼핏 순녀를 보는 것 같다. 손바닥만 한 꽃송이가 울긋불긋 그려진 포대기 밑으로 스란치마 밑단 같은 치마가 보였다. 검정 고무신 안에서 발가락이 옴찔거렸다.

"잘 있었냐? 해순아, 아직도 종달이를 업어 재우는구나."

"안 떨어지려고 그래. 근데, 오빠 방학도 아닌데 어떻게 왔어?"

"응, 할머니 보고 싶어서."

"나는 아니고?"

"아니, 너도 보고 싶었고."

해순이가 그제야 난지의 눈동자와 마주했다.

"참. 인사해라. 이쪽은 해순이, 이쪽은 난지. 작은엄마 딸 친구다. 그러니까 솜리 이웃사촌이지, 하하."

종석 오빠가 싱겁게 웃었다. 마치 해순이에게 설명을 하지 않으면 안 될 일인 것처럼.

"오빠, 우리 큰집 타작했어."

"벌써?"

"참, 오례쌀도 쪄놨어. 갖다줄까?"

해순이가 말해 놓고 실쭉 웃었다. 그러고는 손깍지를 포대기 안 종달이 엉덩이 밑에 대고 추켜세운다.

"해순아, 오빠가 내일 아침에 갈게."

"응. 그럼 내일 와, 오빠."

해순이가 땅을 바라보며 지나갔다. 스으으, 쓸쓸한 바람 한 자락이 따라 스쳐 갔다.

"있지, 오빠. 해순이라는 아이, 진짜 어른 같다."

"어른 일을 많이 해서일 거야. 시골 살면 다 그래."

해순이가 담 모롱이를 꺾어 들며 고개를 돌려 다시 한 번 이쪽을 보았다. 분명 종석 오빠를 보려 한 걸 텐데 난지와도 눈이 만났다. 종석 오빠가 팔을 번쩍 쳐들어 흔들어 주었다.

"착한 아이야. 아버지가 안 계셔서 엄마가 큰집 농사를 거들어 주고 쌀을 받아 오지. 해순이는 집에서 밥하고 종달이를 혼자 키우다시피 해. 배동바지엔 들에 나가 참새도 쫓고."

'아이, 불쌍해.'

난지는 이마를 찡그렸다.

할머니 집에 도착하자, 할머니가 보선발로 뛰어나왔다.

"아이구! 내 강아지 왔고나."

할머니가 다 큰 종석 오빠의 엉덩이를 연신 토닥이며 호물호물 웃었다. 가뜩이나 작은 키에 허리까지 굽은 할머니는 키가 오빠의 반밖에 되지 않았다.

"할머니, 업으세요."

느닷없이 종석 오빠가 할머니 앞에 등을 대더니 답삭 업어 마당을 한 바퀴 돌고, 마당귀의 살구나무를 한 바퀴 돌고, 그리고 토방마루에 가만히 내려 드렸다. 할머니가 자꾸만 웃었다.

그날 밤, 난지는 할머니 방에서 할머니와 나란히 잤다. 할머니는 아끼고 아끼던, 한 번도 덮지 않은 살굿빛 명주이불을 덮어 주었다.

이튿날, 종석 오빠는 해순네 집에 갔다. 해순 엄마한테 인사도 하고 해순네 큰집 타작 밥도 얻어먹고 해순이랑 밤갓에 가도록 허락도 받았다.

"오빠, 그 아이랑 놀지 마."

갑자기 해순이가 발을 멈추며 말했다.

"그게 무슨 말이니? 오빠가 누구랑 놀았는데?"

"솜리 이웃사촌이라는 아이. "

"하하하!"

종석 오빠가 큰 소리로 웃었다.

"해순아. 너 샘내는 거니? 난지라는 아이만 예뻐할까 봐?"

"응. "

고개를 주억거리는 해순이의 눈에서 어느새 눈물이 갈쌍이고 있었다.

"바보, 이 오빠가 고향 동생을 잊어버릴까 봐?"

종석 오빠가 해순이의 손을 꼬옥 잡아 주며 달랬다.

"해순아, 난지는 나이도 너보다 한 살 어리고 하는 짓은 더 어리다. 얼마나 어리냐면 여태도 인형놀이를 하는 애야. "

고수레!

해순이는 곱다시 듣고 있었다. 기분이 금세 맑아졌다. 오랜만에 보고 싶었던 오빠와 둘이서 걸으니 행복했다.

"오빠, 참. 우리 마을에 중학교가 생겼어. 밤에만 여는 학교지만 서울 선생님이래."

"그래?"

"응. 몸이 아파 이곳 친척 집에 내려오셨는데 마을에 중학교에 못 간 아이들이 있다는 얘기를 듣고 공부를 가르쳐 주신댔어. 나도 다닐 거여."

"잘됐다. 너네 엄마는 말할 것도 없고 돌아가신 아버지도 좋아하시겠다."

"나 열심히 공부할 거여. 오빠도 열심히 하겠다고 약속해줘. 이담에 오빤…."

하다가 해순이가 입을 꼭 다물었다.

"알았어."

종석 오빠가 밑도 끝도 없이 알았다고 대답했다. 해순이의 얼굴이 저녁 박꽃처럼 활짝 피어났다.

해순 엄마가 달고나를 넣어 쪄준 옥수수를 하모니카처럼 불며 오는데, 감나무 가지 위에서 난지가 불렀다.

"너? 어떻게 거길 올라갔지?"

"두레박 타고 올라왔지."

난지가 놀렸다. 해순이가 듣고 쿡 웃었다. 잔뜩 힘이 들어가 있던 어제의 눈꼬리가 부드럽게 처져 있었다.

"내려와. 밤갓에 가서 밤 줍자."

종석 오빠의 말이 떨어지기 무섭게 난지는 골목 공터의 느티나무를 타던 솜씨를 발휘해 쪼르르 내려왔다. 해순이가 종다래끼를 옆구리에 끼고 뒤따랐다. 난지는 해순이의 손을 보고 깜짝 놀랐다. 동생들 돌보고 청소하는 순녀보다도 훨씬 까칠했다.

밤갓은 마을에서 한참 떨어진 너덜길 위쪽에 있었다.

종석 오빠가 장대로 나뭇가지를 치자 밤송이가 툭툭 떨어진다. 떨어진 자리를 해순이가 눈여겨보았다가 부집게로 집어 끌어모았다. 난지도 따라 했다.

"아얏!"

밤송이가 난지 머리에 톡 떨어졌다. 아래쪽을 다 훑고 우듬지로 올라가 아슬아슬하게 붙어 있는 오빠를 올려다보고 있다 그만 당한 것이다.

"오매, 피 나네!"

해순이가 달려왔다. 박힌 가시를 빼주고 치마를 뒤집어 이마를 꼭 꼭 눌러 닦아 주었다. 종석 오빠도 놀라 장대를 집어던지고 뛰어왔다.

"미안, 오빠가 조심했어야 했는데."

"괜찮아, 오빠. 내가 미리 피했어야 했어."

하지만 아팠다. 이마에 핏방울이 돋고 밤 가시가 눈에 들어갔는지 눈이 너무 따끔거렸다. 눈두덩이 금세 부어올랐다. 갑자기 밤송이가 무서워졌다. 난지는 아예 멀찌감치 떨어졌다.

종석 오빠가 장화발로 밤 가시를 벗기고 해순이는 벗겨진 아람을 구 럭에 담기 시작했다. 난지는 구경꾼이 되고 말았다. 그렇지만 즐거웠 다. 아프면서도 재미있었다. 태어나 처음 밤송이를 주워 본 것이 얘깃 거리 하나를 얻은 기분이다.

밤을 다 줍고 둘러앉아 밥을 먹었다. 해순이가 숟가락으로 밥을 떠 서 "고수레!" 하고 던졌다.

"무슨 소리야?"

난지가 물었다.

"산이랑 나눠 먹는 거다."

"산이 밥을 먹어?"

"응. 산에 새도 있고 벌레도 있으니까 ….."

"마을에서도 감이 익으면 다 따지 않고 남겨 둔다. 까치 먹으라고."

종석 오빠가 보충설명을 해주었다. 재미있었다. 옛날얘기처럼.

그런데 다음날, 또 문제가 생겼다. 자고 일어나니 눈이 어제보다 더 따끔거렸다. 거울을 보니 오른쪽 눈에 핏발이 잔뜩 서 있었다. 따끔거리는 정도도 더해 욱신거리기까지 했다.

"여긴 병원도 없는데 …."

종석 오빠가 걱정을 하며 바라보았다.

그때 할머니가 반닫이 안에서 색색의 헝겊을 꺼내 가위로 기다랗게 오려 보자기에 쌌다.

"아가, 밤갓에 한 번 더 가자."

"네?"

"울 아그 눈 낫아 주려고 그란다."

할머니가 일어나 밖으로 나갔다. 난지는 더 대꾸도 하지 못하고 따라 나갔다. 종석 오빠가 업고 가겠다고 하는 것도 마다하고 할머니는 난지만을 데리고 꼬부랑꼬부랑 산길을 올라갔다.

"밤나무에 찔려 눈에 핏발이 서믄 밤나무가 보이는 뽕나무에 오색 헝겊을 맺어 두고 열 번만 지나다니믄 낫지러. 그때마다 뽕나무 밑동에 세 번 침을 뱉는 거 잊어서는 안 되지러."

난지는 할머니가 시키는 대로 했다. 난지가 뽕나무 앞을 왔다 갔다 하는 동안 할머니는 하늘에 대고 맥없이 손을 부벼 댔다. 희한하게도 따끔거리는 것이 덜한 것 같았다. 기분이 좋아졌다.

"할머니, 정말 이상해요. 올라올 때도 눈이 아팠는데, 덜 아파요."

난지는 묘한 느낌을 할머니에게 솔직히 말했다. 할머니가 고개를 까딱이며 침묵으로 답했다. 가만 생각하니 산에 올라와서는 할머니가 입 밖으로 소리를 내지 않았다. 할머니의 조심하는 마음이 난지의 눈을 낫게 해준 것 같았다.

　종석 오빠가 문밖에서 이젤을 들고 서 있었다.
　"괜찮니?"
　"응, 다 나은 것 같아."
　"할머니, 고맙습니다."
　오빠가 또 할머니를 불끈 안아 맴을 돌았다. 오빠 앞에서 할머니가 되려 어린애 같았다.
　"고맙은 건 이 할미가 아니라 산신령이제."
　할머니가 그제야 입을 열었다.
　"할머니, 난지랑 가서 그림 그리고 올게요."
　"해동갑이 다 돼 노을이 지누만."
　"어두워지기 전에 돌아올게요."
　"그랴, 그랴."
　그것으로 끝, 할머니는 그림을 왜 그리느냐, 어디로 가서 그리느냐 묻지 않았다.

　두루마리 도화지를 옆구리에 끼고 이젤과 물감통을 양손에 든 오빠가 앞장을 섰다. 난지가 옆구리의 도화지를 살짝 뺐다.
　"고맙다."
　종석 오빠가 실쭉 웃어 보였다. 개울가 편편하고 굵은 돌멩이 세 개를 주워다가 삼각형으로 놓은 다음 이젤을 세웠다. 개울물을 그릇에

담아와 물감을 풀기 시작한다. 그림 그릴 준비를 하는 종석 오빠가 그
림 그릴 때처럼 진지해 보였다.

"난지야, 난 그림에 푹 빠지고 싶다."

"어떻게 하면 빠지는 건데?"

"그림만 그리며 살고 싶단 뜻이지. 꽃들이 꿀을 모으듯 세상의 색채
를 모으고 싶다. 그리고 나만의 색을 만들어 내고 싶다. 그걸로 산과
들, 바람과 하늘을 멋지게 담고 싶다. 죽은 목재소의 나무들이 아니라
무성한 잎으로 살아 숨 쉬는 나무를 그리고 나뭇잎 속에 새겨진 잎들
의 생각을 알아내고 싶다. 하지만….."

"하지만, 뭐?"

"아니다. 공연히 너한테….."

종석 오빠가 혼자 도리질을 하며 말을 끊었다. 난지가 말을 할까 말
까 하다가 했다.

"오빠, 그림 좋아하는 거 나도 알아."

"어떻게?"

"지난번 소풍 때 보았잖아."

난지는 순녀 고모부 생일에 순녀 고모부와 종석 오빠 사이에 흐르던
이상한 공기에 대해서는 입을 다물었다.

"늘 두 갈래 길이 있더구나. 곧 두 길 중 한 길을 택해야 하는데."

종석 오빠가 팔레트를 개울 바닥에 내려놓았다.

"오빠가 무슨 말을 하려는지 난 알아. 오빠 아버지 때문이지?"

종석 오빠가 난지를 빤히 바라보았다. 그러더니 픽 바람소리로 웃
었다.

"녀석, 눈치하고는. … 솜리로 갈 때도 그랬지. 난 할머니랑 계속 살고 싶었는데 아버지 손에 끌려갔다. 처음 솜리로 왔을 때 어찌나 심심하던지 …. 농림학교 숲에 자주 갔다. 난지 너도 알지?"

"응."

"그런데 거기에도 두 갈래 길이 나 있더구나. 한쪽은 사람들이 많이 다니는 곳, 또 한쪽은 사람들이 덜 가는 쪽. 사람들이 덜 가는 쪽으로 가면 방죽을 만나지. 그곳에서 뭘 했는지 아니?"

"그걸 내가 어떻게 알아."

난지가 일부러 딴죽을 놓았다.

"방죽 물에 돌을 던지면 동그라미가 퍼지지. 그걸 갖는 거야."

"가져서 뭘 하게?"

"학교에서 못 받은 동그라미 다섯 개, 백 점을 여기 와서 받는 거다."

"그럼 방죽이 오빠한테 백 점을 주는 거네?"

"응. 순전히 내 맘대로지. 산수, 국어, 사회, 자연 모두 다 백 점. 와아! 나는 백 점 일등이다!"

"돌멩이가 매겨준 점수야?"

종석 오빠가 대답 대신 하하하 웃었다. 난지도 따라 웃었다.

"늘 그림과 친구 하며 지냈지. 그림 대회에 나가 상을 타고, 교실 환경미화 콘테스트에서 우리 반이 일등을 하고 …. 그때마다 내 이름이 날렸지."

그러다 이내 입을 다물었다.

"하지만 내가 그림으로 상을 받을 때마다 아버지는 화를 내셨다."

종석 오빠가 처음 아버지 얘기를 했다. 난지는 잠자코 듣고 있다.

"아버지는 내가 그림 그리는 것을 몹시 싫어해. 세상에 그림쟁이처럼 게으른 사람이 없다 하신다. 공부가 하기 싫어 그림이나 그리려는 거란다. 그러니 그림 그리러 대학까지 간다는 건 상상도 못 하실 거다. 참, 어쩌다 얘기가 여기까지 왔지?"

"아까 무슨 말을 하려다 만 것도 바로 그 얘기?"

종석 오빠가 갑자기 고개를 홰홰 젓더니 팔레트에 물감을 풀어 색을 섞기 시작했다.

그러나 난지는 알고 있다. 틀림없이 종석 오빠가 그림을 계속 그릴 거라는 것을, 그리고 미술대학에도 갈 거라는 것을.

해가 서쪽으로 옮겨 가고 있었다.

"잘됐다. 하늘에 노을이 지는 모습도 그려 넣으면 멋있겠다."

종석 오빠가 그림을 다 그릴 때까지 난지는 옆에서 가만히 앉아 있었다. 시간이 한참 흐르고 어둑어둑해질 무렵에야 오빠는 손에서 붓을 놓았다.

"난지야, 저기 하늘을 보렴."

"어디?"

"아직 노을이 다 지지 않았는데 별이 나왔구나."

난지가 종석 오빠가 가리키는 서쪽 하늘을 바라보았다. 흐릿하긴 하나 분명 별 하나가 보였다.

"무슨 별인지 아니?"

"몰라."

"개밥바라기, 샛별이라고 해. 초저녁부터 나와 새벽까지 빛나는 별이야."

"아주 부지런한 별이네?"

"응. 그래서 부지런한 사람만 샛별을 볼 수 있지. 여기 수분리 사람들은 모두 저 샛별을 본다. 해순이도, 해순이 엄마도, 그리고 우리 할머니도."

난지는 종석 오빠의 입에서 해순이 얘기가 나와도 아무렇지도 않았다.

종달이 누나 해순이

저녁을 먹고 난지는 혼자서 해순이네 집에 갔다. 왠지 혼자 가보고 싶어 할머니한테 물어서 찾아갔다. 허름한 초가집 지붕에 얹힌 하얀 박이 달덩이 같았다. 싸리문이 설핏 열려 있었다.

난지는 살금살금 안으로 들어갔다. 실 같은 것이 얼굴에 닿았다. 손으로 휘휘 얼굴을 쓸자 무엇이 잡혔다. 꿈틀한다.

'거미줄?'

난지가 질겁하며 손을 놓았다. 몰래 들어왔으니 소리를 지르고 싶어도 지를 수가 없었다. 두 팔을 정신없이 휘저었다.

반쯤 젖혀진 거적문 뒤에 서서 호롱불이 켜진 부엌을 들여다보았다. 등에 종달이를 업은 해순이가 어둑어둑한 부엌 바닥에서 남자아이의 얼굴을 씻어 주고 있었다. 수건 턱받이를 하고 대야 앞에 앉아 있는 아이는 다섯 살쯤 되어 보이는 종달이 형 같았다. 종달이는 해순이 등에서 자꾸만 찜부럭을 부렸다.

아이가 얼굴을 닦으며 "누나 밥 줘!" 하자 해순이가 고개를 끄덕이며 부뚜막에 놓인 상을 들고 밖으로 나왔다. 아이가 호롱불을 들고 따라 나왔다. 난지는 들키지 않게 얼른 사립문 밖으로 나왔다. 해순이가 보면 놀랄지 모르기 때문이다.

그러나 그냥 돌아서고 싶지 않았다. 해순네 집 속을 더 보고 싶었다. 다시 들어가 살금살금 방문턱까지 다가갔다.

"종달아, 종길아. 많이 먹어. 그리고 오늘은 엄마가 잔칫집 일하러 가셨으니 누나랑 자자."

해순이의 목소리에 그리움이 묻어 있었다. 아버지에 대한 그리움일까? 해순이가 노래를 부르기 시작했다. 말꼬리 이어 부르기 노래였다.

"원숭이 똥구멍은 빨개, 빨가면 사과, 사과는 맛있어, 맛있으면 바나나, 바나나는 기일어, 길으면 기차, 기차는 빨라, 빠르면 비행기, 비행기는 높아, 높으면 백두산, 백두산 뻗어내려 반도 삼천리, 무궁화 이 강산에 역사 반만년, 대대로 이어 사는 우리 삼천만, 빛나도다 그의 이름 대한이라네."

해순이의 목소리가 파도처럼 일렁거렸다. 목소리에 리듬을 실어 어린 동생들의 엄마 생각을 거두어 주고 있었다.

사립을 빠져나오며 난지는 밤하늘을 쳐다보았다. 호롱불 앞에 둘러앉아 있을 해순이와 종달이, 종길이 세 식구가 별 셋으로 반짝였다. 따뜻한 눈물이 볼을 타고 내려왔다.

'해순이가 쓰는 시간과 내가 쓰는 시간은 너무 다르다. 해순이는 어린애가 아니다. 집에 돌아와 엄마가 없을 때 허전하던 내 기분 같은 것과는 상대도 안 된다. 엄마 없이 밤을 보내는 어린 동생들에게 해순이

는 진짜 엄마다.'

종석 오빠네 집으로 돌아오는 동안 내내 난지는 자신보다, 순녀보다도 더 어른 같은 해순이를 생각했다. 집안 형편 따라 나잇값도 달랐다.

종석 오빠 할머니 집에서 이틀을 보내고 솜리로 돌아오는 날, 해순이가 찬합에 메뚜기볶음을 담아 가지고 왔다. 새 쫓으면서 잡은 걸로 볶은 거라고 했다. 종석 오빠가 좋아서 덥석 받는데, 난지는 먹어 보지 못한 거라 머뭇거렸다.

"한번 먹어 보아. 또 먹고 싶어질 거여. 그리고 또 놀러 와."

"고마워, 언니."

순간, 해순이의 눈에 눈물이 그렁했다. 먹고 안 먹고 상관없이 난지가 두 손으로 찬합을 받았다.

집에 돌아온 난지가 며칠 새 우쑥 커 보였다. 아침에 깨우지 않아도 혼자 일어나고 머리도 으레 혼자서 땋았다. 가끔 엄마가 상을 차리는 일도 도왔다. 무엇보다 놀라운 것은 엄마에게 말을 높이기 시작한 것이다.

"엄마, 학교 다녀오겠습니다."

난지 엄마는 속으로 놀랐다.

"순녀네 집에 드나들고부터 우리 난지가 야물어졌어요."

난지 엄마가 난지 아버지에게 새 소식을 전했다.

"그러기 자식은 가끔 떼어 놓고 봐야 한다지 않소."

아버지의 숙제

눈이 왔다. 천지가 하얗다. 내일모레면 삼월인데 겨울 끝자락에 함박눈이 펑펑 쏟아졌다. 세상이 다른 모양이 되었다. 우물 시울엔 하얀 고리가 생기고 꽃밭의 앵두나무 가지에도 눈꽃이 피었다. 나무 모양이 예쁘지 않아 앵두가 열릴 때 말고는 눈길을 끌지 못하던 앵두나무가 눈꽃으로 곱게 단장을 했다. 장독에도 자배기를 엎어 놓은 듯이 눈이 쌓였다.

난지는 겉눈을 살살 걷고 속눈을 한 움큼 끌어모아 입에 넣었다. 입 안이 화아아 시려 왔다. 눈을 보면 마냥 기분이 좋다. 아무도 밟지 않은 눈을 밟으면 조심하는 마음이 저절로 돈다.

'갓 태어난 아기들의 마음도 눈송이처럼 하얄 거야. 누구나 처음 태어날 땐 눈송이처럼 깨끗한 마음을 갖고 태어날 거야. 그런데 눈송이처럼 깨끗한 마음에 왜 자라면서 때가 묻는 걸까?'

잠시 장독대 앞에 서서 꼬마 철학자가 된 듯 난지가 생각에 잠겼다.

그러다 파아뜩 생각 하나를 건져 올린다.

'아니야, 그건 때가 아니라 색깔이야. 눈송이 속 하양 안에 들어 있는 빨강, 주황, 노랑, 초록, 파랑, 남색, 보라를 꺼내 내 마음을 색칠하는 거야. 그러면서 내가 자라는 거야. 자란다는 건 바로 내 시간을 내 맘대로 색칠한다는 거야.'

사월이 되면 난지도 중학생이 된다. 보름 뒤 중학교에 들어가는 시험이 있다. 시험에 붙기 위해 육학년 아이들은 겨울방학을 모두 시험 공부로 채워야 했다. 솔리에서 제법 쳐주는 남별여중. 난지는 '꼭 그곳에 들어가야지' 하고 다짐해 두고 있었다.

아이들은 문제를 많이 풀어 봐야 한다며 다투어 수련장을 샀다. 늘 빠듯한 살림을 사느라 방에서도 부엌에서도 손가락셈을 하는 난지 엄마에게 수련장은 보나 마나 사도 그만, 안 사도 그만인 덤일 것이다. 그 덤을 사달라 하면 안 사줄 게 뻔했다. 달마다 20환씩 내는 육성회비도 졸라야 주는 엄마인지라 난지는 아예 수련장을 사달라는 말을 하지 않았다.

대신 시험 때는 그냥 교과서를 깡그리 외워서 공부했다. 그 바람에 산수는 늘 좋은 점수를 얻지 못했다. 아무리 공식을 달달 외워도 실제 문제를 풀어 보지 않으면 산수 실력이 늘지 않는다. 그렇더라도 다른 과목은 자신이 있었다. 한 과목쯤 좀 떨어져도 중학교 시험에 큰 지장이 없을 것 같았다.

그런데 방학 며칠 전, 담임선생님이 난지에게 수련장을 주었다. 반 아이들 중 몇 명이 뽑혀 쪽지시험 채점을 하고 난 뒤였다. 다른 아이들은 주지 않았는데 난지에게만 주는 것이다. 영문을 몰라 얼른 받지 않았다.

"선생님들 보라고 출판사에서 보내준 건데, 여분이 있어 주는 거니 받아라. 마지막 점검을 이걸로 해 보아라."

난지는 한참을 망설이다 받았다. 안 받으면 혼날 것 같았다.

다음 날 학교에서 수련장을 푸는데, 채점한 아이들 모두가 수련장을 갖고 있었다. 그러니까 난지만 수련장이 없다는 것을 선생님이 알아챈 것이다. 가난하긴 해도 돈을 실컷 쓰고 싶다거나 수련장을 꼭 사고 싶다는 생각을 난지는 별로 해 보지 않았다. 하지만 엄마가 돈이 없어 수련장을 못 사준다는 사실을 선생님한테 들킨 것이 창피했다. 공연히 엄마를 욕먹게 한 것 같아 마음이 아팠다. 그런 난지의 마음도 모르고 아버지는 난지에게 잔뜩 기대를 하고 있었다.

"난지야, 열심히 공부해서 좋은 학교에 들어가야 한다."

호호 손을 불며 들어오는 난지를 보고 아버지가 말했다.

"네에."

대답을 하면서도 속으로는 시큰둥했다. 아버지는 남의 사정을 너무도 모른다. 기분 좋을 때면 꺼끄러운 볼을 난지의 볼에 대고 '우리 막둥이' 하며 부벼 대는 것도 난지는 진짜 싫었다.

선생님은 그 뒤로도 두 번이나 더 따로 난지에게 수련장을 주셨다. 처음엔 망설이며 받았지만 시험 날짜가 다가오자 감사해하며 받았다. 그동안 쌓은 실력을 확인하는 데 문제를 푸는 것보다 확실한 방법이 없었다.

밖에서 영천이 아저씨 소리가 났다. 툇마루 앞에 벙거지 모자를 쓴 영천이 아저씨가 서 있었다. 아버지가 나갔다.

"난지 아부지, 어르신이 긴히 의논할 말씀이 있으시답니다유."

"알았네. 먼저 건너가게. 곧 옷 입고 가겠네."

난지가 옆에서 쿡 웃었다. 영천이 아저씨가 영문도 모른 채 난지를 돌아보았다. 난지가 고개를 살래살래 흔들었다. 아무것도 아니라는 뜻이다. 옷을 입고 있는데 옷을 입고 가겠다는 아버지의 말이 재미있어서 웃었던 것이다.

학수 할아버지와 난지 아버지, 단둘이 마주 앉았다.

"서울로 가지 않겠나."

"서울로 말씀입니까?"

"서울 친구한테서 연락이 왔다네. 옛 궁궐을 지키는 일을 하지. 한옥을 잘 짓는 사람을 전국에서 모으고 있다네. 궁궐을 대대적으로 보수하는 계획을 나라에서 세우고 있다는구먼."

난지 아버지가 꿀 먹은 벙어리가 되었다.

"자네 정도라면 친구를 도와 잘 해낼 거라 믿네."

'그럼, 고향 솜리를 어떡허구요?'

머릿속이 하얗게 되는 것 같았다.

"좁은 바닥에 두기는 아까운 재주일세, 가뭄에 콩 나듯 생기는 일만 바라보고 살기엔. 그리구 뒤도 두어야 해."

"뒤라니요?"

"후계자 말일세. 자네 같은 대목이 사라지면 한옥도 사라지고 한옥이 사라지면 우리네 얼굴도 사라질 걸세."

"이를 말씀인가요."

난지 아버지가 손깍지를 낀 채 대답했다. 학수 할아버지가 한옥에 대해 얘기를 시작했다. 한옥이 얼마나 과학적인 집인지, 얼마나 자연과 가까이 지낼 수 있는 집인지를 침이 마르도록 설명했다. 난지 아버지는 다 알면서도 귀를 모았다.

"고향을 떠나는 일이 쉬운 일은 아니지. 허지만 뜻을 맺기 위해선 떠날 수도 있어야 하지 않겠는가. 태를 묻은 고향은 뼛속에 박힌다네. 어딜 가도 따라가 마음속에 버티고 있다는 게지."

"그러믄요."

"먼저 식구하고 의논을 하게나. 참, 내 하나 더 말함세. 자식도 큰 물에서 키우면 나을 걸세."

난지 아버지는 고개만 연신 주억거렸다.

"마음을 정하면 알리게. 자네 집은 내가 우선 사겠네. 자리 뜨려면 당장 준비가 필요할 테니. 그리고 가끔 내 집도 자네를 기다린다는 걸 잊지 말게."

꼭두새벽, 난지 아버지는 학수 할아버지로부터 뜻밖의 숙제를 받아 안고 왔다. 꼭 해야 되는 숙제는 아니지만 그것보다 더 고민되는 숙제였다. 난지 아버지는 며칠을 끙끙 몸살을 앓듯 생각을 앓았다.

한생을 살고 자식 대까지 살게 될 고향 솜리라고만 생각했는데, 고향을 떠나야 할지도 모른다 생각하니 머리가 바윗덩이처럼 무거워졌다. 그런데 날이 갈수록, 생각에 생각을 더할수록, 이상하게도 학수 할아버지의 말 한마디 한마디가 가슴으로 쏙쏙 파고들었다.

'결국 나를 위해 주시는 말씀 아닌가. 보통 사람 같으면 옆에 당신 집을 손보아주는 나를 도리어 붙잡아 두고 싶어 할 텐데 …. 게다가 애들 앞날도 챙겨 주시고.'

솔직히 대목이 되는 꿈도 꾸이지만 당장 집을 판 돈으로 큰애 대학은 보낼 수 있겠다 싶었다. 또 솜리보다 일거리가 많을 테니 아내가 고생하지 않아도 되겠다 싶었다.

'내가 계속 짓고 싶어 하는 한옥을 여기서보다 많이 만날 수 있다면 그건 분명 좋은 일이다. 더욱 할아버지의 소개로 궁궐도 드나들 수 있다면 더없는 행운이다.'

그렇게 생각을 굴리며 일주일을 보낸 뒤, 난지 아버지가 식구를 모두 불러 모았다. 방 안이 쥐 죽은 듯 고요했다.

한참 입을 열지 않던 난지 아버지가 무겁게 입을 열었다. 이번엔 식구들이 모두 벙어리가 되었다. 아닌 밤에 홍두깨 같은 일이 벌어진 것이다.

"아버지, 난 어떡하라구요? 미란이와 약속했단 말예요. 언제까지 솜리에 살고 있겠다고. 미란이가 오면 우리가 없어 어딜 가라구요? 아앙!"

난지가 벌떡 일어나 따발총처럼 쏟아 내고는 또 울음보를 터뜨렸다. 언니들이 말렸지만 소용이 없다. 난지 아버지가 물끄러미 난지를 바라보며 울게 내버려 두었다. 엄마도 맥없이 엄지손가락으로 방바닥을 문대고 있었다. 한참을 소리 내서 울던 난지가 문을 열고 휙 나가더니 코를 팽 풀었다.

"난지야, 사람 사는 곳 어디서든 만날 수 있다. 살아만 있으면."

아버지가 마루에 대고 말했다. 문창호지 한 장 사이라 다 들렸지만 난지는 못 들은 척 대꾸도 하지 않았다. 난지의 울음 소동으로 언니들은 입도 뻥끗 못 했다.

"꼭 가야 하나요?"

난지 엄마도 더 견딜 수 없는지 조심스레 입을 열었다.

"가는 게 여러모로 우리 집에 도움이 될 것 같소. 큰애도 서울 학교에 들어가면 좋을 거고."

"손길 닿고 발길 닿은 자리마다 붙은 정 어찌 끊고 가지요. 더구나 서울은 인심도 사납고 정 붙이기가 어려운 곳이라던데 … ."

아버지 얘기는 귓등으로 흘렸는지 난지 엄마는 계속 푸념만 했다. 엄마가 아는 서울은 외삼촌을 통해 겨우 조금 아는 서울이었다.

'물 한 동이로도 네 물, 내 물 하고 싸우고, 내 것 없으면 밥 한 끼 나눌 정도 없는 곳이 서울 인심이라던데 … .'

난지 엄마는 지레 겁을 먹고 있었다. 사실 솜리를 떠나는 일은 난지 아버지보다 난지 엄마에게 더 큰 짐이었다. 엄마는 나서 자란 고향 거창에서 무주로 시집왔을 때도 정 붙이느라 한참 애를 먹었던 기억이 아직도 생생했다. 그것은 또 한 번 마음의 짐을 안고 살아야 하는 두려움이기도 했다. 그렇지만 난지 엄마는 난지 아버지의 뜻을 따르기로 했다.

난지 아버지가 엄마에게 말했다.

"솜리엔 기찻길이 많소. 동서남북 어디로든 가고 또 오고, 그리고

다시 솜리를 찾아온다오. 떠날 때 탔던 기차를 타고. 그러라고 정거장
이 둘이나 있지 않소."

그것은 바로 고향을 떠나는 난지 아버지의 마음이기도 했다.

난지 아버지는 학수 할아버지에게 서울로 가겠다는 최종결심을 말
하고 이사할 집을 알아보기 위해 먼저 서울로 올라갔다.

어쩌지, 섭섭해서

마음은 정했지만 여전히 일손이 잡히지 않는지 툭 하면 난지 엄마는 툇마루에 앉아 푸념을 했다.

'어쩌지. 수피아 할머니와는 어찌 헤어지고 부산 아주머니는 또 어찌하나, 섭섭해서. 우리도 미란네도 없는 솜리, 어디서 맘 놓고 계셨다 가실까. 참, 순녀네랑은 또 어찌 헤어질꼬. … 에고오. 내 정신 좀 봐. 내 식구는 다 놓고 있네. 살붙이처럼 조석으로 밥상 건네던 학생들은 다 어디로 보낸단 말인가. 내 입으로는 차마 말도 못 꺼내겠네.'

난지 또한 엄마처럼 푸념은 하지 않았지만 속으로 끌탕을 하고 있었다. 그래서인지 잠잠하던 어질병이 도졌다. 햇빛 속에 서면 어지럼증은 더 심했다. 왼쪽 눈 속에서 꼬마 해가 뱅글뱅글 돌면 한 걸음 내딛기도 겁이 났다. 학수 할아버지가 미워졌다. 아버지도 미워졌다.

'내가 곰례 언니랑 노는 걸 할아버지가 샘내는 거야. 아니면 우리 집을 사서 무엇에 쓰려고 꿍꿍이셈을 하고 있는지도 몰라. 아버지도 그

렇지, 언젠 나보고 솜리에서 제일 좋은 중학교에 들어가라고 하구선.'

전에 미란네가 떠날 때도 그랬다. 난지도 미란도 미처 알 수 없는 일을 어른들은 꾸미고, 그리고 아무렇지도 않은 듯 그냥 넘어갔다. 그때마다 아이들은 매번 그냥 따라만 가야 했다. 이번에도 그럴 거다. 미란네가 솜리를 떠났듯 머지않아 난지네도 솜리를 떠나게 될 것이다.

난지는 답답했다. 새로운 곳에 대한 그 어떤 것도 뚜렷하게 보이지 않아 미란이와 헤어질 때처럼 막막했다. 그 좋던 인형놀이도 시시해 졌다. 살구가지 괭이를 어깨에 멘 소꿉아빠도 하기 싫어졌다.

그러나 시간은 난지만을 위해 숨 쉬지 않았다. 학수 할아버지의 편지를 가지고 서울에 올라간 아버지가 돌아오고 나서부터 난지네는 하나둘 이삿짐을 싸기 시작했다.

그런 가운데, 난지는 중학교 입학시험을 보고 무난히 합격했다. 그러나 합격증을 받고도 난지는 기쁘지 않았다. 곧 헤어져야 하는 친구들과 합격의 기쁨을 나눌 기분이 나지 않았기 때문이다.

'아무리 섭섭해도 수피아 할머니와 작별인사는 하고 떠나야지.'

올 때가 지났는데 수피아 할머니가 오지 않았다. 기다리던 난지 엄마가 난지를 데리고 수피아 할머니 집을 찾아갔다. 아니나 다를까. 할머니가 홀로 앓고 있었다. 핼쑥한 얼굴로 방문을 설핏 열어둔 채 마루 깊숙이 들어앉은 저녁 해를 맞고 있었다.

"해가 좋아 몍 좀 감고 싶었제. 아구, 우리 난지도 왔네."

할머니 목소리에 힘이 없다. 무엇보다 오종종한 입가의 웃음이 사라졌다.

"할머니이."

난지는 할머니를 보자마자 눈물이 났다.

"꽤 오래 편찮으셨군요. 좀 부르지 않으시구···."

난지 엄마도 울먹이며 할머니의 손을 꼬옥 잡아 주었다. 할머니의 입술이 바싹 말라 있었다. 난지가 재빨리 물을 떠 왔다. 할머니가 몸을 일으켜 난지가 가져온 물을 천천히 마셨다.

"아이구, 아프면 물 한 모금 마시는 것도 일이제."

"힛! 물 마시는 게 일이에요, 할머니?"

난지가 금세 울다 웃다 하자 난지 엄마가 난지 무릎을 콕 꼬집었다.

"버릇없이···."

"일없제, 우리 난지, 참말로 재밌는 아그제. ··· 나잇값이제. 안 아프고 나이 먹는 재간이 어디 있을꼬."

마루 벽기둥에 발 고운 대소쿠리와 둥구미가 걸려 있는 옆으로 아직 밭에 내지 않은 토란 알갱이, 옥수수 다발이 나란히 매달려 있었다. 꽃씨 봉지도 모숨모숨 달려 있다. 난지네 집에 올 때마다 맨 먼저 꽃밭부터 둘러보는 할머니답게 받아둔 꽃씨들이 다복하다. 옥수수 알갱이, 꽃씨들이 물끄러미 할머니를 내려다본다. 그러나 할머니는 지금 그것들에 눈을 주지 못한다.

생각해 보니 이즈음 할머니가 기름을 돌리는 때를 거르는 일이 잦아졌다.

"미안허제. 제때 못 가서···."

수피아 할머니는 어디가 어떻게 아프단 말을 하기에 앞서 참기름을 제때 대지 못한 얘기부터 했다. 할머니의 눈가가 촉촉해졌다. 난지 엄마가 서둘러 부엌으로 들어갔다. 쌀을 씻고 김치를 쫑쫑 다지고 참기름을 떨어뜨려 김치죽을 끓였다.

"앓아도 잡수면서 앓아야 얼른 추스르세요. 잡숫지 못하면 하루 앓을 걸 이틀, 사흘 앓게 되지요."

엄마가 할머니를 아기 달래듯 일으켜 앉히고 손에 숟가락을 쥐여 주었다.

"이리 고마울 데가 …."

"할머니 아프셔서 얘기 다 도망가면 어떡해요?"

난지가 또 우스갯소리를 하자 할머니가 힘없이 웃었다. 그때 시계가 대앵대앵 울었다.

"태엽이 풀렸나베. 시계불알이 느린 걸 보니 …."

할머니가 죽 한 숟갈을 뜨고는 시계를 바라보았다. 이번엔 엄마도 쿡 웃었다.

"옛날에 시계가 나라님 사는 궁궐에 들어왔을 때 임금이 물었다제. '저 해괴한 물건이 무어란 말이냐?'

모두 들이기를 반대하는데 단 한 사람의 신하가 찬성을 했제.

'전하, 이것은 본시 사람의 목숨을 재는 기계이온데 ….'

신하의 말이 끝나기도 전에 임금이 또 물었제.

'허면 이걸로 내 목숨도 잴 수 있단 말이냐?'

'예, 그렇사옵니다. 하오나 이 기계는 영특한 기계인지라 전하 앞에서는 감히 그 일을 하지 않사옵고 오직 전하의 만수무강을 빌 뿐이옵니다.'

'참으로 해괴하구나. 시계가 사람도 아닌데 어떻게 빈단 말이냐?'

'보소서, 전하. 여기 시계불알이 있사옵니다. 이것이 오른쪽 왼쪽으로 왔다 갔다 하면서 똑딱똑딱 소리를 내며 빌지요. 절에 가면 스님이 나무 관세음보살, 나무 관세음보살, 되풀이하며 입으로 빌지만, 시계란 놈은 제 불알을 흔들며 빌지요. 그러니 어찌 해괴하다 하오시는지요.'

신하의 말을 들은 임금은 마침내 그 영특한 시계를 궁궐에 들이도록 윤허를 내렸다제."

난지가 소리 내어 하하하 웃었다. 난지 엄마도 못 참고 소리 내어 웃었다. 아프면서도 얘기 한 토막을 난지에게 건넨 할머니가 웃음소리에 힘이 나는지 다시 죽을 들었다.

할머니가 죽 그릇을 다 비우는 것을 보자 난지 엄마는 빨랫감을 모아 펌프가 있는 마당으로 나갔다. 봄이라 물에서 김이 났다. 펌프 물도 우물물처럼 땅속 깊은 데서 나오는지라 손이 시리지 않았다. 난지는 청소를 하고 엄마가 지펴준 불씨에 장작을 넣어 군불을 땠다.

"수피아 할머니이."

난지가 속삭이듯 할머니 이름을 불러 드렸다.

"난지 인형들이 할머니 얘기 듣고 싶대요."

"그래야굿제."

엄마는 이사 얘기는 꺼내지도 못했다.

'할머니에게 손녀딸이라도 하나 있으면 얼마나 좋을까.'

돌아오는 발길이 무거웠다. 사실 그동안은 수피아 할머니가 언제나 밝은 표정이어서 쓸쓸히 홀로 지낸다는 생각을 미처 하지 못했다. 기름을 팔러 다니면서 재미있는 얘기를 들려주는 할머니인데, 정작 할머니의 집에서 할머니에게 얘기를 들려줄 사람이 하나도 없는 것이다. 할머니가 빨리 낫지 않아 오래 누워 있게 되면 어쩌나 하는 걱정이 앞섰다. 그 이상은 생각조차 하고 싶지 않았다.

수피아 할머니네 꽃 아치를 빠져나오면서 난지도, 난지 엄마도 자꾸만 뒤를 돌아보았다.

홀로 남아

온 집이 술렁거렸다. 난지 아버지는 난지 아버지대로, 난지 엄마는 난지 엄마대로, 언니들은 언니들대로 솜리를 떠나기에 앞서 해야 할 일들을 하느라 서로 눈 한번 마주할 짬도 없었다. 어쩌면 서로 마주 보고 싶지 않은지도 몰랐다. 아버지의 결정을 따르기로 하긴 했지만 낯선 곳으로, 그것도 깍쟁이들만 산다는 서울로 간다는 사실 앞에 모두 불안한 빛을 감출 길이 없었다.

"이왕 고향 떠나기로 한 이상 마음을 여물게 먹어야지."

불안해하는 식구들에게 아버지가 일침을 놓았다.

그런데도 난지 엄마는 하루에도 몇 번씩 일하다 말고 손을 놓은 채 하늘을 바라보았다. 앞치마에 바람이 풍풍 나도록 재게 움직이던 모습이 간데없다. 방마다 둘씩 셋씩 있던 오빠들을 하나둘 다른 집으로 옮겨 가게 하면서 식구가 줄자, 난지 엄마는 더 기운이 없어 보였다. 그동안 한솥밥 먹으며 든 정을 떼느라 힘이 들어서일까, 밥상 차리는 일이 줄었는데도 난지 엄마는 더 힘들어 보였다. 꼭 간직해야 할 무엇을 잃었을 때처럼 허전해했다.

난지도 엄마와 크게 다르지 않았다. 온몸에 기운이 쏘옥 빠져 맥이 없다. 다니던 학교를 떠나는 것도, 골목 친구들과 헤어지는 것도 섭섭하지만 무엇보다 솜리를 떠나 서울에서 새로 들어갈 학교에 대한 막연한 두려움이 난지의 머리를 아프게 했다. 그러나 지금 와서 아버지의 결정이 바뀔 리 없다.

난지는 마음을 다져 먹고 작별인사를 하러 다니기로 했다. 맨 먼저 곰례 언니한테 갔다. 학수 할아버지의 꼬드김(?)으로 이사를 가게 되는 거라는 생각이 들어 가고 싶지 않았지만, 그래도 곰례 언니를 안 보고 갈 수 없었다.

"난지야."

곰례 언니가 가만히 난지를 불렀다.

"네가 울 엄마였다."

"엉?"

곰례 언니가 뚱딴지같은 말을 해서 난지는 깜짝 놀랐다.

"소꿉 때 난지 네가 아빠였지만 속으로는 엄마 같았다. 인제 난 누구랑 소꿉놀이하지?"

"언닌 곧 어른이 되잖아. 소꿉 같은 건 더 하고 싶어지지 않을 거야."

"어째서?"

"언닌 곧 시집갈 테니까."

"시집? 넌 학교 다니는데 난 시집?"

생각하고 한 말은 아닌데 곰례 언니가 이내 섭섭해하는 눈치였다.

"그, 그런 게 아니고 … ."

"안 그래도 … ."

"안 그래도 뭐?"

"아니다. 난지야, 가는 날이 언제?"

곰례 언니가 무언가 하려던 말을 뒤로 빼고 이사 날을 물어 왔다.

"아버지가 전학 수속을 밟는 대로. "

곰례 언니가 일어나 방으로 들어가더니 기름종이로 만든 반짇고리를 들고 나왔다.

위아래 양옆에 마름모꼴로 색지가 발라져 있고 가운데에 태극모양으로 색지가 따로 발라져 있었다. 뚜껑을 열어 보였다. 실꾸리에 색색의 실이 감겨 있고 딸기 모양의 바늘집에 크고 작은 바늘이 꽂혀 있다.

"난지야, 이거 가져. 우리 엄마가 쓰던 건데 … ."

"언닌 어떻게 하고?"

"서울 가면 넌 중학교에 다닐 거고 그러면 인형엄마 대신 진짜 엄마되는 공부도 하겠지. 네가 솜리에 그대로 있으면 언제까지나 내 소꿉아빠일 텐데 … ."

곰례 언니가 저고리 깃동에 눈을 갖다 댔다.

"왜 울어, 언니. 나 진짜 엄마 안 될 테야. 대신 선생 … ."

난지가 얼른 말을 꺾었다. 하마터면 곰례 언니의 마음을 또 다치게할 뻔했다.

"언니, 방학 때 내려올게."

난지가 먼저 새끼손가락을 곰례 언니 손가락에 걸었다.

"역시 난지 아빠는 달라. 기다리는 선물을 주는 걸 보면."

곰례 언니의 얼굴이 환해졌다.

"정말 약속 지켜야 해."

"응."

곰례 언니가 난지를 꼭 껴안아 주었다. 그것으로 곰례 언니는 소꿉 엄마에서 세 살 위의 언니로 돌아갔다. 하지만 반짇고리를 끌어안고 집으로 돌아오는 난지의 발걸음은 그리 가볍지만은 않았다. 대답은 했지만 기약할 수 없는 대답이었기 때문이다.

대문 앞에서 아버지와 마주쳤다.

"난지야, 문제가 생겼다."

"네?"

"학교에서 전학 서류를 안 떼어 주는구나."

"왜 안 떼어 주지요?"

"담임선생님 선에서는 곤란하다 하시니 내일 아버지랑 교장선생님 을 뵈러 가야겠다."

이튿날, 난지 아버지는 난지를 앞세워 교장선생님한테 갔다.

"공부 더 잘하라고 입학금도 받지 않은 학생인데 들어오자마자 전학 이라니요?"

난지가 보는 데서 교장선생님이 난지 아버지에게 화를 벌컥 냈다. 담임선생님 얼굴도 덩달아 붉어졌다. 난지 아버지는 막대기처럼 선 채 아무 말이 없다. 아버지 뒤에 그림자처럼 붙어 있는 난지는 벌을 설 때보다 더 굳은 표정으로 숨을 죽이고 있었다.

"그렇다고 어린 자식을 혼자 남겨 두고 어떻게 갑니까?"

"안 됩니다. 아이 혼자 남는 것은 안됐지만 저희로서는 입학한 지한 달도 안 된 학생을 전학 가게 할 수는 없습니다. 이건 학교 명예를 손상시키는 일입니다."

난지 아버지는 교장선생님에게 더 이상 대꾸를 하지 못했다.

담임선생님이 꾸벅 인사를 하고 돌아서자 난지도, 난지 아버지도 따라서 꾸벅 절을 하고 교장실 문을 나왔다.

"그러니까 제가 뭐랬습니까. 어려울 거라고 말씀드리지 않았습니까. 공부 잘하는 학생이 들어오자마자 전학을 간다면 밖에서는 밑도 끝도 없이 학교가 나빠서 가는 줄 알거든요. 교장선생님이 염려하는 것도 바로 그것입니다."

밖으로 나와 담임선생님이 난지 아버지에게 보충설명을 해 주었다.

"정히 학교 형편이 그러시면 별수 없지요. 어디 맡길 곳을 찾아보는 수밖에요."

난지 아버지는 더 버티지 못하고 돌아섰다. 난지만 혼자 속으로 발을 동동 구르고 있었다.

'아버지도 참, 그럼 나만 여기 남겨 놓고 이사를 간다고?'

결국 난지로 해서 이사를 가기도 전에 어려운 일이 생기고 말았다.

"아이고, 저 어린 것을 어찌 떼어 놓고 이사를 갈꼬."

시나브로 살림살이, 옷가지 등 이삿짐을 싸던 난지 엄마가 아예 손을 놓아 버렸다. 안 그래도 짐 싸는 일보다 마음 싸는 일로 더 힘들어하던 난지 엄마는 엎친 데 덮친 기분이 되고 만 것이다.

그러나 어떻든 난지 아버지와 엄마는 난지 일부터 해결하지 않으면 안 되었다. 맡길 만한 집을 떠올려 보고, 그 집 형편을 찬찬히 살펴보고, 그리고 어려운 부탁을 꺼낼 집을 짚어 보았다.

'그래도 아쉬운 부탁 하기엔 피붙이 다음으로 고향붙이지.'

짚으로 엮은 달걀 한 꾸러미를 사 가지고 난지 엄마가 순녀네 집에 일부러 찾아갔다. 이런 부탁은 난지 아버지보다 난지 엄마가 하는 게 낫다는 생각에서였다. 떠나는 인사를 하러 가려던 난지를 되려 순녀네 집에 얹혀 있게 해달라고 부탁하러 가는 셈이 되고 말았다.

순녀 엄마의 허락이 떨어지기도 전에 순녀가 선수를 쳤다.

"난지, 언제 우리 집에 와요?"

난지 엄마가 그냥 웃기만 했다.

"남도 아니고, 더구나 우리 집 살림 밑천인 순녀가 저리 좋아하는데 마다할 수 있겠어요. 다만 따로 쓸 방이 없어서 ⋯."

순녀 엄마가 한술 더 떴다.

"아이고, 무슨 말씀을 ⋯. 우리 난지 집에서도 제 방이 없었어요. 안 그래도 식구가 많은데 미안코, 고맙고 ⋯. 그래도 친동기간한테 맡긴 듯 마음이 놓여요."

그렇게 해서 난지는 순녀네 집에서 당분간 중학교에 다니기로 했다. 한 가지 섭섭한 것은 정작 한 지붕 아래 살게 됐는데 순녀와 다니는 중학교가 다르다는 점이다. 순녀는 새로 생겨 시험을 보지 않고도 들어갈 수 있는 원광중학교에 입학했다. 순녀 아버지는 외동딸이자 맏딸인 순녀가 중학교에 들어간 것만도 어찌나 좋던지 솜리 바닥을 누비며 콩나물 잔치를 벌였다. 잔치란 다른 게 아니라 콩나물을 사는 집

에 산만큼의 덤을 주는 것이다. 안 그래도 후하다 소문이 난 순녀네 콩
나물 인심이 더욱 푸지게 돌았다.

　안방은 순녀 아버지와 어머니, 순녀 막냇동생이 자고 마루를 가로
질러 건넌방에 순녀와 남은 동생들이 함께 썼으나, 난지가 와서 동생
들을 모두 아버지 엄마 방으로 가게 하고, 순녀와 난지 단둘이 쓰기로
했다. 난지보다 순녀가 더 좋아했다.
　"너 덕분에 방을 넓게 쓰게 됐다. 히힛!"
　"콩나물 공장 오빠들은 어디서 자니?"
　"공장에 교실 같은 방이 있다."
　"방 하나에 모두 함께 있는 거야?"
　"응. 있지, 그 방은 특별 감시구역이다."
　"왜?"
　"이들의 천국!"
　"아휴."
　난지는 듣기만 해도 징그러웠다.
　"우리 집에 온 이상 너도 각오해야 해. 적어도 한 달에 한 번은 이 소
탕 작전이 벌어진다."
　순녀는 별일 아닌 듯 얘기했지만 난지는 이라면 딱 질색이었다. 아
주 없는 건 아니지만 적어도 난지네는 이 때문에 온 집이 소동을 벌이
는 일은 없었다. 골목 안 이웃들이 다 알아줄 만큼 정갈한 난지 엄마의
갈무리 덕분이다.

난지가 짐을 싸서 순녀네 집에 온 날, 순녀 아버지가 진짜 잔치를
벌였다.

"살맛 나누만. 우리 순녀 중학교에 들어가고, 공부 잘하는 순녀 친
구 난지가 우리 집에서 학교 다니게 되구, 허허허."

순녀 아버지는 또 콩나물 공장 오빠들에게 일장 훈시를 했다.

"느희들, 우리 집에 중학교 다니는 귀헌 처자가 둘이나 있으니 장사
를 더 열심히 해야 헌다."

"옙!"

오빠들은 덩치만 컸지 참 순했다. 사실 난지가 순녀네 집에 온 것과
순녀네 콩나물 장사와는 아무 상관도 없는 일인데 순녀 아버지가 기분
이 좋아 괜히 그렇게 말한 것이다.

3
부

안녕! 솜리, 안녕! 수피아 할머니

결국 난지만 남겨 두고 난지네는 솜리를 떠났다. 언니들은 따로 기차를 타고 올라가고 난지 아버지는 이삿짐과 함께 올라갔다.

짐 실은 트럭이 골목을 빠져나가는 것을 본 난지 엄마가 돌아서 집으로 들어와 한 번 더 정든 집을 둘러보았다. 안방 아랫목에 한 번 앉아 보고, 다락에도 올라가 보고, 부엌 가마솥 뚜껑을 맥없이 열었다 닫아 본다. 날마다 상을 차리고, 나물을 무치고, 토닥토닥 도마질하던 살강을 손바닥으로 쓸어 본다. 누가 있기라도 한 듯 방마다 한 번씩 들여다보고 한참 있다가 도로 닫는다. 장독에 남겨둔 큰 항아리들을 두 손으로 포옥 안아 보고 쓰다듬어 보다가 반쪽 우물이 있는 데로 갔다. 두레박으로 우물물을 퍼 올려 벌컥벌컥 마셨다. 우물 아래 허방에 대고 '미란 어머니!' 하고 마음으로 불러 본다. 비비추빛 치마저고리의 자태가 눈에 삼삼하다.

돌아앉은 툇마루에 걸터앉아 부산 아줌마를 떠올린다. 작별인사를

175

못 하고 떠나기에 그 누구한테보다 난지 엄마는 부산 아줌마한테 미안해했다.

'그래. 모두 모두 잘 있거라. 그래도 학수 할아버지네가 계셔 서운한 맘 접고 간다. 느이들도 아주 서운타 말거라.'

난지 엄마는 사람에게 말하듯 집에게, 남은 물건들에게 마지막 작별인사를 하고는 순녀네 집으로 향했다. 순녀 아버지와 솜리 얘기도 하고 떠나온 지 오래인 고향 얘기도 했다. 그리고 순녀네 집에서 그리 멀지 않은 곳에서 홀로 앓고 있는 수피아 할머니를 보살펴 드리도록 부탁도 했다.

"차마 솜리를 떠난다고 꺼낼 수가 없어 그냥 가요. 몸 좀 추스르시는 거 보고 나중에라도 우리 난지 편에 말씀드리려고 해요. 늙으면 다 이녁 부모 같지요."

"염려 마세요, 누님."

순녀 아버지가 난지 엄마를 누님이라고 했다. 말 그대로 고향의 이웃사촌이었다. 그리고 솜리의 마지막 밤을 난지 엄마는 이웃사촌 집에서 보냈다.

이튿날, 난지 엄마는 전에도 그랬듯이 난지가 깨기 전에 새벽기차를 타고 서울로 올라갔다. 외삼촌이 사는 동네에 방을 얻은 난지네는 드디어 서울 생활의 첫발을 디뎠다. 아버지가 이곳에 방을 얻은 것도 사람이든 집이든 의지할 곳이 있는 데가 낫다는 생각에서였다. 그렇지만 솜리에서는 비록 함석집이라도 마당이 있고 우물도 있는 내 집이었는데, 남의 집을 얻어 살게 된 것이 못내 아쉬웠다.

아무리 학수 할아버지가 후하게 쳐주었다 해도 솜리 집을 판 돈으로 서울에서 집을 장만하기엔 턱없이 부족했다. 변두리로 가면 모를까, 같은 집도 어디 있느냐에 따라 천차만차였다.

게다가 난지 아버지는 아버지대로 쌈짓돈이 필요했고 난지 엄마는 엄마대로 주머닛돈이 필요했다. 서울이 타향인데 급한 일이 있다 한들 어디 꾸어 쓸 데가 있을까 싶어서였다. 시장에 다녀올 때마다 난지 엄마의 주머닛돈이 폭폭 줄었다.

"서울이 이렇게 물가가 비쌀 줄 정말 몰랐네. 이러다가 집 판 돈 남은 것도 얼마 못 가 동이 나겠다."

서울은 모두가 돈이었다. 돈이 없으면 불편한 것이 솜리보다 훨씬 많았다.

"어서 일을 나가야 할 텐데 … ."

나라에서 벌인 궁궐 보수공사를 믿고 올라왔지만 바깥이 어수선해서인지 공사가 자꾸 미루어졌다. 난지 아버지도 불안했다. 아버지를 불러올린 도목수 아저씨는 더욱 불안해했다.

부엌아궁이부터 솜리에서는 때보지도 않은 연탄을 때야 했다. 라디오에서 날마다 연탄가스에 중독돼 병원에 실려 갔다는 뉴스가 단골손님처럼 나오는데도, 군불아궁이는 점점 줄고 대신 연탄아궁이가 늘어났다. 난지네도 연탄값이 솔솔치 않게 드는데 그나마 다행한 것은 두 칸 방 가운데 하나가 군불아궁이라는 것이었다.

난지 아버지가 이른 새벽, 근처 산에서 해온 마들가리나 솔방울을 주워다 때서 방 하나는 따숩게 덥히고 씻을 물도 끓였다. 솜리에서는 순녀 고모 덕분에 땔감만은 목재소에 미리 부탁하여 죽데기나 쌀 때면 통나무도 차떼기로 들였다. 겨울이면 도끼를 어깨에 메고 장작 패는 아저씨가 장작을 패라고 외치며 다녔다. 마침 때맞춰 오면 난지네도 한꺼번에 패고, 안 그러면 난지 아버지가 필요할 때마다 조금씩 팼다. 인왕산에 가서 나뭇가지를 주워 모으며 난지 아버지는 솜리에서 굵은 통나무를 패던 때를 떠올렸다. 긴 세월이 흐른 것도 아닌데 한참 멀어진 시간 같았다.

난지 엄마의 근근한 서울살이는 부엌에서 가장 두드러졌다. 넉넉지는 않아도 찬거리는 가멸게 장만해 두고 살았는데 북어도 한두 마리, 김도 잘해야 한두 톳을 사서 먹으려니 감질이 났다.

그런 중에도 엄마는 난지가 밟혀서 저녁이면 책상 앞에 앉아 연필에 침을 묻혔다. 그렇게 벼르고 벼르서 쓴 엄마의 편지가 마침내 순녀네 우체통으로 들어왔다.

난지 보그라

어떠케 지내느냐. 밥은 잘 먹냐. 너를 띠어 노코 지내자니 맘이 편치 안타. 그래도 순녀네 집에 잇스니 조금은 낫따만. 난지야, 순녀 아버지 어머니 말씀 잘 듣그라. 씰데업시 고집부리지 말고 반찬 투정도 하지 말고. 심부름도 만이 허구, 이쁨도 너한테서 미움도 너한테서 나니라.

우리 식구 한꺼번에 다 떠나면 솜리가 서운할까 봐 하늘이 너를 떨구었나 하는 생각을 먹는다. 그래도 어린 것이 어쩌튼 고생이다. 니 생각, 솜리 집 생각에 어미도 잠 못 잘 때가 만타만 혼자인 너만이야 하겠냐. 난지야. 아무쪼록 몸조심하그라.

　참, 그리고 수피아 할머니 집에 너라도 자주 가보그라. 또 부산 아줌마
가 옛날 집에 오시면 놀래실 테니 너를 찾아가라고 학수 할아버지 집에
기별을 해노앗따. 아버지가 순녀네 집 약도도 그려 함께 보낸다.

— 낯선 서울에서 엄마가

　삐뚤빼뚤한 글씨, 그렇지만 난지에게 따뜻한 엄마의 목소리를 들려
주는 글씨였다. 엄마의 글씨가 마치 숨을 쉬는 것처럼 따뜻하게 느껴
졌다. 난지는 엄마가 아무리 오래 서울에 산다 해도 부산 아줌마랑 수
피아 할머니를 잊지 못할 거라고 생각했다. 부산 아줌마는 바람처럼
언제 올지 모르지만 수피아 할머니는 맘만 먹으면 언제든 볼 수 있다.
난지는 전처럼 재미있는 얘기를 듣고 싶거나 심심해서 가기도 했지만
홀로 지내는 할머니가 안쓰러워 갔다 오곤 했다. 엄마 편지를 받자 난
지는 불쑥 수피아 할머니 집에 가고 싶어졌다.

　꽃 아치를 지나기 무섭게 수피아 할머니를 큰 소리로 불렀다. 마치
친할머니 집에라도 온 양.
　지난봄, 된통 앓고 난 뒤 할머니 얼굴에 주름이 눈에 띄게 늘었다.
기름틀 옆 살강에 꼬리표를 단 기름병이 조르르 서 있다. 새달이네,
범수네, 옥분이네 … .
　"등불 하나로 등불 수백 개가 태어나제. 참기름 한 방울도 그르케 수
십, 수백 개 향기로 태어나제. 참. 향기도 등불처럼 셀 수 있을란가?"
　"할머니두. 기름을 한 방울, 두 방울 하고 셀 수는 있지만 향기는 한

방울, 두 방울 셀 수 없어요."

"그럴 테제?" 하다가 할머니가 고개를 홰홰 저었다.

"아니제. 그래도 세려고 하면 셀 수 있제."

"어떻게요?"

"참기름 향기가 담긴 나물 보시기를 세면 되긋제?"

"하하하. 그러네요?"

"후후후, 맞제, 할미 말?"

난지는 할머니의 두 볼을 손가락으로 꼬옥 누르며 마주 웃었다.

몹시 아팠을 때 빼고는 할머니가 얼굴을 찡그리는 것을 보지 못했다. 늘 밝고 환한 표정이어서 마음속에 아픔이나 슬픔이라곤 하나도 없을 것 같던 할머니에게 엄청난 아픔의 비밀이 있음을 어이없게도 얼마 뒤 할머니의 마지막 날에 알게 될 줄이야….

그날은 할머니랑 꽃 아치 손질을 하기로 약속한 날이었다. 토요일이라 순녀네 집에서 점심을 먹는 대신 할머니 집에 갔다. 할머니랑 함께 먹고 싶었다.

'어? 할머니가 없네?'

꽃 아치가 있는 곳에 할머니가 나와 있지 않았다. 틀림없이 나와서 난지를 기다릴 분인데 이상했다. 안으로 들어갔다.

"할머니이."

대답이 없다. 낮잠을 주무시나 보다 생각하고 방문을 열었다. 대낮에 할머니가 아랫목에 이불을 덮고 반듯이 누워 계셨다.

"정말 낮잠을 주무시네?"

난지는 할머니를 깨우고 싶지 않아 윗목 할머니가 쓰시던 물건들을 구경하며 기다렸다. 자그마한 이층장이 있고 이층장 위에 색동요와 물때가 고운 이불 한 채가 포개져 있다. 그리고 이층장 옆 횃대가 가로 지기로 걸려 있고 거기 할머니가 입던 옷들이 포갬포갬 덧걸쳐 있었다. 색옷은 거의 없고 연한 하늘빛 치마저고리가 그중 환했다.

한 가지, 할머니 집에 어울리지 않는 것이 있었다. 서랍이 둘 달린 앉은뱅이책상이었다. 두툼한 마분지 봉투가 있고 옆에 몽당연필 한 자루가 놓여 있었다. 무심히 봉투 속을 들여다보았다. 누런 갱지가 들어 있었다. 난지의 호기심이 가만두질 않았다. 할머니가 깰까 봐 소리 나지 않게 가만히 꺼냈다. 갱지 사이에 사진이 끼어 있었다. 두루마기를 입은 난지 아버지 또래의 아저씨가 치마저고리를 입은 여자아이를 무릎에 올려놓고 찍은 사진이었다. 갱지 위, 연필로 쓴 글씨에 난지의 눈이 멎었다. 편지였다.

막 편지를 읽으려는데 오싹, 추운 느낌이 들었다. 휙 고개를 돌려 누워 있는 할머니를 돌아보았다. 할머니의 얼굴빛이 이상했다. 갑자기 무섬이 밀어닥쳤다. 몸이 방바닥에 붙은 듯 꼼짝할 수 없다.

"할머니이."

난지는 떨리는 목소리로 간신히 할머니를 불렀다. 여전히 대답이 없다. 다가가 부르고 싶었지만 몸이 말을 듣지 않았다.

'할머니가 혹시? 엄마앗!'

난지는 제풀에 놀라 윗목에 난 방문을 걷어차고 밖으로 뛰쳐나와 순녀네 집으로 냅다 달렸다. 하얗게 질린 채 손을 바알발 떠는 난지를 따라 순녀 아버지와 엄마가 수피아 할머니 집으로 달려왔다.

"얼마나 빌었기 이리도 곱게 가시는고."

순녀 아버지가 할머니의 얼굴 위로 이불을 끌어 올렸다.

"아이고, 할머니…. 어찌 부르지도 않고 혼자 가셨나유. 자주 못 와 이런 일 생겼으니 용서해 주세유. 아이구, 죄송해유."

순녀 엄마는 소리도 못 내고 눈물을 삼켰다.

순녀 아버지가 할머니의 장례를 준비하면서 어떻게 하는 것이 곱게 돌아가신 수피아 할머니가 좋다 할지 고민을 했다.

"아저씨, 이것 좀 보세요."

난지가 보려다 못 보았던 편지를 순녀 아버지에게 내밀었다.

고맙제요. 이 글을 보아주니 고맙제요. 사람은 누구나 혼자 와서 혼자 가는 것, 살면서 혼자인 것을 잊도록 이웃 간에 정을 나누고 사는 것이제요. 늙은 몸이 발품으로 기름 팔며 남은 목숨 지탱케 해준 힘도 다 이웃이제요. 언제든 내 눈 스르르 감겨 다시 깨나지 못하면 그동안 받은 정, 인사도 없다 하긋기에 몇 자 글 남기고 가제요. 사진 속 얼굴들 만나러 가제요. 이승에선 더 볼 일 없을 테니 이 육신 태울 때 함께 태워 만경강 물에 훌훌 뿌려 주제요. 그리구 하나 더, 살강에 남은 기름일랑 이름표대로 전해 주제요. 그동안 고맙었다고 인사도 곁들이고요.

이 모든 갈무리 수고는 내 살았던 이 집, 집에 붙은 텃밭으로 대신하제요. 고맙제요. 그저 품고 가는 자랑 서넛, 이 몸 주신 아부지, 어무니, 그리고 한 점 혈육 우리 애옥이, 애옥이 아버지, 나라 위해 싸우다 먼 타관에서 이녁 얼굴 한번 못 보고 떠났어도, 설웁다 우지 않았제요. 그저 포근한 나라 품에 안겨 나라 사람 되었으니 고맙제요.

수피아 할머니는 그렇게 가셨다. 순녀 아버지가 할머니가 남긴 편지대로 곱게 곱게 거두어 드렸다. 그리고 할머니의 집터와 텃밭을 꽃동산으로 꾸몄다. 날마다 수피아 할머니가 드나들던 꽃 아치에 할머니의 이름표도 달았다.

수피아 할머니네 꽃 아치

할머니는 그렇게 예쁜 이름 하나 달랑 남기고 떠났다.

난지는 며칠째 눈이 퉁퉁 붓도록 울었다.
"수피아 할머니, 수피아, 수피아, 수피아아아아!"
너무나도 고운 이름이다. 너무나도 고운 할머니의 모습이 새겨진 이름이다. 살아 계실 때는 실컷 불러 보지 못했던 이름을 만경강 언덕에서 실컷 불러 보았다. 이름 속에 전에는 나지 않던 참기름 향기가 났다. 한 보시기, 두 보시기, 세 보시기 …. 향기를 나물 그릇으로 세어 보며 난지가 속삭였다.
"할머니, 향기를 세고 있어요. 할머니가 세고 싶어 하던 참기름 향기 말예요."
어디선가 '후흡!' 하고 입바람으로 웃는 소리가 들리는 것 같았다.
할머니가 돌아가시자 할머니가 더 보고 싶어졌다. 그러나 다시 볼수가 없다. 할머니는 가고 없는데 할머니가 자꾸만 난지의 눈앞에서 아른거렸다. 할머니 앞에 있을 때보다 할머니가 더 또렷이 보였다.

할머니와 헤어지고 돌아온 날 밤, 난지는 할머니 꿈을 꾸었다. 종일 할머니 생각만 해서 밤까지 이어진 걸까?

"난지야, 할미다."

생전에서처럼 달리아 꽃밭을 지나 꽃 아치 안으로 들어오며 할머니가 난지를 불렀다.

'수피아 할머니다.'

꿈에서도 난지가 뛰어나가 할머니를 반기려다 그 자리에 우뚝 섰다. 오소소, 찬 기운이 온몸을 휘돌았다.

"난지야, 아직도 할미 생각 많이 하제? 안다. 할미가 안 뵌다 해도 아주 사라지는 게 아니제. 높은 하늘도 가보고 싶고 천 길 땅속도 가보고 싶어 바람 되고 물 되게 해 달라 빌었제. 그랬더니 하늘 옥황상제가 인제사 들어주었제. 그라니, 할미랑 잊고 공부 잘하고 부모 말씀 잘 듣고 그리고 좋은 선생님 되야긋제?"

깜깜한 밤, 난지는 가만히 일어나 사방을 둘러보았다. 아무것도 보이지 않았다. 창밖이 뿌윰하게 밝아오고 있었다.

'새벽꿈을 꾸었구나.'

엄마는 새벽꿈을 꾸면 늦잠을 자고 늦잠을 자면 학교에 지각하니까 새벽꿈은 나쁜 꿈이라고 했다. 그러나 수피아 할머니 꿈은 나쁜 꿈이 아닌 것 같았다.

'나와 따로 작별인사를 하고 싶어 나타나신 거야.'

난지는 수피아 할머니를 만난 새벽꿈을 꾸고도 일찍 일어나 늦지 않게 학교에 갔다.

새 기분, 새 공부

바깥이 뭔지 모르게 어수선했다.

대학생들이 데모를 자꾸 해 서울이 조용할 날이 없다는 라디오 뉴스
가 날마다 계속됐다. 지난 3월, 대통령과 부통령을 새로 뽑는 선거가
있고 난 뒤 부쩍 더했다.

"아무래도 대학생들이 가만있지 않을 모양이라 허니 어쨌거나 난리
가 또 나면 큰일이고."

순녀 아버지가 공책에 콩나물 공장의 하루치 셈을 하다 말고 걱정스
레 말했다. 난지는 은근히 식구들이 걱정됐다. 그리고 갓 대학생이 된
종석 오빠도 걱정이 되었다.

'하필이면 우리 집이 서울로 이사를 갔을 때 이런 일이 생긴담. 제발
아무 일도 없어야 할 텐데 ….'

난지는 처음으로 집을 위해 빌었다. 그리고 미술대학에 다니는 종
석 오빠에게 제발 아무 일 없기를 함께 빌었다.

시끄러운 중에도 난지는 새로운 느낌으로 중학교 공부를 했다. 한마디로 중학교 공부는 국민학교와는 딴판이었다.

무엇보다 난지를 설레게 한 것은 과목마다 가르치는 선생님이 다르다는 점이었다. 시간마다 과목이 바뀌고 과목이 바뀔 때마다 새 선생님이 들어왔다. 마치 학생이 주인이고 선생님이 나그네인 것 같았다. 선생님마다 인상이 다르고 목소리도 달랐다. 새 선생님이 들어오면 아이들은 가르치는 내용보다 선생님 얼굴을 보는 데 더 흥미를 느꼈다. 선생님 가운데는 별난 버릇을 가진 선생님도 있었다. 들어오자마자 태극기를 보고 가슴에 손을 얹는 선생님이 있는가 하면, 쉴 새 없이 아이들 사이를 오가며 공부보다 한눈파는 아이를 잡는 데 더 열을 올리는 선생님도 있었다.

장난을 좋아하는 아이들이 중학교라고 없지 말라는 법이 없다. 그런데 그 장난을 다른 아이도 아니고 난지가 했다가 학급 전체가 벌을 선 적이 있었다.

수학선생님 이름이 김태동인데, 수업 시간마다 쪽지시험을 보아 아이들을 시험 노이로제에 걸리게 했다. 선생님이 일 분이라도 늦게 들어오기를 빌며 번갈아 망을 섰다.

그날은 공교롭게도 난지 차례였다. 교무실 쪽에서 교실을 향해 오고 있는 선생님을 보고 있는데, 갑자기 아침에 먹은 동탯국이 생각났다.

"흐흡!"

난지가 혼자 웃었다. 그러고는 "야! 동태 온다!" 하고 외치며 뛰어들어왔다.

"뭐? 동태? 동태가 누군데?"

"동태동태동태 …. 와아, 김태동 선생이다. "

"쉬잇!"

난지가 입에다 검지를 댔다.

드르륵! 수학 선생님이 교실 문을 열었다. 아이들이 찍소리 없이 자리에 앉았다.

탕! 느닷없이 김태동 선생님이 막대기를 탁자에 내리쳤다.

"누꼬! 방금 동태라고 처음 말한 놈이. "

순간, 난지의 혼이 반은 나갔다. 하지만 하늘이 무너져도 솟아날 구멍은 있다고 속담이 말해 주지 않았던가.

'무슨 매라도 달게 맞아야지. 설마 나한테만 몰매를 주진 않겠지. '

매를 끼고 다니는 선생님으로 소문이 난지라 독하게 맘을 먹고 고개를 푹 숙인 채 자리에서 일어났다.

"니꼬? 김난지?"

난지는 속으로 뜨끔했다.

'담임도 아닌데 어떻게 내 이름까지 알지?'

"예. "

매를 줄일 셈으로 최대한 공손히 대답했다.

"안 그래도 니 수학 점수가 영 파이라 내 벼르고 있었다. 이름 가꼬 선생님을 놀리기나 하고 …. 퍼뜩 나온나. "

얼마나 긴장하고 있었는지 앞으로 나가려다 그만 폭 고꾸라졌다. 아이들이 조마조마한 중에도 여기서 쿡, 저기서 쿡, 웃었다. 난지는 얼른 일어났다.

"느그들도 다 일어나랏!"

매를 들고 서 있는 선생님 눈치를 슬금슬금 보던 학급 아이들이 모두 일어났다. 제일 먼저 난지의 손바닥을 세 번 때리고는 학급 아이들 손바닥도 차례로 한 번씩 때렸다. 그러고도 그날 김동태, 아니 김태동 선생님은 수학 쪽지시험을 또 보았다.

수업이 끝나고 아이들이 난지에게 와서 위로해 주었다.

"난지야, 괜찮아, 선생님 이름이 그러니까 그렇게 말할 수도 있지, 뭐. 네가 잘못한 거 하나도 없다."

난지가 생각해도 그랬다. 매를 맞고 집에 오면서도 선생님의 이름을 생각하니 또 웃음이 나왔다. 한 가지 나쁜 것은 그런 일이 있었던 뒤 난지의 수학 성적이 점점 더 떨어지기만 했다는 것이다.

그러나 싫어하는 과목이 있으면 좋아하는 과목도 있기 마련이다. 난지가 좋아하는 과목은 가사와 영어였다. 바느질을 하는 과목이 있다는 것 자체가 너무 좋았다. 인형을 만드는 공부는 아니지만 아플리케 수를 놓아 앞치마를 만들고, 마름질을 해서 블라우스도 만들고, 한 달에 한 번은 가사 실습실에서 도넛이나 빵을 만들어 학급 파티도 벌였다. 그런지라 난지는 가사 시간이 있는 날엔 학교 가는 일이 손뼉을 치고 싶을 만큼 즐거웠다.

또 한 과목, 난지는 다른 나라말인 영어를 배우는 시간이 기다려졌다. 미란이가 가 있는 미국 말이라서일까. 아무튼 오선지처럼 줄이 그어진 노트에 대문자, 소문자, 필기체, 인쇄체 네 가지 모양의 알파벳 쓰기를 해 가는 숙제에서 언제나 난지의 노트가 견본 노트로 뽑혔다.

점심을 먹고 오후 체육 시간이었다. 체육복을 갈아입느라 교실이 수선스러운데 담임선생님이 갑자기 들어오셨다.

"오후 수업을 못 하게 되었다. 어서 가방을 싸 가지고 집으로 곧장 가라."

아이들이 웅성웅성했다.

"왜요, 선생님?"

한 아이가 물었다.

"서울이 발칵 뒤집혔다. 대학생들이 일을 냈다고 한다."

"무, 무슨 일을 내요?"

아이들이 선생님의 말꼬리를 붙잡고 묻고 또 물었다.

"난리가 났다."

"네? 난리가요?"

"그러니 어서들 책가방을 싸도록 해라."

담임선생님이 시간을 다투는 일인 듯 재촉했다. 난지도 부지런히 책가방을 쌌다. 아침마다 순녀 아버지가 걱정하던 말이 참말인 것 같았다.

"드디어 학생들이 들고일어났습니다. 수백 수천의 학생들이 머리에 띠를 두르고 어깨동무를 하고 경무대를 향해 가고 있습니다. 시민들도 합세하고 있습니다. 이번 대통령 선거가 부정한 방법으로 치러진 선거라고 쓴 플래카드가 앞장을 섰습니다. 총을 든 경찰도 그들이 가는 길을 막지 못합니다. … 아, 총소리가 났습니다! 잠시 주춤, 그러나 행진은 계속되고 있습니다!"

시 공관이 있는 사거리 전파사 앞에 사람들이 걸음을 멈춘 채 라디오에 귀를 모았다. 흥분한 아나운서의 목소리가 듣는 사람을 더욱 놀라게 만들었다.

"호외요, 호외!"

신문사에서 급히 만들어 내보낸 쪽지신문을 배달 소년들이 거리에 마구 뿌렸다. 라디오 앞의 사람들이 땅에 떨어진 신문을 서로 먼저 줍느라 엉덩이 박치기를 했다.

"난리가 나도 제대로 났구먼. 전쟁 치른 지 십 년도 안 돼 또 난리라니."

"군인도 아닌 학생들이 피를 흘리고 목숨을 잃는다면 이것 참 큰일이고."

"여부가 있겠소. 일이 이렇게 된 마당에 이참에 대통령도 부통령도 다 물러나야 할 것이오."

"대통령을 두 번 했으면 됐지, 유령 투표용지를 만들어 또 하려 하다니 …. 욕심이오, 욕심."

"나 아니면 안 된다는 생각, 그게 병인 게요."

"다 아랫사람을 잘못 둔 탓도 있지요. 부통령이라는 사람이 장막을 쳐놓지만 않았어도 이렇게까지는 안 됐을 거요."

"고생고생 하며 독립운동할 때 마음으로 나라를 다스렸으면 이런 변이 생길 리 없지. 쯧!"

불안한 가운데 오전 공부만 하고 선생님의 특별지시로 돌아오던 난지도 그 자리에 있었다. 어렴풋이나마 난리가 왜 났는지를 어른들 얘기를 들으며 알아챘다.

정말 욕심인 것 같았다. 더 오래 높은 자리에 있고 싶어 하는 욕심, 그 욕심을 위해 해서는 안 되는 일을 꾸민 탓에 대학생 오빠, 언니들이 거리로 뛰쳐나와 소리를 지르는 것이 아닐까 하고 생각했다.

"아이고, 내 정신. 우리 손자가 무사헌지 모르겠네."

"어서들 돌아가세. 난리가 났어도 집에 가서 지켜봐야지."

모여서 내 일처럼 걱정하던 사람들이 이리저리 흩어졌다.

집에 들어서기 무섭게 순녀가 입에 확성기를 댄 듯 큰 소리로 말했다.

"난지야, 난지야, 난리가 났대."

"나도 알아."

"알어? 어떻게?"

난지에게 얼른 새 소식을 알려 주려던 순녀가 그만 입을 꾹 다물었다.

"그게 뭐 좋은 일이라고 방방 뛰니?"

그럴 일도 아닌데 난지는 순녀에게 퉁바리를 주었다. 그래도 순녀는 머쓱한 표정만 지을 뿐 화를 내지 않았다.

'내가 또 못되게 굴었구나.'

이내 후회했지만 순녀에게 내색은 안 했다.

저녁밥을 먹는데도 생각은 온통 서울 집뿐이었다.

시끄러운 바깥

　순녀네 집에 신문이 오기 시작했다. 〈동아일보〉라는 신문이었다. 나라가 어수선하고 정신없이 돌아가는데 라디오만으로는 성에 안 찬다며 큰맘 먹고 순녀 아버지가 신청한 것이다.

　정말이지 하루도 조용한 날이 없었다. 오늘 아침신문은 첫 장부터 온통 사진으로 꽉 차 있었다. 맨 앞에서 피를 흘리며 실려 가는 대학생 오빠들의 모습이 신문에 커다랗게 났다. 총을 맞아 아예 꿈적도 하지 않고 길바닥에 쓰러져 있는 사람도 있었다. 사진으로 보는데도 오소소 소름이 돋았다. 마치 전쟁터의 적과 적이 맞서 싸우고 있는 것 같다.

　난지는 서울 식구들이 걱정돼 잠도 오지 않았다. 게다가 외삼촌 동네가 경무대 근처라고 들은지라 더욱 안절부절못했다. 식구 모두 어떻게 되지 않을까 하는 생각에 가만히 앉아 있을 수가 없었다.

　순녀네 집에도 서울 집에도 전화가 없으니 당장 소식을 알 길이 없었다. 문득 종석 오빠가 하숙집에서 전화를 했다는 얘기를 들은 기억이 났다.

"순녀야, 너네 고모네 집에 가지 않을래?"

"왜?"

"너네 고모한테 종석 오빠네 전화번호 좀 물어보려고. 종석 오빠한테 전화해 우리 집이 어떤지 물어보고 싶어서."

종석 오빠도 궁금하다는 말은 슬쩍 뺐다. 전에 종수 오빠의 이상한 편지를 받았을 때처럼 순녀한테 공연히 오해받고 싶지 않았기 때문이다.

"번호만 알면 우체국에 가서 해 보려고."

난지는 고모네 집에서 비싼 시외전화를 하지 않겠다는 뜻을 분명히 했다.

"난지야, 그런 일이라면 너 혼자 가도 돼. 난 지금…."

아닌 게 아니라 순녀의 손이 빨랫통 속에 들어 있었다. 지난해 태어난 애기동생의 기저귀 빨래를 하고 있었다.

"그럼, 갔다 올게."

난지는 혼자 갔다.

"우리 순녀는 엄마 돕느라 함께 못 왔구나."

"예."

"어린 것이…."

순녀 고모가 말끝을 흐렸다. 동생이 많아 늘 엄마를 도와야 하는 조카가 안됐나 보다. 하긴 어찌 안 그러겠는가. 난지가 보아도 그런데.

난지는 순녀 고모에게 종석 오빠네 전화번호를 물었다.

"우리 종석이도 무사해야 할 텐데 … ."

'우리 종석이?'

난지는 속으로 놀랐다. 종석 오빠가 미술대학에 들어간 것을 알게 된 순녀 고모부가 불같이 화를 내다 그만 쓰러진 후, 종석 오빠의 입학금이랑 등록금을 순녀 고모가 마련해 주고 있다는 얘기를 순녀에게 들은 적이 있다. 순녀 고모는 이제 종석 오빠를 친아들처럼 생각하는 것 같았다.

고모에게 인사를 하고 나오려는데 통나무 더미 쪽에서 중학생 남자애가 걸어오고 있었다. '어맛!' 난지는 그 자리에 섰다. 쪽지편지를 보낸 주인공, 종수 오빠였다. 난지 얼굴이 후욱 달아올랐다.

'마음을 굳게 먹자. 저 오빠가 뭐라 야단을 쳐도 기죽지 말아야 돼. 김난지, 알았지?'

난지는 배에다 힘을 잔뜩 주고 걷기 시작했다.

"언제 왔냐?"

드디어 종수 오빠와 맞닥뜨렸다. 그런데 이게 웬일인가? 종수 오빠의 키가 십 센티미터도 더 커 보이고 얼굴도 울퉁불퉁, 마치 얼금뱅이처럼 변해 있었다. 2년 전 헤헤 웃던 모습, 짓궂던 모습은 간데없고 표정도 굳어 보였다. 난지가 그냥 지나가려 하자 종수 오빠가 대뜸 앞을 가로막으며 말했다.

"왜 묻는 말에 대답을 안 하나?"

"아, 아니, 그냥 바빠서 그래."

"너네 다 이사 갔다며?"

"응."

"너는 안 가냐?"

"…….."

난지가 또 입을 다물었다. 그러나 머릿속에선 생각이 핑핑 돌고 있었다.

'안 간다고 하면 또 서커스 보러 가자 할지 몰라. 곧 갈 거라고 하면 헤어지기 전에 한번 만나자 할지 몰라. 다 싫어. 난 사실 종석 오빠가 더 좋다구, 흡!'

마음이 가는 대로 생각을 굴리다 흠칫 놀라 입을 다물고 말았다.

"왜 갑자기 놀라냐? 너 내가 무서우냐? 너한테는 무섭게 하고 싶지 않다. 가라."

종수 오빠가 던지듯 내뱉고는 통나무 더미 뒤로 휙 사라졌다. 어쩐지 전에 보았던 종수 오빠와 사뭇 다르다는 느낌이 들었다.

난지는 우체국으로 갔다. 종석 오빠네 하숙집에 전화를 했지만 오빠가 집에 없었다. 난지는 허탕을 치고 집으로 돌아왔다.

다음 날, 라디오에서 어제보다 더 큰 뉴스가 터져 나왔다. 어제처럼 사거리 전파사 앞이다. 난지는 등교를 하다 말고 섰다. 귀에 익은 대통령 할아버지의 목소리가 라디오를 타고 흘러나왔다. 몹시 떨리는 목소리다.

"나 이승만, 국민이 원한다면 대통령 자리에서 물러나겠습니다. 사랑하는 국민이 원하면 사랑하는 이 나라도 떠나겠습니다."

이어 아나운서의 목소리가 이어졌다.

"아, 드디어 학생들이 일으킨 혁명이 성공했습니다. 이승만 대통령이 하야하겠다는 성명을 발표하고 경무대를 나와 원래 살던 집으로 돌아갔습니다. 그리고 곧 하와이로 망명을 떠난다고 합니다. 하지만 지금 이 시각에도 다치고 피를 흘린 학생들이 병원마다 만원을 이루고 있습니다. 귀한 목숨을 잃은 학생들의 죽음을 애도하는 물결이 거리거리마다 넘치고 있습니다."

라디오 뉴스가 끝났는데도 사람들이 자리를 뜨지 않았다.

"그나저나 불쌍한 건 젊은이들 아닌고. 생때같은 목숨을 부모 앞에 두고 창창한 앞날 꽃잎처럼 날렸으니 ⋯ ."

"어쨌거나 불행한 일이여. 구십 노인이 나라 밖으로 내몰리는 것도 차마 못 볼 일이여."

"그렇지만 허는 수 없지. 죄를 지었으면 벌을 받아야지."

어른들은 저마다 자기 생각대로 혼잣말을 쏟아 내고 있었다.

대통령의 하야 성명으로 학생들의 고함소리는 가라앉았다. 이승만 대통령은 하와이란 곳으로 떠났다. 대통령을 잘못 인도했다고 욕을 먹던 이기붕 부통령은 가족 모두가 함께 죽음의 길을 택했다. 그들의 죽음이 자신들을 위한 죽음인지, 대학생 오빠들을 위한 죽음인지 난지는 헷갈렸다. 라디오를 들으면서 난지는 대통령이 왜 하필 미국이라는 나라로 가는지가 궁금했다.

'미란이네도 그렇고, 대통령도 그렇고. 대체 미국이라는 나라가 어떤 나라기에 여기서 해결하기 힘든 일이 생기면 가는 걸까? 미국이 우리보다 잘사는 나라여서일까? 아니면 미국 사람들이 우리나라 사람보다 너그러운 마음을 가져서일까?'

그럴 것 같지는 않았다. 사람 마음은 다 거기서 거기, 내가 싫은 건 남도 싫은 거다, 그러니 남이 싫다 하는 짓을 하지 말아라. 엄마가 타이를 때면 늘 하던 말이다.

'미국 사람이라고 다를 리 없다. 미국 사람 모두가 마음이 좋아 남의 나라 대통령을, 그것도 그 나라 국민이 싫다는 대통령을 반길 리가 없어.'

그런데도 세상은 엄마 말대로만 되는 것 같지 않았다. 난지는 뭔지 모를 복잡한 관계가 나라와 나라 사이에 있을지 모른다고 짐작할 뿐이었다.

이윽고 이승만 대통령이 물러나고 윤보선 대통령이 새 대통령이 됐다. 그런데 새 대통령은 물러난 대통령처럼 나라를 다스리는 권한이 없었다. 대신 국무총리라는 분이 나라를 다스리게 되었다.

그러나 그런 것은 난지에게 상관없는 일이었다. 지금 난지의 마음을 차지하고 있는 것은 오로지 식구들과 종석 오빠에 대한 걱정이었다. 난리 통에 길을 가다가 다친 사람도 있다는데 식구 가운데 혹 그런 일이 생겼으면 어쩌나? 종석 오빠는 그림을 그리는 대학생이지만 그래도 혹 많이 다치지는 않았을까?

교문 앞에 임시휴교라는 알림판이 붙어 있었다. 아이들도 알림판을 보고는 도로 집으로 갔다. 그러나 난지는 그 자리에 한참 서 있었다. 한 가지 꾀가 났다. 교무실로 갔다. 마침 난지 담임선생님이 라디오를 듣고 계셨다.

"선생님, 저어 …."

"응, 들어오너라. 걱정이 되어 왔구나."

"네에."

난지는 서울 집에 연락하고 싶다며 종석 오빠네 전화번호를 댔다. 선생님이 교환을 불러 대주었다. 그러나 이번에도 종석 오빠는 집에 없었다.

'일이 생긴 거다. 종석 오빠뿐 아니라 우리 집에도 일이 생긴 거다. 아버지가 다쳤을까? 아니면 엄마? 아니면 큰언니가? 작은언니가?'

난지는 식구들을 하나하나 떠올리며 불안에 떨었다. 아직 소식을 모르는데 자꾸만 방정맞은 생각만 났다. 주르르 눈물이 났다. 금세 고아가 된 기분이다.

"울긴, 별일이 없기에 연락이 없는 거다. 이제 대통령이 물러나고 국무총리가 나라를 잘 다스릴 거다. 그러니 다시 학교에 오라고 할 때까지 집에 가서 쉬거라."

선생님이 등을 쓸어 주며 말했다. 순간, 용기가 생겼다.

"선생님, 서울에 가고 싶어요. 엄마가 너무 보고 싶어요."

난지의 뜬금없는 말에 선생님도 당황하는 빛이다. 그러나 곧 웃으며 난지의 등을 또 한 번 쓸어 주었다.

"조금만 참아라. 올 한 해만 어떻게 다니고 내년엔 올라갈 수 있도록 선생님이 힘써 보마."

"고맙습니다, 선생님."

난지는 인사를 하고는 밖으로 나왔다. 서울에 연락은 못 했지만 힘이 났다. 운동장에서 하늘을 올려다보고 심호흡을 하며, 엄마를 불렀다.

'엄마, 보고 싶어요, 보고 싶어요.'

순녀네 집으로 돌아오니 순녀 고모가 와 있었다.

"우리 고모가 널 기다리고 있다."

공장 거적문 앞에서 애기동생을 업은 순녀가 난지를 맞았다.

"왜?"

"우리 고모 서울 간대. 종석 오빠가 병원에 입원했다나 봐."

"뭐라고?"

난지가 저도 모르게 소리를 질렀다.

"난지 왔니?"

순녀 고모가 난지 목소리를 듣고 방에서 나왔다.

"우리 종석이가 데모하다 다쳐 병원에 입원했단다. 순녀 고모부가 나보고 대신 갔다 오라고 해서, 짬이 되면 너희 집에 가보고 올까 하는데, 뭐 전할 말 없니?"

왈칵 눈물부터 나왔다. 집이란 말을 듣는 순간 난지의 눈물샘이 아예 펑 하고 뚫렸다.

"어째 안 그렇겠니. 아직은 떨어져 지내기 어린 나인데 … ."

순녀 고모도 담임선생님처럼 등을 토닥여 주었다. 오늘은 만나는 어른마다 난지의 눈물샘을 터뜨렸다.

"방학 때라면 함께 가도 좋을 텐데 … . 난지야, 고모가 꼭 너희 엄마 뵙고 너 잘 있다고 전하고 오마."

난지는 고개를 푹 숙인 채 애꿎은 운동화 바닥을 땅에 북북 문댔다.

서울에 다녀온 순녀 고모가 종석이 오빠 소식, 난지네 소식을 가지고 왔다. 난지네는 다행히 모두 무사했다. 하지만 종석 오빠는 다리를 다쳐 오래 입원해야만 한다고 했다.

종석 오빠는 나라에서 세운 병원에 입원했다. 직접 그림을 그려 넣은 플래카드를 들고 앞장서 가다가 경찰의 총에 맞아 쓰러졌다. 다행히 다리에 맞아 바로 총알을 꺼내는 수술을 받았다. 집에는 수술이 끝난 다음 알렸다. 그것도 오빠가 직접 전화로 하지 않고 병원에서 했다. 순녀 고모가 올라갔을 때는 이미 힘든 고비는 넘긴 상태였다.

그런데 문제가 또 생겼다. 오빠의 하숙집 주인아주머니 아들도 이번 데모에 나섰다가 몹시 다쳤다고 한다. 아들을 구완하느라 아주머니는 하숙일을 그만두어야 했다. 그 바람에 종석 오빠가 퇴원을 해도 갈 곳이 없어졌다.

순녀 고모가 오빠 대신 새 하숙집을 보러 다녔다. 그러나 세상이 모두 어수선해서인지 쉽게 구해지지 않았다. 다니다가 난지네 집에 들러 난지 소식을 전하고 종석이 오빠 소식도 전했다.

"저런, 얼마나 아팠을꼬? 그만하기 다행이기도 허고."

난지 엄마의 눈시울이 붉어졌다.

"머리를 다쳤더라면 더 놀랐을 거예요. 병원에 가서 보니 정말 학생들이 많이 다쳤어요. 개중엔 중학생도 다 있어요."

순녀 고모가 종석 오빠 얘기를 조심스럽게 꺼냈다. 난지 아버지와 엄마는 고향 총각이 데모를 하다 다친 것이 한편 안쓰럽기도 하고 한편 대견하기도 했다.

"우리 옆집에 빈방이 났다는데 이참에 그리로 옮기면 어떨지 … ."

"그래요, 방을 따로 얻어 혼자 있으면 종석 총각도 맘이 편할 거고. 밥은 내가 챙겨 줄게요. 우리네 먹는 대로 해주리다."

"고맙습니다, 난지 어머니. 이담에 난지도 올라오면 좋아할 거예요. 우리 종석이한테 그림도 배울 수 있을 테고요."

난지가 종석 오빠를 따르는 것을 순녀 고모도 알고 있는 것 같았다.

무논의 거머리 소동

종석 오빠가 퇴원하면 난지네 옆집으로 옮기기로 했다는 소식을 듣고 난지는 기뻤다.

'서울에 가면 바로 옆방에 있는 종석 오빠를 자주 볼 수 있겠구나. 풀밭에 나란히 앉아 그림도 그리고 ….'

난지는 어른들이 고마웠다. 엄마도 순녀 고모도, 그리고 아버지도.

'이제 됐다. 서울로 갈 때까지 열심히 하자. 담임선생님도 도와주신다고 약속하셨다.'

오늘은 학교에서 수업이 없는 대신 등교하자마자 모내기를 도우러 가는 날이다. 농사일이 때를 맞추는 일이라서 해마다 모내기 철이면 일손이 모자라 여자중학생들까지 불려 나갔다.

들판의 논은 대부분 물에 잠겨 햇살에 반짝거렸다. 다만 도랑에서 떨어진 비탈논은 아직 물이 모자라 농부들이 무자위를 돌려 아랫배미

202

물을 윗배미로 치올렸다.

솜리엔 만경강 물을 끌어 들여 만든 오래된 수리조합이 있어, 농사철에도 물 걱정을 크게 하지 않아도 됐다. 강둑 안쪽으로 수문이 있어 가뭄이나 홍수 때 물의 양을 조절할 수 있었다. 비가 많이 올 땐 굵은 용수철 기둥의 나사를 죄어 강물이 논으로 넘쳐 들어오지 못하게 하고, 가뭄 땐 반대로 나사를 풀어 강물을 끌어 들인다.

좁다란 논둑길을 들어서서는 여러 줄이 한 줄이 되었다. 담임선생님이 자기 반을 데리고 할당받은 논배미로 향했다. 논배미 앞에서 다시 분단별로 줄을 끊어 무논으로 들어가게 했다. 분단장과 부분단장이 먼저 무논 속으로 들어가 양쪽에서 못줄을 잡으면, 뒤따라 분단원들이 못줄 앞에 선다.

논바닥이 질흙이라 몹시 미끈거렸다. 하지만 논물이 종아리에서 찰랑대고 진흙 속에서 무언가가 꼼지락꼼지락 발바닥을 간질이면 배꼽까지도 간지러웠다. 자꾸만 웃음이 나왔다. 흙탕물을 뒤집어쓴 미꾸라지 한 마리가 톡 튀더니 난지의 발가락 사이로 숨어들어 갔다. 매끈한 우렁쉥이가 뽈록, 물 위에 떴다가 가라앉았다. 무논 속에 난지네가 모르는 갖가지 생물이 살고 있음을 알려 주는 신호병들이었다.

미끄덩미끄덩, 찌릿찌릿, 오줌이 나올 것처럼 발바닥이 계속 간지러운 것을 참고 아이들은 줄을 따라 모를 심었다. 못단 나르는 일은 선생님들 몫이었다. 한 줄 두 줄, 난지네가 심은 못자리가 점점 넓어졌다. 논배미는 구불구불해도 못자리는 똑발랐다. 파릇파릇 어린 벼싹이 겨우내 비어 있던 무논을 채워 주었다. 물 위에 수놓인 연둣빛 벼

모숨이 꼭 비단 위의 땡땡이무늬 같다.

　한참 모를 심어나가는데, 그때다.
"서언새앵니임, 이, 이, 이, 어어어!"
　오른쪽 허벅지에 손을 댄 채 종아리 아래를 들여다보며 난지가 말을
못하고 버버거렸다. 시커먼 거머리가 난지의 오른쪽 종아리 피를 빨
아 먹고 있지 않은가.
"어마낫!"
　함께 모를 심던 분단 아이들도 모두 뒤로 나자빠졌다.
"일동 제자리에서 차렷!"
　선생님이 갑자기 호루라기를 불고 구령을 했다. 벌떡 일어선 아이
들의 엉덩이는 모두 진흙탕이 되었다. 난지는 아예 하얗게 질려 금세
라도 숨이 멎을 것 같았다. 선생님이 성큼성큼 난지에게로 왔다.
"이놈! 어디 붙을 데가 없어 어린 학생 피를 빨아 먹냐!"
　선생님이 맨손으로 종아리에 붙은 거머리를 떼어 내며 호통을 쳤
다.
"거머리에게 물리면 피가 맑아진다. 피가 맑아지면 양귀비처럼 예
뻐진다. 김난지, 내일 학교에 더 예뻐져서 올 거다."
　선생님의 말이야 어떻든 난지는 거머리가 떨어져 나간 것에 가슴을
쓸어내렸다. 함께 줄을 섰던 분단 아이들도 자기 종아리를 한 번씩 훑
어 내리며 안도의 숨을 쉬었다.
　그러나 자라 보고 놀란 가슴 솥뚜껑 보고 놀란다고, 이후 거머리에
놀란 가슴은 검불만 붙어도 화들짝 놀랐다. 언제 거머리가 내 피를 빨

아 먹으려 붙을지도 모른다는 두려움을 갖고 조마조마하며 난지네 분단은 주어진 분량의 모를 심었다.

난생처음 거머리에게 물리고 집에 오는 동안 내내 난지는 거머리가 붙었던 종아리가 계속 따끔거렸다. 그래도 선생님의 거머리 찬양은 믿거나 말거나 재미있었다. 바로 옆에 엄마가 있다면 오늘 있었던 일을 재재재 말했을 텐데, 아쉬움이 돋았다.

학교를 그만둔 선옥 언니

엄마 심부름을 할 일이 없어지고 나서 선옥 언니네 생선 가게에 갈 일도 없어졌다. 서울로 간다고 작별인사까지 한 뒤, 난지는 다시 안 가게 되었다고 말을 하러 간다면서 못 갔다. 그런데 우연히 시장 문방구를 갔다가 생선 가게가 채소 가게로 바뀐 것을 알았다. 선옥 언니네가 왜 가게 문을 닫았는지 궁금했다. 선옥 언니는 분명 난지도 서울로 간 줄 알고 아무 연락도 안 했을 것이다.

지난해 선옥 언니가 원광여중에 들어간 것을 알고 있어 난지는 학교로 갔다. 2학년인 줄은 알지만 몇 반인지는 몰라 그냥 교무실에 들어가 선옥 언니 이름만 댔더니, 학교를 그만두었다고 했다.

'왜 그만두었을까? 혹 솜리를 떠난 건 아닐까?'

그냥 넘어갈 수가 없었다.

송학동 선옥 언니네 집에 찾아갔다. 언니가 죽은 귀신을 본 듯 놀랐다.

"어, 어떻게 된 거지?"

"언니, 나, 아직 전학 안 갔어. 아니 못 갔어."

"왜?"

"학교에서 안 보내 주어서."

난지의 얘기를 듣고 난 선옥 언니가 무슨 할 말이 있는 듯 입가에 꾸욱 힘을 주었다.

"난지야, 나 있지."

"안 그래도 나 언니 학교에 다녀오는 길이야. 우연히 시장 문방구에 갔다가 언니네 가게가 없어진 걸 알았어. 그래서 언니네 학교에 가서 물었더니 언니가 학교를 그만두었다 하잖아. 언니, 어떻게 된 거야?"

"난지야, 이리 와."

선옥 언니가 건넌방을 힐끔 돌아보더니 난지를 데리고 밖으로 나왔다. 둘은 굴다리 옆 성황당 돌무지 아래 맨바닥에 앉았다. 그곳에서 뜻밖에도 선옥 언니가 아무한테도 말하지 않은 비밀 두 가지를 말해 주겠다고 했다.

학교에서 선옥 언니는 쉬는 시간이면 만화를 그렸다. 국민학교 때도 생선 비린내 때문에 따돌림을 받았는데, 중학교에 들어가서도 선옥 언니는 까닭 없이 외톨이가 되었다. 친구가 없는 선옥 언니는 혼자서 만화를 그리며 외로움을 달랬다. 만화책을 사다가 열심히 보고 그 속의 예쁜 주인공 얼굴을 본 따 그렸다. 쉬는 시간이면 만화를 그릴 생각에 변소도 번개처럼 다녀왔다. 그렇게 그린 그림으로, 방과 후면 다섯 장 혹은 열 장짜리 만화책이 탄생했다.

그런데 어느 날, 책가방을 싸면서 책상 서랍 속에 넣어 두었던 만화 공책이 없어진 것을 알았다. 그리고 다음 날, 혹시 누가 가져갔다가 도로 갖다 놓지 않았을까 하고 일찍 학교로 갔다. 그런데 칠판에 선옥 언니가 그린 만화그림과 똑같은 그림이 그려져 있는 것이 아닌가? 누가 그렸을까 하고 멍하니 있을 때 교실 뒷문이 열렸다.

"선옥이 너 일찍 왔구나."

같은 반 옥희였다. 순간, 선옥 언니의 얼굴이 빨개졌다. 가슴이 뛰었다.

"왜 놀라니? 너도 나처럼 당해 보니까 알겠지? 난 겨우 공책이었지만 넌 돈이었다는 사실, 두고두고 명심해. 넌 영원히 지워지지 않을 잘못을 등에 지고 살 거니까."

너무나 끔찍한 말이었다.

옥희가 선옥의 만화공책을 교탁에 떨치듯 놓고는 칠판에 그린 만화를 모두 지웠다.

"······."

선옥 언니는 더 이상 그 자리에 서 있지 못하고 가방을 든 채 집으로 되돌아왔다.

옥희는 지난번 선옥 언니의 잘못을 아직도 용서하지 않고 있었다. 국군의 날, 국군장병에게 보내는 위문편지와 위문금을 모으던 날, 선옥 언니는 위문금을 가지고 오는 것을 깜빡했다. 어쩌나 하고 고민하다 마침 변소에 간 짝 옥희의 필통 속에 든 돈을 보았다.

손이 필통 속 돈을 살짝 꺼내려는 순간, 옥희가 문을 열고 들어왔다. 얼른 집었던 돈을 놓았다. 그러나 이미 옥희의 눈이 그곳에 머물고 있었다. 돈을 훔치지도 못하고 선옥 언니는 도둑으로 몰려 교무실에까지 불려 갔다.

그런 일이 있고 나서는 교실에서 무엇이 없어질 때마다 선옥 언니가 의심을 받았다. 물론 완전히 따돌림을 당하고 학교공부엔 점점 흥미를 잃어 갔다. 딱 한 번 무엇에 홀렸는지 자신도 모르게 그런 짓을 하고 두 번 다시 생각조차 품지 않았건만, 한 번 쓴 누명은 벗겨지기는커녕 점점 무거워져만 갔다.

"난지야, 난 나쁜 아이야. 그래서 더 이상 학교에 다닐 수도 없을 것 같아. 엄마에게 말했어, 학교 그만두겠다고. 엄마는 펄펄 뛰셨지만 난 그날 이후 학교에 가지 않았어. 그러던 중 우리 아버지가 돌아오셨어."

"언니 아버지가?"

"응, 광산인가 갔다가 오셨대. 갈 땐 엄마가 모아 놓은 돈을 다 갖고 갔는데 올 땐 빈손으로 왔나 봐. 엄마가 밤이면 혼자서 우시거든. 그래서 난지야, 내가 엄마더러 다른 데로 가서 다시 장사하자고 졸랐어. 내가 학교 다니는 대신 엄마를 돕겠다고. 그리고 이번엔 비린내 나는 생선 장사 말고 빵집을 차리자고 했지. 엄마가 몇 달을 고민하다가 결정을 내렸단다. 그러자고."

"그럼, 빵 가게를 정말 차릴 거야?"

"응, 광주에서 나마가시 가게를 하는 엄마 친구가 살고 있는데, 그분한테 먼저 배운 다음 차릴 거다."

"나마가시가 뭐야, 언니?"

"응, 참. 나도 모르게 엄마 친구 말을 썼구나. 생과자야. 그분 사실은 일본 사람이거든."

"어어."

"그래서 내가 빵도 만들어 팔고 나마가시도 만들어 팔자고 했어. 난지야, 난 돈을 벌 테다. 돈을 많이 벌어 이담에 큰 빵 공장 사장도 될 테다."

"빵 공장?"

난지의 목소리에 풍선 터지는 소리가 났다. 학교에서 친구들과 뛰놀고 시험문제 답을 몇 개나 맞혔는지 같은 것에 마음을 쓸 나이에 선옥 언니는 어른처럼 돈을 많이 벌겠다고 벼르고 있었던 것이다.

"근데 난지야, 너도 그렇게 생각하니?"

"뭐를?"

"옥희가 내게 한 말."

"그건 좀 지나친 말 같았어. 언니가 아무리 잘못을 했기로서니 세상에 영원히 지워지지 않을 잘못이 어디 있어?"

"너도 없다고 생각하지? 내가 몇 번이나 사과했는지 몰라. 그렇지만 어디까지나 내 잘못이지. 잠깐 정신이 회까닥했었나 봐."

"난 알아. 언닌 반 아이들이 무서웠던 거야. 가져갈 것을 안 가지고 가 선생님한테 혼나면 아이들한테 또 따돌림받을까 봐 무서웠던 거야."

난지는 선옥 언니가 안쓰러웠다. 짝의 돈을 훔치려 했던 행동은 나쁘지만 그건 정말 아주 잠깐의 실수였다. 엄마를 도와 시장에서 생선을 팔고 그로 해서 비린내 나는 아이라는 놀림을 당해도 엄마를 돕는 일을 그만두지 못하는 따뜻한 마음을 가진 언니였다. 난지 같으면 창피해서 시장에 나가지도 않았을 것이다.

"난지, 넌 착한 아이야."

"뭐? 내가 착하다구? 그거야말로 거짓말이야. 난 절대로 착한 아이가 아니라구."

난지가 펄쩍 뛰자 선옥 언니가 되레 놀랐다.

"왜 그러니? 전에도 학교 가다 생선 비린내 난다고 내가 따돌림을 당했을 때 난지 니가 대신 싸워 주었잖아. 그게 착한 게 아니고 뭐니."

"그건 그거고, 그게 착한 것과 무슨 상관이야. 언니, 자꾸 나보고 착하다고 하면 나 화낼 거다."

선옥 언니가 어리벙벙한 얼굴로 난지를 빤히 바라보았다. 그러고는 난지 손을 가만히 잡아끌었다.

"난 알아. 난지 네가 더 착하고 싶어서 그러는 거."

"정말 언니 자꾸 이럴 테야?"

난지가 손을 휙 잡아 빼며 진짜 화난 표정을 지었다.

"그래, 그래. 그만할게. 난진, 정말 이상한 애다. 남들은 착하다고 하면 다 좋아하는데 … ."

정말 못 말릴 선옥 언니였다.

"언니, 또 하나 비밀은 뭐야?"

얘기라면 어떤 얘기도 그냥 넘기지 않는 난지였다. 더구나 그것이 비밀 얘기임에야.

"응, 참. 그랬지."

선옥 언니가 꺼낸 또 하나 비밀은 처음 것보다 더 난지를 놀라게 했다. 그것은 선옥 언니 엄마의 아버지, 즉 외할아버지가 일본 사람이었다는 얘기였다. 그러니까 선옥 언니 외할아버지가 철도국에 다녀 관사에 살았는데, 그때 관사 옆에 살던 총각이 엄마를 좋아해 외할아버지의 반대를 무릅쓰고 결혼을 했다고 한다. 다행히 외할머니가 우리나라 사람이라서, 선옥 언니 엄마는 아버지로부터 받은 설움을 엄마의 사랑으로 씻어 낼 수 있었다.

선옥 언니 아버지는 아버지대로 장인이신 외할아버지와 평생 밥상 앞에 단 한 번을 마주 앉아 보지 못하고 남처럼 지냈다고 한다. 나중에 외할아버지가 돌아가시자, 선옥 언니 아버지는 장인한테 받은 푸대접을 엄마한테 뒤집어씌웠다.

"집에서 아버지는 왕이고 엄마는 시녀였지. 아니, 시녀보다도 못한 종이었어. 그래도 엄마는 꾹 참고 아버지 시중을 다 들어주었어. 어느 날, 아버지는 금광을 하러 간다고 집에 있는 돈을 몽땅 가지고 나가셨어. 엄마랑 외할머니는 할 수 없이 시장에 나가 생선 장사를 시작했지. 그다음은 난지 너도 보았지? 난 우리 외할머니 생각만 하면 지금도 불쌍하다. 아버지와 우리 외할아버지 사이에서 얼마나 힘들었을까 하고."

난지는 또 하나의 아프고 시린 선옥 언니의 얘기를 가슴에 간직하게 됐다. 먼 훗날, 난지가 어른이 되어서 꺼내 보면 그때도 아프고 시릴 것 같은 얘기였다.

머지않아 난지는 서울로 가고 선옥 언니는 광주로 간다. 그러고는 영영 다시 못 볼지도 모른다. 그렇더라도 선옥 언니가 들려준 얘기는 난지의 마음속 깊은 데 있다가 가끔씩 난지에게 속삭여 줄 것이다. 선옥 언니를 잊지 않도록.

난지는 선옥 언니네가 빵 가게를 해서 돈을 많이 벌고 착하고 부지런한 선옥 언니가 언젠가 꼭 빵 공장 사장이 되기를 빌었다.

기우는 목재소

목재소는 여름보다 겨울이 더 바쁘다. 11월 늦가을이면 강원도나 경북의 북부에서 산판(나무 베기)이 한창 벌어지는데, 순녀 고모부도 해마다 이맘때면 통나무를 구하러 그곳으로 간다.

나이테가 보통 오십 개도 넘는 통나무를 쓰러뜨려 큰 쇠톱으로 자른다. 자른 것을 수레에 실어 산 아래 신작로까지 운반하면 신작로에서 기다리던 트럭 인부들이 목도를 해서 트럭에 옮겨 싣는다. 그 일을 감독하느라 순녀 고모부는 겨울 한 철을 밖에서 보내다시피 했다. 그때마다 순녀 고모가 장미표 공작털실로 손수 떠준 털조끼와 털바지를 입고 갔다.

그런데 이번 가을엔 고모부가 가지 않고 목재소에서 일하는 아저씨를 대신 보냈다. 큰아들이 미술대학에 들어간 것을 못마땅해하면서 날마다 술을 마시고 목재소일도 게을리했다. 또 목재소일과 상관없는 아저씨들과 이상한 놀이를 하는 데 빠지기도 했다.

목재소는 마치 기름칠 안 한 기계처럼 삐거덕삐거덕 소리가 났다. 사들인 나무가 질이 안 좋아 돈을 물어 주는 일이 생기는가 하면, 한솥 밥 먹은 일꾼이 순녀 고모부의 눈을 피해 밤새 나무를 차로 빼내 가는 일까지 생겼다.

산판에서 나무 실은 트럭이 달포 만에 왔다. 순녀 고모가 들어오지 않은 고모부를 찾아 나섰다. 함석집 골방에서 에부수수한 얼굴로 순녀 고모부가 나왔다.

"어떻게 알고 여기까지?"

"나무 왔어요."

"벌써?"

순녀 고모부가 두 손으로 얼굴을 쓸어 올리며 툇돌 아래로 내려왔다. 발걸음이 휘청휘청했다. 아마 밤새 술을 마시며 놀음을 한 것 같다.

한숨 잔 뒤 돌아보라는 순녀 고모의 말을 귀 너머로 흘려버리고 순녀 고모부가 채 덜 깬 상태로 통나무 쌓은 곳으로 걸어갔다. 집 짓는 데 좋은 재목인 춘향목, 결이 고와 가구 만드는 데 쓰이는 느티나무, 공사장 버팀목으로 나가는 낙엽송 등이 골고루 들어왔다.

취한 중에도 순녀 고모부는 나무 쌓기가 엉망인 것을 알아챘다. 굵은 나무와 가는 나무가 마구 뒤섞인 채 쌓여 있어 보기에도 위험했다.

"에이잇! 고이연, 내가 안 본다고 일을 이렇게 해?"

순녀 고모부가 갑자기 웃옷을 벗어 던지더니 씨름 선수처럼 손바닥에 힘을 퉤퉤 뱉었다. 그러고는 굵은 나무들 속에 옹이처럼 박힌 통나무 한 개를 '욱!' 하고 잡아당겼다. 꿈쩍도 하지 않았다. 이번엔 반대

방향으로 가서 힘껏 밀었다.

"어어어어!"

그다음, 눈 깜짝할 사이에 일이 벌어졌다.

와르르르 쿵쿠르르르 콰다다다당! 통나무 더미가 차례로 무너져 내렸다. 산이 무너지는 소리 같기도 하고 폭포수가 쏟아지는 소리 같기도 하고.

"여, 여, 여어 ─ 사아자앙니임!"

목재소 일꾼들이 순녀 고모한테 달려갔다.

"빨리 와보세요! 사장님이 통나무 더미에 깔렸어요!"

앵앵 앰뷸런스가 왔다. 목재소 일군들과 앰뷸런스 아저씨들이 통나무 밑에서 조심조심 순녀 고모부를 꺼냈다. 송판을 등에 대고 밀어 넣어 몸을 고정한 다음 차에 실었다. 순녀 고모가 함께 탔다.

순녀 고모부는 한 달을 넘게 병원에서 치료를 받았다. 그러나 나올 때 목발을 짚지 않으면 안 되었다. 목발을 짚은 자신의 모습을 보며 순녀 고모부가 하염없이 눈물을 흘렸다.

"그래도 이만하기 다행이에요. 마음을 편히 가지세요."

순녀 고모가 위로해 주었지만 소용없었다. 통나무가 무너지면서 순녀 고모부의 정신도 무너져 버린 걸까? 순녀 고모는 약해지는 고모부의 마음을 잡아 주려고 열심히 약도 챙겨 주고 함께 시간을 보냈다.

까마귀 날자 배 떨어진다더니 사고가 난 뒤 목재소는 전처럼 활발하게 돌아가지 않았다. 일주일이면 수십 대의 목재차가 들고나고 했는데 기껏해야 서너 차가 드나들었다. 바깥이 시끄러워서인지 몇 년째

집 짓는 일도 줄고 나라의 공사도 줄고 있다. 집을 짓고 다리를 놓고 가구가 잘 팔려야 목재소도 잘 돌아간다.

엎친 데 덮친 식으로 새 정부가 들어서면서 벌목이 까다로워지고 벽돌집이 유행하면서, 집 짓는 데 필요한 재목을 사려는 사람이 반으로 줄었다. 그렇다 해도 순녀 고모부는 목재소를 그만둘 수 없었다. 비록 목재소가 전만 못하다 해도, 한쪽 다리를 다쳤어도, 목재소는 아버지로부터 물려받은 소중한 일터였기 때문이다. 어릴 때부터 학교 공부 대신 나무에 둘러싸여 자란 목재소였기 때문이다.

그런 목재소인지라 순녀 고모부는 큰아들 종석 오빠가 목재소를 이어받기를 바랐다. 그러나 오빠는 그 일보다 그림 그리기를 더 좋아했다.

'내 언제든 너를 이 목재소 주인으로 만들 테다. 그래야 내가 죽어서도 아버지에게 떳떳하지.'

순녀 고모부는 종석 오빠에게 목재소일을 맡기려는 자신의 생각을 바꾸지 않고 있었다.

재투성이 방

나뭇잎이 노랗게 물이 들어 땅에 떨어질 무렵이 되면 해가 짧아진다. 해님이 나뭇잎에게 따순 기운을 나누어 주고 겨울을 잘 견디라고 뿌리를 다독여 주느라 계속해서 제 몸을 떼어 주기 때문이다. 그래서 한겨울이 되면 해님의 몸통이 노루꼬리만큼밖에 남지 않는다.

해가 짧은 만큼 저녁이면 빨리 어두워지고 자연스레 전기를 많이 쓴다. 순녀 엄마는 난지 엄마보다 더 전기를 아껴 아예 숙제는 낮에만 하게 했다. 그렇지만 사실 그것은 무리였다. 특히, 순녀에겐 그랬다. 순녀 엄마는 방학이면 학교 다닐 때는 안 하던 밥 짓는 일까지 시켰다. 순녀 엄마는 기분이 좋을 때면 순녀를 순둥이라 불렀다. 순둥이 순녀는 엄마가 시키는 대로 밥도 짓고 동생들 돌보는 일도 꾀부리지 않고 했다. 그러니 낮에 숙제를 다 하고 저녁 일찍 자라는 것은 숙제를 하지 말라는 말과 같았다. 말이 중학생이지 부엌데기 같았다.

난지는 부엌에서 일하는 순녀가 안쓰러웠다. 아무리 일이 많아도 순녀 엄마는 순녀 친구 난지에게는 부엌일을 시키지 않았다. 혹 나중에 순녀 아버지한테 무슨 말을 들을까 봐 그러는지 몰랐다. 그렇다고 나서서 나한테도 일을 시켜 달라고 말하기는 싫었다. 사실 난지에겐 순녀가 하는 일이 정말 하기 싫은 일이었다. 문득, 순녀가 콩쥐고 난지가 팥쥐 같다는 생각이 들었다. 그래도 밤이 되면 순녀가 자유롭게 되고 난지도 눈치 보지 않고 순녀랑 함께 있을 수 있다. 그래서 난지는 밤을 기다렸다. 말은 안 해도 순녀도 밤을 기다리는 눈치다.

한 가지 아쉬운 것은 순녀 엄마가 전깃불을 못 켜게 하는 것이다. 그렇다고 양초를 넉넉히 주지도 않았다. 한 시간 켜는 데 양초가 얼마큼 녹는지 눈대중을 해놓고 숙제 말고 다른 짓을 못 하도록 못을 박아 놓았다.

가까스로 숙제를 하고 나란히 이불 속에 들어갔는데 얼른 잠이 오지 않았다. 깜깜한 어둠 속에서 학교에서 있었던 일을 얘기하고 친구들 얘기도 했다. 그러다가 누구든 먼저 잠이 들면 이야기도 저절로 끝날 참이다. 그런데 웬일로 순녀가 이불 속에서 팔을 툭 쳤다.

"난지야, 우리 화롯불에 밤 구워 먹을까?"

"갑자기 밤은?"

"엊그제 아버지가 고향에 갔다가 밤을 갖고 오셨다. 엄마가 부엌 항아리에 모래를 담아 묻는 걸 봤어."

"그걸 갖고 오자구?"

순녀가 오리입 모양을 하며 고개를 까딱했다.

"깜깜한 데서 어떻게?"

"가만, 내가 콩나물 공장에 들어가 남포등을 살짝 가져올게. 그동안 넌 소리 안 나게 부엌으로 나와."

"그담엔?"

순녀가 난지 귀에 입을 댔다.

순녀가 먼저 나가고 난지가 뒤따라 나갔다. 그리고 부엌에서 만났다. 순녀가 남포등을 들고 난지는 모래 속에서 밤을 골라 손수건에 쌌다. 그다음 남포등을 난지가 들고 순녀가 아궁이에 남은 불씨를 화로에 담아 방으로 들고 왔다.

"됐다. 이제 방문만 가리면 돼."

난지와 순녀는 먼저 서랍장 위에 있던 이불을 내리고 서랍장 서랍을 하나씩 뺐다. 둘이 거뜬히 들 수 있을 만큼 가벼워진 서랍장을 방문 앞으로 옮겼다. 다시 서랍을 끼고 이불을 방문 윗지도리까지 닿도록 쌓아 올렸다. 그래야 불빛이 밖으로 새어 나갈 염려가 없어진다.

몰래 하는 일은 마음을 졸이면서도 끌린다. 들키지 않기를 바라면서, 들킬까 조마조마하면서 남폿불 아래 머리를 맞대고 앉아 둘은 본격적으로 밤을 굽기 시작했다.

'앗차!'

부젓가락 가져오는 것을 깜빡했다. 하는 수 없이 태워 먹을 셈 치고 연필 두 자루씩을 꺼내 젓가락 대용으로 썼다. 재 속에 묻은 밤을 뒤적거리는 동안 연필심을 둘러싼 나무가 향내를 풍기며 타들었다. 나무옷이 다 타면 심이 똑 끊어지며 학교 난로에서 나던 조개탄 냄새가 났다.

"순녀야, 아무래도 들킬 것 같아. 냄새 때문에."

"손으로 그냥 할까?"

"바보, 그럼 손이 불에 타라구?"

"그러네. 히히!"

바로 그때, '타악!' 하고 화로 속에서 시커먼 것이 천장으로 튀었다.

"엄마야!"

둘은 누가 먼저랄 것 없이 방바닥에 찰싹 엎디었다. 총알이 튕기는 것처럼 놀랐다. 다행히 안방까지 소리가 가진 않았다.

"뭐니? 응?"

"몰라. 저기, 저기로 떨어졌어."

시커먼 돌멩이가 원래 서랍장이 있던 구석에 처박혀 있었다.

"밤, 밤이 살았나 봐. 뜨거워 죽겠다며 소리치고 터진 거다."

"히히히, 재밌다."

"근데, 순녀야, 이 속에 들어 있는 밤들이 계속 소리를 지르면 어쩌지?"

바로 그때 불 속에서 연이어 폭발음이 터졌다. 타악! 탁! 탁! 탁!

"야야야, 순녀야, 빨랑 다 꺼내, 이러다가 불나겠다. 빨랑!"

"난지야, 너도 꺼내, 빨랑빨랑. 모두 몇 개지?"

"몇 갠지 어떻게 알아, 언제 세어 보고 묻었니?"

둘은 연필 젓가락으로 화로의 재를 마구 휘저었다. 그 사이에도 화롯불 안에서 폭발음이 몇 번 터졌다.

"이게 무슨 냄새요? 순녀 아버지, 일어나 보셔요. 탄내가 나요. 공장 애들이 밤에 뭘 하는지, 나가 보셔요."

순녀 엄마의 목소리가 들렸다. 들키기 일보 직전이 되었다.

"큰일 났다. 난지야, 엄마가 아버지를 깨운다."

난지가 얼른 남폿불을 입으로 훅 불어 껐다.

이윽고 순녀 아버지가 밖으로 나가는 소리가 들려왔다. 얼마나 숨을 죽이고 있었을까. 순녀 아버지가 돌아왔다.

"애들 다 자는데."

"이상허네요. 분명 탄내가 났는데. 가만. 순녀 아버지, 아직도 나는 것 같지 않아요?"

다시 방문 여는 소리가 났다. 마루를 가로질러 방문 앞에 발소리가 뚝 그쳤다.

"자냐?"

순녀 아버지가 밖에서 가만히 물었다.

대답을 하지 않았다. 순녀 아버지가 그냥 돌아서는데, 탁! 또 밤 폭탄이 터졌다.

"순녀 방에 가봐, 아무래도 거기서 나는 것 같어."

순녀 엄마가 나오더니 밖에서 부를 것도 없이 방문을 열어젖혔다.

"어쿠, 이게 뭐여. 아구구!"

이불이 와르르 쏟아지고 막아 놓은 서랍장에 순녀 엄마 앞가슴이 콱받친 것이다.

"엄마, 괜찮아요? 가만, 이거 치울게, 조금만 기다려요."

순녀가 얼른 남폿불을 켜고 난지와 함께 서랍장을 옮겼다. 방 안이 폭격 맞은 것처럼 재투성이가 되어 있었다. 아버지가 건너오고 동생들이 건너왔다.

"아이고, 방이 이게 뭔 꼴인고? 머슴애도 아니고 가시내가 … ."

순녀 엄마가 순녀만을 겨냥해 야단을 쳤다.

"밤을 불에 구워 먹으려면 미리 공기구멍을 내야 헌다는 것을 몰랐구나."

순녀 아버지가 방바닥에 널브러진 군밤을 까서 순녀 동생들에게 하나씩 주었다.

"옜다, 누나들이 구운 거다. 하나씩 먹거라."

난지는 고개를 숙이고 잠자코 있었다. 순녀는 난지보다 고개를 더 푹 숙였다.

"자거라. 방은 내일 아침에 치우고."

순녀 아버지가 소동을 덮어 두고 건너갔다. 순녀 엄마도 동생들도 따라 나갔다.

"후유, 살았다. 난지 너 덕분이다."

"뭐가?"

"나 혼자였으면 매를 맞았을 거다. 봐라. 제일 큰누나라는 것이 이런 장난을 했는데 가만두겠냐?"

"그러니까, 너네 아버지가 나를 봐서 너를 봐주었다, 이 말이지?"

순녀가 끄덕끄덕했다.

"방은 재투성이가 되었어도 어쨌든 재미있었다. 너도지?"

순녀는 대답을 하지 않았다. 엄마한테 야단을 맞은 것보다 동생들한테 한밤의 소동을 들킨 것이 더 맘에 걸리나 보았다.

몰래 탄 밤기차

며칠 있으면 겨울방학이다. 중학교 들어와 처음 맞는 겨울의 방학, 길기도 하다. 난지가 식구들과 떨어진 지도 어언 아홉 달, 곧 있으면 해가 바뀐다.

보고 싶다. 모두 보고 싶지만 그중에도 엄마가 가장 보고 싶었다. 식구들 얼굴을 하나하나 떠올리는데 종석 오빠가 끝에 딸려 올라왔다.

'내가 서울로 가면 모두를 볼 수 있을 텐데.'

생각이 여기에 닿자, 난지의 마음은 금세 달리는 기차 꽁지라도 붙잡고 싶어졌다. 그러나 서울이란 데를 혼자서 간다는 것은 쉬운 일이 아니다. 또 간다고 해도 서울이 솜리의 열 배도 더 크다는데 어디가 어딘지도 모른다. 게다가 솔직히 말해 기차표를 살 돈도 없다. 아무리 궁리해 보아도 뾰족한 수가 나지 않았다. 그렇다고 순녀 엄마한테 차비를 빌려 달라고 말하긴 더욱 싫었다.

'에이이, 개꿈을 꾸었다고 치자.'

난지는 서울 가는 꿈을 접었다. 그런데 우연한 계기로 다시 꿈을 펼수 있었다.

학기말 시험도 끝나고 통지표를 받을 날만 남긴 어느 날이었다. 소리를 잘하는 제주라는 반 아이가 종례시간 전, 어디서 배워 왔는지 소리 하나를 했다.

"밥 없으면 숫을대문 앞에 가서 멍멍이가 되고오요오, 쌀 없으면 싸전 앞에서 뉘를 골라 주고오요오, 기차 타고 싶으면 정거장에 가서 개구멍을 찾아아요오. 어허라, 얼쑤 좋다!"

아이들이 책상 바닥을 치며 왁자지껄 웃었다.

'옳지, 그거다.'

난지는 무릎을 쳤다.

'모험을 하는 거다. 돈이 없어 하는 거지만 이건 내게 나쁜 마음이 있어 하는 것이 아니다. 보고 싶어 하는 마음이 나쁜 마음은 아니잖아. 그러니까 괜찮아. 김난지, 넌 할 수 있어.'

난지는 먼저 자신에게 용기를 주었다. 그리고 치밀한 계획을 짰다. 아버지가 가면서 서울 주소를 적어 준 수첩을 찾았다. 이튿날, 솜리역에 가서 기차 시간표를 알아 두었다. 그리고 낮기차는 들킬 위험이 있으니 밤기차를 타기로 작정을 해두었다. 마음을 작정하고 며칠을 정거장에 나가 보았다. 개찰구 앞에서 저만치 보이는 기찻길에 눈을 주었다.

솜리엔 기찻길이 많다. 얼키설키 나 있는 수많은 기찻길, 그 길을 따라 군산이나 전주에 갈 수 있고 여수나 순천, 목포도 갈 수 있다. 물

론 서울로도 간다. 예부터 솜리 근동에 사는 사람들은 살다가 어디로
든 떠나고 싶을 때, 어디로든 떠나야 할 땐 기차를 타러 솜리로 온다.
또 어디서든 살다가 돌아오고 싶을 때도 솜리로 온다. 솜리의 기차가
기찻길 위에서 그들을 기다렸다 함께 떠나고, 또 기다렸다 함께 고향
으로 돌아간다.

사람들이 많이 모여드는 솜리, 그래서 솜리 사람들은 서로 어깨만
스쳐도 따뜻한 웃음을 나눈다. 아니, 따뜻한 웃음을 나누고 싶어 솜리
로 오는지도 모른다. 어디로든 갈 수 있고 어디서든 올 수 있는 솜리는
늘 바람이 잘 통하는 도시다. 정말이지, 산지사방으로 바람이 흩어지
고 산지사방에서 바람이 모여드는 상큼한 도시가 솜리였다.

난지의 첫 공작은 순녀 엄마한테 거짓말을 하는 것에서부터 시작되
었다.

"엄마한테서 이번 방학 때 잠깐 올라왔다 가라는 편지가 왔어요."

"말이 중학생이지 안즉 어리고 서울이 초행길인데, 어찌 혼자 올라
오라 하셨을꼬?"

고개를 갸우뚱하면서도 순녀 엄마는 더 꼬치꼬치 캐묻지는 않았다.
순녀가 옆에 있다 서울 구경하게 되어 좋겠다고 부러워했다.

난지는 순녀의 눈에 띄지 않게 가만가만 서울 갈 준비를 했다. 서울
이 몹시 춥다는 얘기를 들은지라 특히 옷을 챙겼다. 엄마가 교복 위에
입으라고 순모털실로 떠준 앞이 트인 스웨터, 털모자와 엄지장갑, 그
리고 작은언니한테 물려받은 털바지까지 머리맡에 놓았다.

그리고 서울 집 약도가 그려진 수첩을 꺼내 헝겊주머니에 넣었다.

모두 떠나기 전날, 무슨 생각에서인지 난지는 아버지에게 서울 집 약도를 그려 달라고 했다. 그것이 이렇게 꼭 필요한 지도가 될 줄이야.

그러나 막상 진짜 중요한 것이 빠졌다. 기차표였다. 난지는 불안한 마음을 애써 지우려고 이름을 불러 주었다.

'김난지, 김난지, 김난지,'

다음 날 저녁, 순녀 엄마는 난지를 위해 일찍 저녁을 했다. 순녀가 정거장까지 함께 가겠다고 하는 걸 난지가 펄쩍 뛰며 말렸다.

"아주 가는 것도 아닌데, 갔다 올게."

난지는 마치 동생에게 말하듯 순녀 손을 꼭 잡으며 가볍게 흔들어 주었다.

"그럼, 난지야. 엄마 실컷 보고 와."

정말 아주 떠나는 것도 아닌데 순녀 눈에 눈물이 갈쌍했다. 보퉁이 하나 달랑 들고 털모자에 털장갑을 끼고 정거장으로 가는 난지를 지나가는 사람들이 흘깃흘깃 바라보았다. 그러나 상관하지 않았다.

개찰구가 있는 정거장 주변만 빼고 기찻길을 따라 철조망 울짱이 쳐져 있다. 난지는 천천히 철조망을 따라 걸었다. 향나무, 단풍나무, 은행나무 같은 큰 나무들이 철조망 안쪽으로 서 있고 사이사이 꽃밭이 있다. 지금은 겨울이라 향나무만 잎을 달고 있고 단풍나무나 은행나무는 잎이 다 떨어져 있었다. 분꽃, 맨드라미, 홍초가 자분자분 모여 꽃을 피우던 꽃밭도 빈자리로 남아 있다.

기찻길이 제 갈 길로 흩어지고 몇 가닥 남지 않은 곳에서 난지의 발이 멎었다. 밑동에서부터 다복하게 자란 향나무 아래가 움푹 패어 있었다. 그리고 철조망 가로줄 하나가 끊어진 채 땅에 박혀 있었다. 틀림없는 개구멍이었다. 난지의 가슴이 떨리기 시작했다. 몸을 구부려 구멍의 폭을 손 뼘으로 재 보았다. 움푹 파인 바닥에서 한 칸 건너 철조망 사이까지 세 뼘이 넘었다.

'됐다.'

옆도 뒤도 보지 않고 난지는 개구멍 안으로 들어갔다. 향나무 뒤에 앉아 잠시 숨을 돌린 다음 기찻길이 많아지는 쪽으로 천천히 걸어갔다. 밤이라서일까. 철도 역무원이 눈에 띄지 않아 다행이었다. 저만치 개찰구에서 승객들이 한 사람 두 사람 나오기 시작하더니 이내 줄을 지어 건널목으로 향하고 있었다. 난지는 재빨리 그들 속에 끼어들었다. 승객들이 자기 기차가 들어오는 홈을 찾아 흩어졌다. 난지는 머리를 북쪽으로 한 기차가 서 있는 3번 홈으로 갔다.

그때 안내방송이 정거장 안에 퍼졌다.

"목포바알, 서울행 완행열차아, 사십 분 연착, 오 분 후에 도착 예정이오니 승객께서는 3번 홈에서 기다리시기 바랍니다."

"아이고, 또 늦네. 언제나 제시간에 오고 제시간에 떠날까?"

"특급열차는 안 그런다는데 우리네야 그런 비싼 차를 탈 재간도 없으니."

"완행열차는 시간을 안 지키고 특급열차만 지킨다면 완행열차 시간표는 왜 있는가."

"특급이든 완행이든 이것도 약속인데, 쯧!"

사람들이 늦게 오는 기차를 두고 투덜투덜 한마디씩 했다. 방송이 있고 기다리던 사십 분에서 다시 십 분이 더 지나서야 기차는 뙈애액 기적을 올리며 머리통을 보였다.

"온다, 기차 와."

사람들이 바닥에 놓았던 짐들을 들며 발판자리 앞으로 몰려들었다. 쌔애애, 쉿소리를 내며 이윽고 기차가 홈 안으로 들어왔다. 난지는 기차 옆구리에 "목포-서울"이라고 쓴 글자를 한 번 더 확인한 다음, 기차에 올랐다.

빈자리가 하나도 없이 꽉 찼다. 가뜩이나 좁은 통로인데 의자걸이마다 사람들이 서서 엉덩이를 대고 있어 더 비좁았다.

난지는 아주머니나 할머니가 앉아 있는 자리를 찾았다.

"어디까지 가누?"

"서울요."

할머니와 엄마 그리고 사이에 꼬마아이가 끼어 앉은 옆에 서자 할머니가 물어 왔다.

"서울에 누가 있관데?"

"엄마요."

"에구머니나. 어린 것을 혼자 놔두고 서울에 식모살이하러 갔구먼."

"네?"

난지는 할머니의 말에 깜짝 놀랐다. 할머니는 난지가 일하러 서울 간 엄마를 보러 가는 줄 아는 모양이었다.

"비좁더라도 이리 와 함께 앉아 보자."

아이 엄마가 난지의 손을 끌었다. 괜찮다고 해도 밤새 가야 한다며 잡아끌었다. 할 수 없이 아이 옆에 앉았다. 아이가 얼굴을 찡그렸다.

할머니나 아이 엄마보다 아이에게 미안했다.

　기차가 팔봉역을 지나면서 차표 검사원이 들어왔다. 난지가 바짝
긴장했다.
　'어쩌지. 차표를 사지 않고 탄 것을 들키면 당장 내리라고 할 텐데.
다리 아플까 봐 자리까지 만들어준 이분들한테는 또 어쩌구.'
　사람들로 거의 막히다시피 한 통로를 용케 헤집고 검사원이 점점 가
까이 오고 있다.
　'하는 수 없다.'
　난지는 또 한 번 용기를 냈다.
　"저, 할머니, 차표를 못 끊었어요."
　"그럼 어쩌누? 저기 검사원 아저씨가 오나 본데."
　"어쩌긴, 어서 이리로 들어가거라. 지나가면 나와."
　'고맙습니다' 말도 꺼내기 전에 할머니가 난지를 의자 밑으로 밀어
넣었다. 그러고는 선반에서 보퉁이를 내려 난지의 엉덩이가 보이지
않도록 가렸다.
　"차표 검사하겠습니다."
　의자를 몇 칸 지날 때마다 검사원이 되풀이해서 말했다. 졸거나 잠
이 든 승객을 미리 깨우기 위해서였다.
　드디어 할머니네 차례였다. 의자 밑의 난지 간이 콩알만 해지는 것
같았다. 뜬금없이 순녀 고모네 집에서 본 십자가가 생각났다.
　'도와주세요.'
　십자가를 떠올리며 밑도 끝도 없이 빌었다.

"할머니, 이 애는 몇 살인가요?"

검사원이 할머니 손주를 보며 물었다.

"여섯 살이오."

학교에 다니는 아이인지 아닌지를 확인하기 위해 물어보는 것이다. 일곱 살이 넘으면 반표(반값 차표)를 끊어서 타야 했다. 검사원이 할머니와 엄마의 차표를 받아 구멍을 뽕 뚫어 주고는 도로 주었다.

'후유.'

"갔어."

처음엔 싫은 빛을 보이던 아이가 고개를 아래로 숙여 난지에게 알려 주었다. 검사원한테 들킬까 봐 의자 밑으로 기어들어 가는 것이 불쌍하게 보였을까. 난지가 의자 밑에서 나왔다.

"욕봤다. 나무 관세음보살."

할머니가 삶은 밤을 손에 쥐어 주었다.

"이렇게 함께 앉은 것도 인연이니 누나라 해라."

"누나, 이것 먹어."

아이가 캐러멜 한 개를 갑에서 꺼내 주었다. 아이의 태도가 처음보다 부드러워졌다.

"너 먹어."

"받거라. 누나라고 주나 보다."

아이 엄마가 거들었다. 난지가 웃으며 받았다. 문득 미란 엄마에게서 캐러멜을 받던 때가 생각났다. 지나간 시간의 물이랑이었다. 그땐 왜 그렇게 받기 싫었는지 …. 난지는 캐러멜을 입안에서 녹이며 차창에 비친 자기 얼굴을 들여다보았다. 분명 캐러멜을 먹는 난지는 똑같은 난지지만 그때의 난지와 지금의 난지는 달랐다. 알 수 없는 마음 같았다. 오랜 이웃사촌이고 더구나 친구 엄마인 미란 엄마한테서는 마지못해 받았는데, 방금 알게 된 아이, 목적지에 가면 곧 헤어질 아이한테서는 편안하게 받아먹고 있다. 아이의 마음은 아이가 주는 대로 받으면서 미란 엄마의 마음은 그러지 못했다. 이유도 없이 딴죽을 걸고 배배 꼬아 미란이로 하여금 '내가 난지한테 뭘 잘못했나 보다' 하고 엉뚱한 반성을 하게 할 때도 있었다. 그때의 미안함 때문에 지금도 미란이를 잊지 못하는지 모른다.

기차 속이 답답해져 왔다. 긴 시간 좁은 데서 많은 사람이 숨을 쉬니 공기가 탁해졌나 보았다.

"할머니, 갑갑해."

아이가 버르적거렸다.

"우리 바람 쐬고 올래?"

"누나랑?"

"응."

어디서 그런 용기가 났는지 모른다. 누나라는 소리가 듣기 좋아서였을까? 아이 손을 잡고 출입문 쪽으로 나갔다. 문 옆에 붙어 있는 화장실에서 나는 냄새가 지독했지만 바람 덕분에 참을 수 있었다. 다시 돌아오니 이내 또 갑갑해졌다. 그렇지만 그때마다 나갈 수도 없었다. 자리를 얻지 못한 승객들이 비좁은 통로에 선 채로 긴 시간을 버티고 있기 때문이다. 안 그래도 홍익회 명찰을 단 아저씨가 좌판에 도시락이랑 과자, 음료수를 담아 통로를 지나갈 때마다 사람들이 얼굴을 찡

그리며 마지못해 비켜 주었다.

'나도 나지만 이 많은 사람들이 무슨 일로 서울에 가는 걸까?"

밤을 새워 달리는 완행열차 안에서 난지는 졸다 깨다, 깨어 생각을 하다 또다시 졸다 하며 선로의 리듬소리를 들었다.

새벽 동틀 무렵이 되어 아이 엄마가 먼저 일어나 내릴 준비를 했다.

"다음 정거장이 영등포역이다. 우리는 거기서 내려야 해."

기차를 타고 오는 동안엔 가족처럼 정답게 얘기도 하고 몸을 붙여 잠도 자고 했는데 기차에서 내리니 금세 남이 되고 만다. 잠깐 사이의 만남이었는데도 서운했다.

"누나, 잘 가."

"응, 너도."

난지의 눈에 눈물이 핑 돌았다. 기약할 수 없는 작별인사였다.

'저 아이와 나는 언제 어디서 무엇이 되어 다시 만날 수 있을까.'

도무지 아릴 것 같지 않은 무관한 사인데 마음이 아려왔다. 할머니가 내리면서 서울이 큰 도시지만 낯선 데니 조심하라는 당부를 주었다. 난지가 창밖으로 손을 흔들어 주자 아이도 따라 흔들었다.

십 분 뒤 난지도 종착역인 서울역에 내렸다. 내리기 무섭게 또 걱정이 앞을 가로막았다.

서울은 서울

마지막 문, 서울역의 개찰구를 빠져나오는 일이었다. 여기서 무사히 통과해야 솜리에서 기차를 몰래 타고 온 보람(?)이 있다. 사람들이 서로 먼저 나가려고 한꺼번에 몰려들었다. 철도국 아저씨가 줄을 서라고 아무리 소리를 질러도 사람들이 들으려 하지 않았다. 힘센 순서가 줄이 되었다.

난지는 키가 큰 아저씨들 틈에 끼어 떠밀리듯 개찰구 밖으로 나왔다. '후유, 살았다' 하는 마음 한구석에 아직도 꺼림한 기분이 옹크리고 있다. 개구멍으로 몰래 들어가 기차를 탔을 때부터 계속 그랬다. 그 때문일까, 소화가 안 된 배에서 소리가 나듯 마음에서 끄윽끄윽 소리가 나는 것 같다.

엄마를 보러 서울로 가겠다는 생각 하나로 기차표도 없이 서울에 온 난지의 행동은 말 그대로 모험이었다. 조금은 켕기는 모험, 두려움이 잠복하고 있는 모험이었다. 이상하게도 몰래 기차를 탄 솜리에서보다 서울에 오니 두려움은 더 부풀었다. 누군가가 솜리에서부터 지켜보고 뒤를 쫓다가 지금이라도 '너 몰래 기차 타고 서울 왔지?' 하고 뒷덜미를 잡아챌 것 같았다.

새벽의 서울역 광장 앞, 서울은 역시 서울. 바람이 차고 매웠다. 난지는 찬 바람을 한 자밤 깊이 들이켰다. 얼음보다 시린 바람이 뼛속까지 얼얼하게 했다. 서울의 하늘을 올려다보고 거리를 둘러보고 그리고 광장 앞으로 난 여러 갈래의 길을 내다보았다.

순간, 어디로 가야 할지 막막했다. 그러면서도 한편 혼자서 뭔가 큰일을 해낸 것 같은 통쾌함이 풍선처럼 부풀었다. 두려우면서도 힘이 났다. 목도리를 펴서 코까지 가리고 스웨터 주머니에 장갑 낀 손을 넣고 아버지가 그려준 약도를 보며 그리며 전차를 타고 다시 내려서 걸었다.

'서울 농아학교'라고 쓴 나무간판이 궁궐기둥 같은 곳에 붙어 있었다. 커다란 문 한쪽은 닫혀 있고 한쪽은 열려 있었다. 난지는 수첩을 꺼내 다시 약도를 꼼꼼히 보았다. 학교 교문을 기준점으로 오른쪽으로 가게가 둘 있고 가게와 가게 사이로 골목길이 그려져 있다. 아버지는 가게를 '점방집'이라고 써 놓았다. 그리고 화살표가 골목을 따라 길게 이어지다가 막다른 곳에서 멈추었다. 화살표를 따라갔다.

막다른 골목, 막다른 집. 대문이 솜리 집처럼 나무문이고 솜리에서처럼 설핏이 열려 있다. 다 왔다는 안도감에 휘청, 어지럼이 돌았다. 머리를 흔들어 정신을 가다듬었다. '엄마를 볼 때까진 맘을 놓으면 안 돼' 하고 자신에게 말했다.

대문에서 대각선 쪽에 엄마가 나타났다. 밥상을 차려 막 방으로 들어가려던 참이었다.

"엄마아!"

"아이고, 이게 누구? 우리 난지?"

엄마가 밥상을 간이부뚜막에 놓은 채 달려 나왔다. 왈칵 눈물이 쏟아졌다. 엄마를 보자 그만 반가움이 설움으로 북받쳤다. 난지는 엄마 치마폭에 싸여 한참을 울었다.

소리를 듣고 아버지와 큰언니가 방에서 뛰어나왔다.

"이 추운 날, 어떻게 혼자서, 어이구 독한 놈."

"우리 난지 대단한데? 아프리카 전사라도 하겠구나."

칭찬인지 나무람인지 야릇한 말을 아버지와 큰언니가 했다.

"추운데 어서 들어가자. 어떻게 돈도 없이 왔을꼬?"

엄마 팔에 안긴 난지의 몸이 우무처럼 녹아내렸다.

"그놈 참…. 어찌 혼자 올 생각을 했을까. 약도라도 그려 주었으니 망정이지, 잡혀가기나 했으면 어쩌려구."

아무럼 누가 무슨 소리를 해도 괜찮았다. 엄마를 보는 순간 난지는 어제 낮과 밤 그리고 오늘 아침의 긴장이 다 풀어졌다. 그리고 꼬박 이틀을 잠 속에 빠졌다. 아무도 난지를 깨우지 않았다.

이틀 만에 제풀로 일어나 보니 밖이 온통 눈 세상이 되었다. 과연 서울은 서울이었다. 솜리에서는 몇 년에 한 번 볼까 말까 한 함박눈이 온 것이다.

"우리 난지 첫 서울 여행을 축하해 주는 눈이다."

"근데 엄마, 종석이 오빠는?"

순녀 고모로부터 이사를 왔다는 얘기를 들은 종석이 오빠가 궁금했다.

"솜리 내려갔다. 아버지가 위독하다는 전보 받고 어젯밤 늦게 내려갔다."

난지는 올라오고 종석이 오빠는 내려간 것이다. 섭섭했다. 오빠를 꼭 보고 가려고 했는데.

난지는 골목으로 나왔다. 꼬마 아이들이 골목의 눈을 모아 눈사람을 만들고 있었다. 제 몸에 부칠 만큼 커다란 눈뭉치를 만들어 크고 작은 눈사람 두 개를 만들었다. 난지가 인형 얼굴 만들던 솜씨로 눈사람 얼굴을 꾸며 주었다. 마침 머리띠를 하려고 주머니에 넣어 두었던 다후다(태피터) 천으로 머플러도 둘러 주었다.

"와, 멋있다. 근데 이사 온 누나야?"

난지가 도리질을 했다.

"그럼 손님으로 온 거야?"

난지가 삥긋 웃으며 또 도리질을 했다.

아이들은 몇 번 물어보고는 눈사람을 남겨둔 채 농아학교 운동장 쪽으로 달려갔다. 또 다른 아이들이 눈 위에서 사방치기를 하고 술래잡기를 하며 놀고 있었다. 우스웠다. 솜리 아이들이 놀던 놀이를 서울 아이들도 똑같이 하고 있었다. 농아학교 뒤로 눈을 이고 서 있는 산이 보였다. 아버지가 인왕산이라고 일러 주었다. 서울 안에 저렇게 큰 산이 있다니 놀라웠다.

아침 공기를 마시고 들어오니 아버지가 난지에게 서울 구경을 시켜 주마고 했다. 눈이 온 날, 서울의 아침 공기를 마시니 상쾌했다. 아버지가 동네 주변을 구경시켜 주었다. 왕의 정비는 아니나 왕을 낳아준 어머니 일곱 분을 제사 지내는 곳이라는 칠궁, 대통령이 사는 집 청와대, 나라의 땅과 곡식을 다스리는 신에게 제사를 지내던 사직단 공원이 가까운 곳에 있었다. 비록 남의 집이지만 난지는 식구들이 살고 있는 동네가 특별한 동네 같아 기분이 좋았다.

집에 오니 엄마가 찰밥을 해놓고 기다리고 있었다.

"우리 난지, 찰밥 실컷 먹거라. 찰것을 먹어야 골이 차지. 골이 비면 몸도 정신도 헛헛해진다. 그리고 어질병이 도지지 않는다."

난지 엄마식 건강 철학이었다.

저녁엔 또 큰언니가 케이크를 사 왔다. 아르바이트하는 곳에서 월급을 탔다고. 그야말로 난지에게 먹을 복이 터졌다.

밤엔 엄마와 꼭 붙어서 잠이 들 때까지 학교에서 있었던 일, 순녀네 집에서 지내는 얘기 등을 했다. 순녀 고모부가 돈을 놓고 하는 이상한 놀이에 빠졌다는 소문도 들려주었다.

그리고 일급비밀, 몰래 기차를 타고 온 얘기를 살짝 했다.

"에구머니, 간도 크지. 어떻게 그런 맘을 먹었을꼬."

엄마는 그러면서도 난지의 등을 부드럽게 쓸어내려 주었다.

뭐니 뭐니 해도 수피아 할머니가 돌아가신 소식이 가장 크고 슬픈 소식이었다. 난지 엄마는 사람 도리를 못 하고 말았다며 일어나 깜깜한 속에서 혼자 할머니를 위해 비손을 했다.

엄마도 난지에게 이런저런 사는 얘기를 했다. 말 못 하는 불쌍한 아이들을 위해 학교를 세우겠다고 이리 뛰어다니고 저리 뛰어다니는 외삼촌 얘기서부터 지난번 난리 때 놀란 얘기, 솜리에서보다 살기가 더 어려워졌다는 얘기까지, 마치 난지가 엄마를 이해해줄 만큼 다 큰 자식인 양 자분자분 들려주었다.

"난지야. 엄마가 서울 와서 처음 얼마 동안 잠을 설치는 날이 많았다."

"왜, 엄마?"

솜리에서는 방바닥에 등이 닿기 무섭게 코를 골던 엄마였는데, 고개가 갸우뚱해졌다.

"향수병이긋지. 자리에 눕기만 하면 고향이 자꾸만 눈에 감겨 잠을 훼방 놓는 바람에."

아, 그랬구나. 난지는 엄마 가슴속으로 포옥 들어가 안겼다. 엄마도 두 팔로 난지를 꼬옥 끌어안았다. 참으로 오랜만에 둘이 하나가 되었다.

이튿날.

아버지가 인왕산에 가서 나무해 오는 것을 보았다. 가슴이 찡했다. 집 짓는 아버지가 나무꾼이 되었다. 어젯밤 엄마가 하던 말이 괜한 말이 아님을 알았다. 철없이 엄마가 보고 싶다고 몰래 밤기차를 타고 온 것이 잘못한 일이 아닐까 싶었다.

'내려갈 때 차비를 어떡하지?'

지레 걱정이 됐다. 그래도 아버지는 내년엔 꼭 서울로 전학을 시켜 주마고 난지에게 손가락을 걸어 주었다.

보름을 식구들과 함께 보내고 다시 솜리로 내려갈 채비를 해야 했다. 다행히 엄마가 차비를 마련해 두고 있었다. 엄마와 함께 아침기차를 타려고 서울역에 갔다. 낮에 보는 서울역은 밤에 보는 서울역과 판이했다.

솜리보다 훨씬 더 기찻길이 복잡했다. 나라가 둘로 갈라지기 전에는 남쪽의 부산과 북쪽 신의주를 잇는 기찻길도 있었다 한다. 그리고 그 기찻길은 멀리 중국, 더 멀리 시베리아로 가는 기찻길과도 이어져 있었다 한다. 꿈같은 얘기, 꿈길 같은 기찻길이다. 그 길 위에서 얼마나 많은 사람이 꿈을 꾸었을까. 난지는 솜리역에서 그랬던 것처럼 서울역 대합실에서도 기찻길을 바라보며 생각에 잠겼다.

방송이 나왔다.

"서울발 여수행 기차표를 끊은 승객께서는 타는 곳 8번 홈에서 승차해 주시기 바랍니다."

난지 엄마가 기차가 서는 정거장 안까지 들어가려고 입장권을 샀다. 난지는 차표를 내고 난지 엄마는 입장권을 내고 개찰구를 빠져나왔다. 내려갈 때는 좌석번호가 있는 기차표였다. 난지 옆자리 사람이 올 때까지 난지 엄마는 난지와 나란히 앉았다.

"난지야, 몇 달만 참거라. 아버지가 지금 학교를 알아보는 중이다."

"기다릴게요, 엄마. 담임선생님도 힘써 주신다고 했어요."

난지가 얌전하게 대답했다.

"여긴 좋은 학교와 나쁜 학교를 어찌나 가르는지 모른다. 시시한 학교 다니는 아이들은 길 가면서도 풀이 없다 허니 ···."

"어떻게 알아요?"

"배지를 보면 단박에 안다더라. 애구, 공부도 사는 것과 매한가진데. 잘하다가도 못하고 못하다가도 잘하고 ···."

또 방송이 나왔다. 기차가 곧 출발하니 입장권을 가지고 기차에 탄 사람은 빨리 내리라는 내용이었다.

"엄마, 편지 꼭 할게요."

"그래라. 어미 떨어져 있는 니가 또 고생이것다. 순녀네한테는 입이 열이라도 고마운 마음, 말로 다 못 헐 테고."

난지 엄마는 자리에서 일어나면서도 난지에게서 눈을 떼지 못했다.

"엄마, 차 움직인다. 빨랑 내려가—."

급하면 소리가 커진다. 난지가 차창 밖 엄마에게 손을 흔들며 큰 소리로 외쳤다.

'잘 가거라. 내 새끼야, 조금만 참거라.'

따가운 눈시울을 저고리 깃동으로 비비며 멀어져 가는 기차를 향해 난지 엄마는 자꾸만 손을 흔들었다.

평안 감사도 싫으면 못 한다

서울엔 십 년 만에 가장 많은 눈이 왔다고 하는데, 솜리는 비가 온 뒤 갑자기 추워졌다고 야단이다. 지붕 처마 끝에 유리알처럼 맑은 고드름이 칼끝처럼 곧추섰다. 손을 뻗어 고드름 하나를 땄다. 입에 넣고 오독오독 씹었다. 어찌나 차던지 입안이 얼음장이 되었다.

혼자 서울에 갔다가 혼자 솜리로 내려온 보름 사이에 난지는 자신이 생각해도 우썩 자란 기분이다. 아버지를 따라 옛 궁궐들을 돌아보며 서울이 그냥 서울이 아니라 오랜 역사를 갖고 있는 아름다운 곳임을 알았다. 아버지는 옛날 무학대사라는 높은 스님이 그곳을 수도로 삼은 내력을 들려주었다. 사방이 산으로 둘러싸여 있고 한강이라는 큰 강이 한복판에 흐르고 있어, 사람들에게 두루 복을 줄 땅이라고 했다 한다.

그런데 그런 서울에서 얼마 전 난리가 났다. 그리고 잠시 뜸하던 데모가 지금도 이어지고 있다. 난지가 서울에 있는 동안에도 라디오에서 학생들의 네모 소식을 전했다. 나라를 대표하는 국회의원들이 날마다 싸우는 소식도 끊이지 않고 들려왔다.

왜 데모를 하는 걸까. 왜 싸우는 걸까. 나라를 생각해서일까, 아니면 무슨 다른 꿍꿍이가 있어서일까. 난지는 여전히 이해가 되지 않았다. 그렇게 그들이 싸우지 않는다면 서울 와서 살기가 더 힘들어졌다는 엄마의 형편이 나아졌을지도 모른다는 생각이 어렴풋이 들 뿐이었다.

그런 중에도 전차를 타고 가본 동대문시장, 남대문시장은 어찌나 크고 풍성하던지 우리나라에서 나는 좋은 물건은 다 그곳에 있는 것 같았다. 한쪽에선 싸우고 데모를 해도 또 한쪽에서는 저렇게 넘치도록 많은 물건들을 사 가는 사람이 있나 보았다.

돌아오는 가차 속에서 난지는 줄곧 보름 동안 보고 느낀 서울을 생각했다. 그리고 이담에 서울로 가면 공부를 더 열심히 해야지 하는 다짐도 했다. 좋은 물건이 서울에 다 있듯, 공부 잘하는 아이들도 서울에 다 모였을 것 같았기 때문이다.

순녀네가 없다. 순녀 아버지 친척잔치에 식구들이 모두 갔다. 난지도 가자, 했지만 고단해서 그만두었다. 공장 오빠들은 삼남극장에 영화를 보러 가고 없다.

물을 데워 서울 갔다 온 빨래를 불게 담가 놓고 잠시 하늘을 쳐다보았다. 길이 어긋나 서울에서 못 만난 종석 오빠가 궁금했다. 순녀 고모부는 아직도 많이 아프신 걸까? 생일잔치 때 한 번 보고 다시 못 본 얼굴이지만 종석 오빠 아버지라는 것만으로도 난지는 궁금했다. 종석 오빠를 생각하고 있는데 종석 오빠가 대문으로 쓰윽 들어왔다.

"오빠!"

너무 반가워 큰 소리로 불렀다. 실로 얼마 만인가.

"난지, 오래간만이다. 서울 집에 갔다는 소식 들었는데 언제 내려왔냐?"

"어제. 근데 오빠 아버지 괜찮으셔?"

"응."

오빠의 대답이 짧다.

"오빠?"

"응, 아직 조금 불편해. 내가 아픈 거 어떻게 알았지?"

"순녀 고모가 오빠 소식 전해 줘서 다 알고 있었어. 얼마나 걱정했는지 몰라."

"난지 많이 컸네?"

"오빠두 많이 컸네? 나라 위해 데모하다 다치고."

종석 오빠가 가볍게 꿀밤을 먹였다.

"나가자. 오빠가 도넛 사 줄게."

"집에 아무도 없어."

"순녀네 집에 금송아지는 없겠지?"

종석 오빠가 말해 놓고 싱겁게 웃었다.

"빨래도 해야 하는데 ···."

"내가 빨아 줄까?"

"아아니, 갔다 와서 하면 돼."

난지가 급히 손사래를 쳤다.

아, 얼마 만에 먹어보는 도넛인가.

아저씨가 차가워진 도넛을 다시 기름 속에 넣어 따끈하게 데운 다음, 설탕을 앞뒤로 탁탁 묻혀 주었다. 긴 막대기 의자에 종석 오빠와 나란히 앉아 따끈따끈한 도넛을 먹고 있으니 행복했다.

"난지야, 난 아직 젊다."

종석 오빠가 밑도 끝도 없는 말을 뱉었다.

"젊다는 건 나무처럼 마음 안에 초록 잎을 달고 있다는 뜻이지. 난 내 촉촉한 잎으로 가로수가 되어 사람들에게 서늘한 그늘이 되어 주고 싶다. 바람도 되어 주고 싶고. 그런데 … ."

"그런데 뭐지?"

"에이, 관두자. 어린 너에게 공연한 투정을 부렸구나."

"오빠, 나 이제 어리지 않아. 중학생이라구. 오빠 말 알아들을 수 있어."

난지가 정식으로 반박을 했다.

"그래?"

종석 오빠가 난지를 찬찬히 바라보았다.

"정말, 난지 많이 컸구나."

일 년 넘게 못 본 사이 몸도 마음도 훌쩍 커버린 난지를 새삼 발견하는 눈치다.

"난지야, 오빠한테 애인이 생겼다."

"이름이 뭐야?"

"해미."

"이쁘다, 이름. 오빠."

"마음도 이쁘지."

"얼굴도?

"그으럼. 달리아처럼."

종석 오빠가 기다렸다는 듯 척척 대답했다.

"오빠처럼 대학생이야?"

"아니,"

"그럼 고등학교 나왔어?"

"아니, 국민학교만 나온 전화 교환수다."

"에계?"

놀라는 난지를 종석 오빠가 멀뚱히 바라보았다.

"아. 미안, 오빠."

난지가 얼른 눈치를 챘다.

"근데, 오빠. 오빠 아버지도 알아?"

"응, 그러나 화를 벌컥 내셨다. '대학생과 국민학교밖에 안 나온 전화 교환수와의 사랑? 사랑이 뭐 삼류 영화인 줄 아냐?' 당치 않단다."

아버지의 흉내를 내는 종석 오빠의 눈에 깊은 그림자가 어룽거렸다.

"사실 내려오고 싶지 않은 걸 아버지가 위독하다 해서 내려왔다."

"그런데?"

"거짓말이었다. 물론 전에 다치셔서 다리는 불편하지만 위독한 것은 아니었다."

"그럼 왜 거짓말을 하신 거야?"

난지가 어른처럼 꼬치꼬치 캐물었다. 종석 오빠가 곧이곧대로 말해 주었다.

"학교를 그만두고 목재소를 이어받으라는 얘기를 하려고 부른 거다."

"오빠가 미리부터 싫다고 할까 봐 그런 거지. 그래도 오빠 아버지, 안 아프셔서 다행이다."

"녀어석."

오빠가 난지의 정수리를 가볍게 콩 박았다.

"난지야, 너 전에 내가 한 말 잊었구나. 난, 죽은 나무 주인이 되는 거 싫다고. 살아 있는 나무, 살아 맑은 숨을 쉬는 나무를 좋아한다구. 나무들의 친구인 바람과 구름과 산과 숲을 좋아한다구. 그리고 좋아하니까 그림으로 그리고 싶은 거다."

"그럼 어떡해? 오빠 아버지 또 화나셨겠다."

"화를 낸다고 될 일이 아니지. 난지, 너 평안 감사도 싫으면 못 한다는 말 아니?"

"짐작으로는."

"하고 싶지 않은 일을 아버지가 하라 해서 한들 무슨 도움이 되겠냐. 내 말이 그 말이다. 아버지의 얼굴을 볼 때마다 숨이 막히는 것 같다. 옷도 기성품을 그냥 사 입는 것보다 자기 몸에 맞춰 해 입는 옷이 마음에 들고 편하다. 하물며 사람은 더 말할 게 없지. 자기 마음에 드는 대로 맞춰 사는 것이 더 좋다고 생각해. 그런데 아버지는…."

난지는 종석 오빠의 얘기가 건성으로 들리지 않았다.

'나는 아버지를 내 입맛대로 생각했는데 종석 오빠 아버지는 거꾸로 종석 오빠를 자기 입맛대로 만들려고 하는구나.'

난지는 스스로 반성이 됐다. 그리고 아버지는 모르지만 아버지한테 미안했다.

"이런 말 하고 싶지는 않지만 … ."

오빠가 잠시 쉬었다가 이었다.

"지금 아버지가 내 친아버지라면 이러실까 하는 생각을 할 때도 있다. 나를 낳아준 엄마라면 어떻게든 아버지의 생각을 돌려 응원해 주었을지 모른다는 생각도 해 보고. 그러니 답답하다. 아버지는 갈수록 고마와할 줄도 모르는 놈이라 역정만 내시니 … ."

"오빠 애인한테도 이런 얘기 했어?"

"아버지의 허락도 떨어지지 않은 사람한테 아버지 얘긴 해서 뭣 하니. 무지개처럼 곱게 간직하고 싶다. 해미와 함께 옛뚜기 뚝방을 걸으며 함께했던 시간들을."

"피이, 오빤. 나도 끼워 주지."

"그럴까?"

"아냐, 그냥 해 본 말이야. 해미 언니가 오빠 색시 되면 좋겠다. 참, 목재소 사장 말야, 이담에 종수 오빠가 하면 되겠다. 그 오빠 잘할 것 같아."

"그 애 얘긴 입 밖에도 내놓지 못하게 하신다."

"왜?"

"…… ."

종석 오빠가 이마를 찡그렸다. 문득 지난해 목재소에서 우연히 맞닥뜨렸을 때 종수 오빠의 모습이 스쳐 갔다. "너한테는 무섭게 하고 싶지 않다" 했던 말이 머릿속을 맴돌았다.

종석 오빠와 헤어져 집으로 돌아온 난지는 다시 빨래통 앞에 쭈그리고 앉았다.

'종석 오빠 아버지의 마음을 돌려놓는 특효약은 없을까?'

힘든 숙제보다 더 풀기 힘든 엉뚱한 궁리에 빠졌다. 그 바람에 빨래
할 생각은 천리만리로 도망가 버렸다.

그런데 며칠 후, 종석 오빠네 집 진짜 기둥이 무너진 소식이 순녀
아버지한테 날아왔다.

"임자, 큰집 작은애가 왔다 갔어. 아버지가 쓰러져 병원에 실려 갔
으나 다시 깨어나지 못했다네. 이번이 세 번째라는구만."

돌아가신 분이 순녀 고모부이기 앞서 종석 오빠의 아버지라는 생각
에 난지는 무어라 오빠에게 위로를 해야 할지 몰랐다. 너희들은 공부
만 잘하면 된다는 학교선생님의 말과는 달리, 이해하기 힘든 일이 난
지의 주변에서 자꾸만 생겨났다.

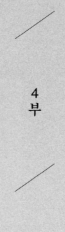

4
부

어디에도 없네

아버지로부터 편지가 왔다. 학교에서 마침내 전학을 허락했다는 편지였다. 아버지는 지난 겨울방학 난지가 다녀간 뒤, 교장선생님과 담임선생님에게 편지를 썼다. 다 같이 자식 키우는 입장에서 자식을 혼자 떼어 놓고 온 부모 마음을 헤아려 주었으면 고맙겠다고 간곡히 부탁을 드렸더니 마침내 난지 학교에서 답장이 왔다고 한다. 전학 서류를 떼어줄 테니 전학 갈 학교를 미리 알아보라는 편지였다. 서울은 자기가 가고 싶다고 아무 학교나 들어갈 수가 없음을, 솜리의 선생님들도 잘 알고 있었다. 난지가 솜리 학교에 다니는 동안 난지 아버지는 서울 집에서 가까운 중학교 가운데 전학생을 받아줄 자리가 있는지 알아보았다.

마침내 담임선생님이 주신 노란 전학 서류 봉투를 보물인 양 양손으로 공손히 받아 쥐고, 난지는 다시 한 번 떠나는 솜리를 생각했다. 이번엔 진짜다. 그리고 난지 혼자다. 수피아 할머니의 마지막 편지가 떠올랐다.

"사람은 혼자 왔다가 혼자 가는 거제."

꼭 태어나고 죽을 때만 그런 것 같지 않았다. 살면서도 혼자 해야
하는 일들이 분명 있다. 떨어져 있으면서 난지는 혼자 하는 일이 많아
졌다. 엄마가 보고 싶어 혼자 서울에 갔다 오고, 속옷을 빨아줄 엄마
나 언니들이 없어 혼자 빨래를 하고, 그리고 지금 서울로 가기 위해 혼
자 짐을 싸고 마음을 정리하고 있다. 혼자 생각에 잠기고 혼자 걱정을
하고 혼자 아프고⋯. 그러면서 난지는 툭 하면 아앙 우는 아이가 아
니라 턱을 괴고 눈을 감고 생각을 정리하고 정리한 생각을 공책에 적
는 찰진 소녀로 변해 가고 있었다.

그동안 솜리에 남아 있으면서 학수 할아버지네 집엘 한 번도 못 갔
다. 곰례 언니는 내가 서울로 간 걸로 알고 있겠지. 생각이 닿자, 불
같이 보고 싶어졌다.

놀이터였던 공터를 지나 옛집 골목에 들어서자 그만 눈물이 핑 돌았
다. 전에 난지네 집이었던 대문에 '박영천'이라는 문패가 붙어 있었다.
영천이 아저씨 이름이다. 공교롭게도 아저씨 이름이 고향 지명과 같
았다. 학수 할아버지가 난지 집을 사서 영천이 아저씨에게 준 모양이
다. 난지네가 살 때처럼 대문이 열려 있었다. 꽃밭도 그대로다. 아직
쌀쌀해 봄꽃들이 얼굴을 내밀지 않고 있었다.

꺾어지는 모퉁이에서 곰례 언니가 불쑥 나타났다.

"어머낫, 이게 누구?"

난지가 더 놀랐다. 곰례 언니가 가닥치마를 입고 머리엔 쪽을 지고

있었던 것이다.

"어, 언니 … ."

난지는 어안이 벙벙해졌다. 곰례 언니가 왼쪽으로 갈라진 치마꼬리를 끌어 올리며 얼굴을 붉혔다.

"난지야, 나아, 시이집 가았다."

곰례 언니가 말을 지일질 끌었다.

"어어엉. 그래앳구우나."

난지의 대답도 지일질 끌렸다.

노란 회장저고리에 초록빛 뉴똥(빛깔이 곱고 잘 구겨지지 않는 비단 옷감) 치마를 입은 곰례 언니를 한참 바라보던 난지가 갑자기 곰례 언니를 끌어안았다.

"색시, 정말 예쁘오."

소꿉놀이할 때 난지 아빠의 목소리였다.

곰례 언니가 차려 준 진짜 점심을 먹으며 난지는 곰례 언니가 어떻게 색시가 됐는지 얘기를 들었다.

난지네가 떠난 뒤 학수 할아버지는 영천이 아저씨를 양아들로 삼았다. 그리고 아저씨를 채근해 고아원에서 데릴사위를 들였다. 사위를 본 영천이 아저씨에게 할아버지는 난지네 집을 주어 함께 살게 했다. 서울로 간 아들이 혼자라도 내려오겠다고 했지만 할아버지는 억지로 그럴 필요 없다고 하고 영천이 아저씨를 아들로 삼은 것이다.

"아, 그렇게 된 거야? 그래도 그렇지, 싫다고 안 했어?"

"아아니, 난 아버지가 하라는 건 무어든 하겠다고 했어. 울 아버지 불쌍하니까.”

‘나만 빼고 다들 왜 이렇게 착한 거람.’

난지는 속으로 중얼거렸다.

시집간 곰례 언니를 보는 건 잠깐으로 족했다. 왠지 김빠진 사이다
를 마신 것처럼 기분이 산뜻하지가 않았다. 이제 곰례 언니는 더 이상
난지의 소꿉색시가 아니다.

순녀 고모가 새벽에 왔다.

“이른 아침에 웬일이냐.”

“오라버니, 흐윽!”

“말을 하지 않고 왜 울어?”

“우리 종석이가 … .”

“종석이가 어쨌다고?”

“농림학교 방죽 물에 … .”

“뭣이라고?”

“네? 종석 오빠가 물에 빠졌다고요?”

학교가 멀어 언제나 순녀보다 먼저 일어나는 난지가 후닥닥 뛰어나
왔다. 순녀 아버지는 순녀 고모의 말을 끝까지 듣지 않고도 알아들었
다. 희한하게 난지도 그것이 무슨 뜻인지 금세 알아챘다.

“오빠, 제겐 아들 같은 아이였어요. 이제 누굴 의지해 살아요?”

순녀 고모가 점점 흐느껴 울었다.

“그치거라. 운다고 간 아이가 돌아오겠냐.”

순녀 아버지가 순녀 고모의 등을 다독여 주었다.

"아가씨, 간 사람은 불쌍치만 어쩌겠어요. 너무 속 끓이지 마세요."

순녀 엄마도 고모를 달래 주었다.

난지는 벙어리 냉가슴 앓듯 슬픈 내색조차 하지 못했다. 가슴 밑바닥에서부터 눈물이 솟아 나오려는 걸 간신히 참으며 방으로 들어왔다. 주섬주섬 가방을 챙겨 나왔다. 순녀 엄마가 밥도 안 먹고 이렇게 일찍 가느냐고 나무라듯 말했다.

"저어, 오늘 주번인 걸 깜빡했어요."

"그럼 어서 콩나물국이라도 후루룩 마시고 가거라. 참, 도시락은 어쩌누?"

"괜찮아요, 학교 앞 매점에서 도넛 사 먹으면 돼요."

"아나, 이걸로 도넛 사 먹어라."

순녀 아버지가 주머니에서 십 환짜리 지전 한 장을 주었다. 머뭇거리다 그냥 받았다. 순녀네 집에 온 뒤 가끔 순녀 아버지는 난지와 순녀에게 똑같이 지전 한 장씩을 주었다. 그런데 지금은 난지 혼자 받았다. 나중에 순녀도 주시겠지 하고 난지는 꾸뻑 절을 하고 나왔다.

옛뚜기 뚝방을 따라 걷는 척하다가 동네로 꺾어 드는 곳에서부터 뛰기 시작했다. 가방을 든 채 농림학교를 향해 힘껏 달리고 있다. 종석 오빠를 생각하면 날개라도 생겼으면 싶었다. 놀람과 슬픔이 가슴을 꽉 메워 숨을 쉴 때마다 아파 왔다. 농림학교 실습림 입구, 가로수처럼 줄지어 선 세쿼이아 나무 사이로 방죽이 보였다. 방죽 옆에 경찰차도 보였다. 큰엄마가 퍼질러 앉아 울고 있었다.

난지는 그 자리에 뚝 멈춰 섰다. 숨을 간신히 고르자 이번에는 다리가 후들후들 떨리기 시작했다. 사람들이 둘씩 셋씩 모둠이 되어 빙 둘러 서 있다.

"사람이 죽었대. 방죽 물에 빠졌다는구먼."

"젊은이래. 실연을 했을까?"

"죽을 힘 있으면 어떻게든 살아야지."

사람들이 하얀 천으로 덮인 들것을 내려다보며 수군거렸다.

"비켜요, 조사를 해야 하니 비키세요."

경찰 아저씨들이 사람들이 가까이 오지 못하게 말뚝을 박고 새끼줄
을 쳤다.

'종석 오빠.'

머릿속이 텅 빈 듯, 난지는 아무 생각이 들지 않았다. 손으로 입을
막은 채 새끼줄 밖에서 들것을 바라보며 하염없이 울었다. 오빠를 본
것이 엊그제 같은데, 달리아처럼 예쁜 오빠의 애인 해미 언니는 어떻
게 해? 오빠는 오빠가 사랑하는 사람조차 남겨 두고 홀로 가버린 것이
다. 알려줄 사람이 없으니 해미 언니는 오빠가 죽은 것도 아직 모르고
있을 거다.

"나, 난지야."

등 뒤에서 누가 불렀다. 순녀 고모였다. 순녀 아버지가 옆에서 난지
를 멀뚱히 바라보고 섰다. 오는 동안에도 내내 울었는지 고모의 눈두
덩이 소복했다.

"우리 난지도 오빠랑 수분리 할머니 집에 다녀왔었지. 몹쓸 아이,
정은 여기 두고 몸만 훌쩍 가버렸으니 보고 싶어 어찌하나."

"순녀 아버지, 잘못했습니다. 오빠한테 인사를 하고 싶어 거짓말을
했어요."

"됐다. 맘이 소중헌 거지. 곧 앰뷸런스가 올 거다. 너는 인자 학교 가거라."

"네에."

난지는 발길을 돌려 학교로 향했다. 농림학교 실습림을 빠져나오기도 전에 앵앵 앰뷸런스 소리가 났다. 이제 오빠는 방죽 어디에도 없다. 다시는 오빠의 멋진 그림 솜씨도 볼 수가 없다.

무엇이 오빠를 죽음으로까지 몰아갔을까? 아니면 오빠 스스로 살고 싶지 않았던 것일까? 풀리지 않는 의문을 작은 가슴에 품고 난지는 발부리를 내려다보며 힘없이 걸었다. 세상에 태어나 처음 만난 이 야릇한 죽음 앞에서 난지는 스스로 생각을 정리할 수 없었다.

병원으로 옮겨진 종석 오빠는 조사를 끝내고 화장터로 옮겨져 한 줌 재로 만경강에 뿌려졌다. 순녀 고모는 성당에서 미사를 드리고 관 속에 눕히고 봉긋한 무덤을 만들어 주고 싶었지만 큰엄마가 부모보다 앞서가는 자식은 가슴에 묻는 거지 무덤을 쓰는 것이 아니라 하여 서운하지만 입 밖에 내지도 못했다.

난지는 그날 이후 며칠이 지나도록 종석 오빠의 충격에서 헤어나지 못했다. 밥맛이 천 리 밖으로 도망가고 공부도 머리에 들어오지 않았다. 그리고 한방을 쓰는 순녀와 나누는 말수도 줄어들었다. 일부러 그러려는 것이 아닌데 누구와도 말을 하고 싶지 않았다. 가만히 있어도 머리가 아파 오고 기운이 땅속으로 기어드는 것처럼 까부라졌다.

"난지야, 어디 아프니?"

밥을 반도 더 남기는 것을 보고 순녀 엄마가 물어 왔다. 난지가 맥없이 눈물을 보였다.

"아이구, 내가 뭐랬다구 그러냐. 난지야, 아무래도 너 어디가 많이 아픈가 보다."

순녀 엄마가 수저를 놓고 난지의 이마를 만져 보았다.

"아, 아니에요, 조금 있으면 괜찮아질 거예요."

난지는 애써 눈물을 삼켰다. 내색하지 말았어야 했는데 … 하고 후회했지만 순녀네 식구들 모두의 눈이 난지에게 쏠렸다.

"난지야, 너 종석 오빠 때문에 그러는 거지?"

그때 순녀가 무슨 뉴스나 안 듯이 큰 소리로 말했다. 순간 난지가 순녀의 옆구리를 쿡 찔렀다.

"아얏!"

순녀가 외마디 소리를 질렀다.

'이크, 큰일 났다.'

순녀가 그렇게 노골적으로 나올 줄 몰랐던 것이다.

"미안 … ."

난지가 얼른 사과를 했다. 순녀 아버지, 엄마 그리고 동생들이 빙둘러 있는 데서 모른 척 넘어갈 수가 없었다.

"놀랐지?"

방에 돌아오자마자 순녀가 밑도 끝도 없는 소리를 했다.

"뭘?"

"난지야, 슬프지만 종석 오빠 생각 이제 그만해."

"내가 언제 했다고 그러니?"

난지가 또 삐딱하게 쏘아붙였다.

"나도 슬퍼. 그런데 난 우리 고모가 더 불쌍해. 고모부 돌아가시고 큰오빠한테 맘 주었거든. 큰오빠 틀림없이 좋은 곳으로 갔을 거야."

"네가 어떻게 아니?"

난지는 제법 어른스레 말하는 순녀의 생각에 호기심이 일었다.

"그럼만 그렸잖아. 누굴 미워하지도 않고 돈을 벌려고 욕심을 부리지도 않았잖아."

'정말 그렇구나. 순녀 니 말이 맞다. 종석 오빠는 틀림없이 너의 고모가 믿는 하늘나라로 갔을 거다. 만일 아니라면 내가 빌 거다. 그렇게 되도록.'

난지는 순녀의 말에 맞장구를 치지는 않았지만 속으로는 무릎을 치고 있었다.

떠나는 사람, 돌아오는 사람

  종석 오빠를 떠나보내고 얼마 안 있어 부산 아줌마가 순녀네 집을 찾아왔다. 난지는 너무나 기뻐 아줌마한테 달려가 덥석 안겼다.

  "아이고, 이게 웬 일이꼬? 니가 와 여기 있노? 식구들은 우예 서울로 갔노?"

  부산 아줌마는 두 가지로 놀라고 있었다. 하나는 그렇게 새초롬하니 곁을 잘 주지 않던 난지가 엄마한테 하듯 달아드는 것이고, 또 하나는 난지네가 서울로 이사를 간 것이었다. 옛 난지네 집에 갔다가 학수 할아버지한테 대충 이야기는 들었어도 성에 안 찼다.

  "안 그래도 엄마가 편지를 보냈어요. 아줌마 오실 거라구요."

  "야야, 답답타. 우리 나가자. 찬찬히 얘기 좀 듣고로."

  난지는 괜찮은데 부산 아줌마는 순녀네 집이 어려운가 보았다.

  부산 아줌마를 따라나섰다. 금은방, 양복점, 포목점이 즐비한, 솜리에서 가장 번화한 평화동까지 걸어 나왔다. 아줌마 손에 끌려 솜리에서 가장 유명한 빵집으로 들어갔다. 아줌마가 벼르고 있었던 듯 접시 한가득 빵을 담아 가지고 의자로 왔다. 따끈한 코코아도 시켰다.

"많이 먹그라. 엄마도 없이 고생이다. 허긴 우리 미란이도……."

"넷? 아줌마, 미란이한테 소식 왔어요? 저한테 주라는 편지도 있나요?"

난지가 속사포처럼 쏘아 대자 부산 아줌마가 손사래를 치며 웃었다.

"야야, 찬찬히 내 말할 끼마. 빵부터 먹고 느 집 사정부터 말해 보그라."

"네."

난지는 단팥빵을 집어 한입 베어 물고 얘기를 시작했다. 아버지로 해서 이사를 가게 된 얘기, 전학을 가려다 못 가게 된 얘기, 그리고 순녀네 집에서 중학교를 다니게 된 얘기를 모두 했다.

"얄궂대이. 고향 사람은 고향을 떠나고 타관 사람은 새로 고향 맹글러 들어오고……."

"그게 무슨 말씀이에요?"

난지가 공손히 물었다.

"야야, 난지야, 내사 솜리 사람 되려 안 하나. 솜리를 그 뭐라 카드라, 제2의 고향으로 삼을란다, 그런 말이다."

"정, 정말이에요?"

"와 니한테 거짓말을 하긋노?"

"그럼 미, 미란인요?"

"미란인 잘 있다 카드라. 공부도 잘하고. 참, 난지야. 미란 아버지,

좋은 날 맞을 기란다."

"좋은 날이라니요?"

부산 아줌마가 알 수 없는 말을 했다.

"아, 니는 잘 모르는구나. 됐다, 고마."

"미란 아버지한테 무슨 일이 있었나요?"

"세상은 참 희안타. 까마귀도 아니고 태어날 때부터 한 색으로 태어나는 사람은 없을 낀데, 또 평생 한 생각으로만 살 수도 없을 낀데 한쪽으로 몰아붙이면 당할 재간이 없는 기라. 살다가 어느 한쪽으로 잠시 기울다가도 돌아오는 법인데 고마 한 번 도장을 찍히믄 끝인 기라. 그래도 미란 아버지는 선교사가 힘을 써줘서 오해가 풀릴 기라 한다."

"그럼 미란네가 이사를 가고 미란이가 미국으로 간 것도 오해 때문인가요?"

"딱히 오해라 하기도 그렇고 우쨌거나 미란 아버지가 이북 사람 아니가. 내도 그렇고. 난리 통에 세상이 엉킨 실타래가 된 기라. 주변 형편 따라 쓸려가다 그만 제 뜻 아닌 데로 흐르기도 하고…. 야야, 난지야, 니는 안직 어리다. 그런 거 너무 깊이 알라고 하지 말그라."

부산 아줌마는 변죽만 울리는 얘기를 하고는 단팥죽을 뜨기 시작했다.

"아, 그리고 참."

부산 아줌마가 숟가락을 놓고 무언가를 꺼내려고 백을 열었다.

"미란이 편지지요?"

넘겨짚었는데 파랑과 빨강 빗금으로 테를 두른 봉투가 나왔다.

"고맙습니다, 아줌마."

난지가 단팥죽 그릇에 절을 했다.

보고 싶은 난지 킴에게

읽기도 전에 난지가 쿡 웃었다.

난지, 안녕? 해가 두 번이나 바뀌어 또 편지를 쓴다. 그래도 너한테 전해 줄 분이 있어 다행이다.

그동안도 잘 있었니? 똘똘이 내 친구 김난지. 내가 책상 앞에 그려 놓은 네 얼굴 아래 써놓은 글자야.

난지, 너도 이제 중학생이 되었겠지? 교복을 입었겠네? 여긴 모든 게 자유야. 머리모양도 옷도. 그런데도 사람들은 외로워한단다. 물론 나도. 너무 외로울 땐 공원에 간단다. 공원에 가면 이런 사람, 저런 사람을 볼 수 있거든. 발가벗고 누워 일광욕을 하고 아무 데서나 뽀뽀를 하는 사람, 넓은 잔디밭에서 공차기를 하는 아이들, 비둘기에게 팝콘을 던져 주며 기타를 치고 노래를 부르는 더벅머리 아저씨, 그런가 하면 아기를 유모차에 태우고 산책 나온 엄마, 한 손엔 지팡이를, 남은 한 손은 마주 꼭 잡고 호수를 도는 할아버지와 할머니도 있어. 공원 벤치에 앉아 그런 사람들을 보고 있으면 잠시 혼자임을 잊을 수 있지. 넓은 공원이 있어 심심하지 않아. 그러나 돌아오는 길엔 또 조금 외롭지.

그런데 며칠 전 해 질 무렵, 학교에서 집으로 오다가 이상한 경험을 했단다. 있지, 난지야. 가로수가 한국의 소나무처럼 잎이 바늘 모양인데, 멀리서 보면 그냥 두루뭉술하게 보이지. 마치 가지 여기저기에 둥긋한 구름 덩이가 모여 앉은 것 같아.

'가시로만 보이던 나무가 어떻게 부드러운 덩어리로 보이는 걸까?'

가만히 물음표를 던져 보았지.

'그랬구나, 나무가 먼저 푸른빛을 노을에게 선사하고 노을은 자신의 온 기로 바늘잎을 녹여 부드러운 구름덩이로 나무를 감쌌구나.'

어때? 시 같지 않니? 나도 모르게 피어난 이 부드러운 생각이 내게 있 던 외로움을 걷어 갔어. 집에 와서 이모네 동생들과도 놀아 주고.

난지야, 놀라지 마. 동생 중에는 흑인 동생도 있단다. 이모가 여기 이민 와서 입양한 아기야. 아직 이도 나지 않았는데 눈동자가 호수 같아. 호수 같은 눈동자 어디에도 엄마를 잃은 슬픔 같은 건 비치지 않아.

참, 기쁜 소식을 깜빡했구나. 글짓기 대회에서 바로 이 시로 상을 받았 단다. 제목이 뭔 줄 아니? 바로 '구름이 된 나무'야.

아, 난지야, 내가 너무 많이 얘기했지? 보고 싶어 죽겠단 생각 잊으려고 수다를 떤 거야. 여기 아이들은 만나면 이야기는 쬐금 하고. '하이!' 하고 인사는 수도 없이 한다. 그래서 재미가 없어. 난지야, 나 언젠가 꼭 한국으 로 돌아갈 거다. 너랑 실컷 이야기를 하고 싶어서라도 갈 거다.

이 편지를 우리 고모가 언제 너한테 전해 줄지 모르겠다.

난지야, 그럼 안녕!

이번에도 편지봉투엔 여전히 주소가 쓰여 있지 않았다. 그래도 편 지를 받아 본 것이 얼마나 기쁜지 몰랐다.

"아줌마, 고맙습니다. 고맙습니다."

난지가 또 절을 했다.

"잘 있다 카지?"

"예."

"다른 얘기는 없고?"

"다른 얘기라니요?"

"말을 안 했구나. 자슥두 속이 원체 깊어 놔서. 난지야."

"예?"

"놀라지 말거라. 우리 미란이, 지난겨울 엄마를 하늘나라로 떠나보 냈대이."

"넷?"

난지가 포크를 바닥에 떨어뜨렸다.

"아이구, 야야 … ."

부산 아줌마가 얼른 포크를 주웠다.

"하긴 놀라지 말라 캐서 안 놀랄 일이겠노. 니가 이리 놀랄 줄 알고 우리 미란이가 말을 안 한 기라."

"어, 어떻게 미란 엄마가 돌아가셔요? 늙지도 않으셨는데 … ."

"사람 떠나는 데 순서가 없는 기라. 갑자기라 캐도 을매나 마음고생 이 많았겠노. 그리도 화목턴 집이 하루아침에 모래알로 흩어지고 이 리저리 쫓기 댕기고 했으니 … ."

부산 아줌마도 그 이상은 미란 엄마 얘기를 내놓지 않았다.

"아줌마, 미란이 사는 데 주소를 아직 모르셔요?"

부산 아줌마가 힘없이 고개를 끄덕였다.

"난지야, 조금 기다려 보그라."

부산 아줌마가 깊게 숨을 들이쉬고 미란 아버지 얘기를 터놓고 들려주었다.

부산 아줌마처럼 북쪽이 고향인 미란 아버지는 서울에서 학교에 다녔다. 해방이 되고 고향으로 돌아가 선생을 하다가 전쟁이 났다. 미란 아버지는 북쪽을 다스리는 사람들의 생각을 따르고 싶지 않아 일본으로 갔다. 공부를 더 하기 위해서였다. 북쪽에서 질리도록 들은, 사상이나 이념 같은 말과 상관없는 공부를 하고 고향이 아닌 서울로 돌아왔다.

그런데 어떻게 된 일인지 미란 아버지가 일본에서 장학금으로 받은 돈이 북쪽 사람들의 돈으로 밝혀졌다. 빼도 박도 못한 채 미란 아버지는 북쪽 사람들의 심부름꾼이 되고 말았다. 미란 아버지는 괴로워하면서도 북쪽에서 시키는 대로 심부름을 했다.

밤이면 몰래 일어나 미란 엄마도 미란이도 모르게 남쪽의 비밀을 모아 북쪽으로 보냈다. 그러나 내키지 않는 일은 진력이 나기 마련이다. 더구나 몸 붙이고 있는 나라를 배신하는 일을 한다는 생각은 미란 아버지를 죽고 싶을 만큼 괴롭혔다. 예쁘고 귀여운 아기를 들여다보면서 미란 아버지의 괴로움은 더욱 부풀었다. 마침내 미란 아버지는 결심했다.

'모든 관계를 끊자. 어떤 어려움이 닥쳐오더라도, 설사 죽음이 찾아온다 해도 나 한 사람으로 끝내야 한다.'

보내던 무전을 안 보내고 연락을 끊었다. 그리고 이사를 했다. 바로 솜리, 반쪽 우물이 있는 집으로. 집도 새로 지었다. 그리고 그곳에서 행복한 시간을 보냈다. 직장도 얻어 맘껏 공부하고 따뜻한 이웃을 만나 맘껏 정도 나누었다.

그렇게 시간이 한참 흘렀는데 바람이 귀띔을 했을까, 구름이 일러 주었을까. 한밤에 미란 아버지의 절친했던 고향 친구가 찾아왔다. 친구는 머지않아 북쪽 사람들이 미란 아버지를 찾으러 올 거라며 피하라 일러 주었다.

미란 아버지는 식구들과 헤어져 일본으로 갔다. 그 사이 미란 아버지를 다시 끌어들이려던 간첩단이 모두 잡혔다. 미란 아버지는 미리 알고 일본으로 도망간 사람이 되고 말았다. 그로 해서 미란 아버지는 돌아올 수 없는 죄인이 되고 만 것이다.

"그러고는 어린 미란이만 달랑 고아가 안 됐노."

난지는 아무 말을 할 수가 없었다. 어른들의 세계에서 일어난 엄청난 일에 숨이 막힐 것 같았다.

"너무 무겁은 얘길 했대이. 가자. 바람에 싹 날려 뿌리거래이."

"아줌마, 미란이는 꼭 솜리로 돌아올 거예요. 그런다고 편지에 썼어요."

"와 아니라. 솜리뿐 아니대이. 서울도 갈 끼다."

"정말요? 어떻게 알아요?"

"미란 아부이도 반드시 돌아올 기다. 그놈의 사상이 뭐간데 한 번 걸렸다고 평생 죽이노. 처음부터 제 발로 그리된 것도 아닌데."

난지를 보고 간 다음 한 달쯤 후에 부산 아줌마는 솜리에 양품점을 차렸다. 개업식 날이 마침 토요일 오후라서 난지도 갔다. 아는 사람이 없을 줄 알았는데, 언제 그렇게 많은 친구를 사귀었는지 난지가 붉은 팥 시루떡을 돌리는데 다리가 아플 정도였다. 부산 아줌마 가게에 사람들이 금세 모여드는 것을 보고 부산 아줌마가 솜리에서 오래 살 거라는 믿음이 생겼다. 뜨내기 아줌마가 솜리 지킴이가 되려고 한다.

　개업식을 끝내고 집에 오려고 하자 부산 아줌마가 지전 두 장을 주머니에 넣어 주었다. 난지는 전에처럼 꺼내 돌려주고 싶다는 생각을 하지 않았다. 집에 와서 보고 눈이 휘둥그레졌다. 그렇게 큰돈을 난생처음 받아본 것이다. 비밀 헝겊주머니에 얌전히 모셔 두었다. 아무도 모르게 알부자가 된 듯 뿌듯했다.

복장불량 학생

마침내 전학증을 받았다.

4월 새 학기가 시작되기 전 봄방학을 이용해 난지는 서울로 올라왔다. 착한 친구 순녀와 헤어지고 고향 솜리를 떠나 새 도시, 새 학교에서 공부하게 되었다. 아직 학교는 정해지지 않았다. 난지는 아버지와 함께 미리 알아둔 학교 두 곳을 찾아갔다. 한 곳은 사직동 산속에 있는 작은 학교인데 생긴 지 얼마 안 되는 학교였다. 또 한 곳은 대통령이 사는 집 동네에 있는, 역사가 오래된 학교였다.

산속 학교는 난지의 성적표를 보더니 등록금을 면제해줄 테니 당장 전학 수속을 밟자고 했다. 아버지가 오늘 처음 와봤으니 내일 다시 오마고 하고 나왔다. 다음에 간 곳은 진명여자중학교였다. 운동장은 작지만 학교가 깔끔하고 교실도 산속 학교보다 많았다. 그런데 전학이 까다로웠다. 돈도 내야 한다고 했다. 아버지가 돈을 안 내고 들어갈 수는 없냐고 물었다. 그러려면 시험을 보아야 한다고 했다.

"성적이 좋으면 그냥 받아줄 수도 있습니다."

담당선생님의 말에 아버지가 시험을 보게 해달라고 했다.

"난지야, 돈을 주면서 다니라고 하는 학교와 돈을 내야 다닐 수 있는 학교, 어느 쪽이 나을 것 같으냐?"

난지는 대답을 안 했다. 물어보나 마나 한 질문이었다.

이틀 뒤 난지는 전학 허가를 받기 위한 시험을 보았다. 영어, 국어 수학 세 과목 가운데 국어와 영어는 쉬웠다. 문제는 수학. 다행히도, 천만다행히도 난지가 달달 외운 공식으로 풀 수 있는 문제가 나왔다. 답이 맞았는지 틀렸는지는 몰라도 일단 떨리지 않았다.

시험을 보고 기다리기 일주일, 드디어 난지의 입학 허가가 떨어졌다.

첫날, 배정받은 교실에 들어갔다. 1교시가 시작되기 전에 담임선생님이 아이들에게 난지를 소개했다. 이어 난지를 나오게 해서 자기소개를 하도록 했다. 배꼽 밑에 힘을 모으고 교탁 앞에 섰다.

"저는 솜리 남별여중에 다니다 전학 온 김난지라고 합니다. 서울이 처음이라 모르는 것이 많은데 여러분과 함께 공부할 수 있게 되어 기쁩니다. 고맙습니다."

절을 했다. 앞머리가 쏟아지게 고개를 숙여 절을 했다.

"까르르르, 솜리가 어디 있니?"

"몰라. 산골인가, 바닷가인가?"

"아무튼 저 애, 촌에서 온 아이구나."

"조용!"

선생님이 지휘봉으로 교탁을 탕탕 쳤다. 신나게 웃던 아이들의 입에 반창고가 붙었다. 순간, 교실이 쥐 죽은 듯 조용해졌다.

난지는 얼굴이 빨개진 채 자리로 돌아와 앉았다. 잘못한 것도 없는데 전학 첫날부터 야단을 맞은 기분이다. 그러나 그것이 곧 서울에서 난지가 겪을 진짜 외톨이 생활의 신호탄이 될 줄이야. 아이들은 난지에게 곁을 주지 않았다.

교복을 미처 맞추지 못해 솜리에서 입던 것을 그냥 입고 며칠을 다녔다. 책가방도 그대로 쓰던 것을 가지고 다녔다. 월요일 아침 조회시간에 복장 검사가 있었다.

"너는 진명여중 학생이 아닌 것 같은데 여기 서 있는 거니?"

주변선생님인 음악선생님이 지휘봉으로 어깨를 톡톡 치며 면박을 주었다.

"전학 온 지 얼마 안 돼 아직 교복을 못 해 입었습니다."

"적어도 일류학교에 들어오려고 한 학생이라면 교복도 미리미리 맞춰 입고 왔어야지. 다음 월요일 조회시간까지 입고 오도록. 알았지?"

"네."

난지가 기어드는 소리로 대답했다. 그러나 그 약속을 난지는 지키지 못했다. 교복을 맞추어줄 돈이 집에 없었기 때문이다. 하는 수 없이 윗도리만 사고, 치마는 난지 엄마가 아버지가 입던 바지를 뜯어 물을 들인 다음, 거꾸로 마름질을 해서 만들어 주었다. 당연히 맞지 않았다. 교복치마는 180도로 넓게 퍼져야 하는데 난지의 치마는 90도도 될까 말까 하다. 그야말로 플레어스커트도, 타이트스커트도 아닌 어정쩡한 치마가 됐다. 그로 해서 난지는 결국 돌이킬 수 없는 복장불량 학생의 낙인이 찍히고 말았다. 그래도 하릴없었다.

시간이 흐르자 보짱이 생겼다. 반 아이들이 놀리거나 말거나 난지는 상관하지 않기로 했다. 추레한 옷차림의 난지, 몽당연필을 쓰는 난지에게 다가오는 친구가 없었다. 그림이나 노래, 피아노 치는 것에 취미를 가진 아이들처럼 따로 배우는 것도 없다. 심심했다. 심심해서 배운 것을 보고 또 보고 읽고 또 읽었다. 세상에 심심해서 공부하는 아이가 어디 있을까. 난지는 솜리에서 혼자 꼼지락꼼지락 인형을 만들 때처럼 차츰 혼자서 보내는 시간이 편하게 느껴졌다.

지난해 궁궐 공사를 하려다 못 했던 난지 아버지는 올봄 한옥 수리를 맡았다. 옛날 대감집인데 솜리의 학수 할아버지 집보다 더 큰 아흔아홉 칸 집이라고 했다. 더 크게 지을 수도 있었지만 임금님 사는 집보다 커서는 안 된다 하여 백 칸을 넘지 못하도록 선을 그었다 한다.

아침에 부슬비가 내렸다. 늦은 봄비였다. 난지 아버지의 일은 대부분 바깥에서 하는 일이라 비가 오면 쉰다. 방에서 뒹구는 난지를 보고 아버지가 불렀다.

"난지야, 아버지 일터 가볼 테냐?"

"어딘데요, 아버지?"

"가회동 한옥마을."

"가요, 아버지."

한옥에 대한 난지의 느낌이 조금씩 바뀌어 가는 듯했다. 솜리에서부터 아버지한테 한옥이 좋다는 말을 많이 들어서인지 서울 와서 한옥을 많이 보아서인지 알 수는 없지만, 아무튼 아버지를 기꺼이 따라나

섰다.

효자동 전차 종점을 지나 대통령이 사는 청와대 길을 따라 삼청동으로 넘어갔다. 아버지의 일터인 아흔아홉 칸 집은 정말 대단했다. 담 밖에 커다란 은행나무가 서 있고 솟을대문 양쪽으로 길게 행랑채가 이어져 있다. 마치 선로 위의 기차 같았다. 학수 할아버지 집도 솟을대문 옆에 행랑채가 있긴 했지만 이렇게 길지는 않았다. 집의 크기를 방 칸수로 말하고 방 칸수에 따라 부자의 정도를 가늠하던 시절의 집을 구경하는 난지는 마치 거꾸로 시간여행을 하는 기분이다.

"옛날엔 나그네가 많았다. 지나가다 날이 어두워지면, 행랑채 있는 집 어디고 들어가 하룻밤을 보낼 수 있었지. 그것이 바로 한옥에 사는 사람들의 인심이었다."

그러나 지금은 행랑채라는 말도 사라진 지 오래다. 난지는 문구멍으로 빈방 안을 들여다보며 옛날 이 방에서 하룻밤을 보냈을 나그네들을 상상했다. 행랑채에서 안쪽을 올려다보며 아버지의 설명이 이어졌다.

"보이는 저 집은 사랑채라고 한다. 옛날엔 남자가 쓰는 집과 여자가 쓰는 집이 따로따로였다. 지금은 식구가 모두 한 지붕 아래 모여 살지만 그때는 떨어져 사는 것이 보통이었다."

마당 한쪽에 돌우물이 눈에 띄었다. 바가지로 허리를 굽혀 물을 떠 마셨다. 난지는 두레박이 필요 없는 우물을 처음 보았다. 재미있다.

"난지야, 저기 지붕을 올려다보거라."

멀리 산을 배경으로 그어진 가로금 아래로 골이 진 금이 줄지어 내려오다 처마 끝에 멈췄다. 기와 양 끝이 날개를 펼친 듯 치들렸다. 기와 너머 하늘이 안개 바다처럼 떠 보였다.

"지붕 가장 높은 곳에 가로로 길게 누운 기와를 용마루 기와라 한다. 용마루에서 대통처럼 기다랗게 이어진 기와를 수키와라고 한다. 골기와라고도 하지. 그리고 아래서 부드럽게 안으로 들어간 기와를 암키와라고 한다."

"기와를 동물로 생각했나 봐요."

"우리 조상 가운데도 재미있는 분들이 계셨던 게다. 세상 이치를 따라 기와 이름을 붙여준 걸 보면."

"세상 이치가 뭔데요, 아버지?"

"별거 아니다. 아버지 옆에 엄마가 있고 엄마 옆에 아버지가 있는 이치지."

난지가 픽 웃었다. 이치치고는 참 싱거운 이치였다.

사랑채의 띠살문을 한 누각방 아래 불을 지피는 아궁이가 있었다.

"지금은 아궁이 옆이 비어 있지만 옛날엔 겨울장작을 가득 쌓아 두었다. 밥상의 겨울양식이 김장김치라면 아궁이 겨울양식은 장작이거든."

"정말 그러네요. 아버지."

난지가 아버지 말에 북을 주었다.

사랑채를 돌아 오른쪽으로 돌아들어 가니 또 집이 나왔다. 디귿 모양인데 가운데 넓은 대청마루가 있고 양쪽으로 폭이 좁고 얕은 마루가 또 있다.

"안채라고 한다. 여긴 여자들이 주로 쓰는 집이다."

난지 아버지가 흰 고무신을 벗고 대청마루로 올라갔다. 그리고 북쪽으로 난 문을 밀어 열었다.

"난지야, 한옥은 자연을 집 안에 들여 사람들이 살기 좋게 해주는 집이다. 봐라, 이 문을 바라지문이라고 한다. 바라지문을 열면 아무리 더워도 부채가 필요 없다. 아주 시원하지."

"네."

"겨울은 또 어떻구. 남쪽 장지문으로 깊숙이 들어오는 햇살이 방 안에 차곡차곡 쌓여 밤에도 따뜻하게 해준다."

마치 난지에게 한옥에 대한 공부를 시키기라도 하려는 듯 하나하나 설명을 했다. 장귀틀, 동귀틀, 청널, 대들보, 서까래, 중도리, 마루도리, 띠살문, 빗살문, 꽃살문, 완자창, 들창, 내릴창…. 아버지는 노래를 읊듯 마루틀이나 문살창 이름을 댔다.

"외우라고 일러 주는 것이 아니다. 한옥이 얼마나 정성으로 지어지는 집인지 알라는 뜻이다. 작은 널빤지 하나도 다 제 이름을 갖고 제 몫을 하는 집이 한옥이다."

솔직히 듣기가 무섭게 도망가 버렸다. 아버지에겐 미안하지만 좀 지루하기도 했다. 그러나 비가 오는데도 일부러 난지를 일터에 데리고 가서 열심히 설명해 주는 아버지가 너무나 좋았다. 모처럼 아버지의 사랑을 혼자서 담뿍 받는 기분이다.

다시 또 혁명

대학생들이 나라를 바로 세운다고 들고일어난 지 일 년이 다 되어
가도 나라는 여전히 시끄러웠다. 나라를 다스리는 사람이 바뀌면 모
두 잘될 줄 알았는데 그렇지가 않은 것 같았다. 난지는 갈수록 살기가
힘들고 팍팍하다고 울상인 엄마를 보며 세상이 대통령 한 사람 힘만으
로 잘되기는 어려운 거라고 판단했다. 모두가 힘을 합해야 나아지나
보다고 생각했다. 솜리에서 모내기 돕기를 할 때도 그랬다. 그 넓은
논에 혼자서 모를 낸다고 생각하면 정말 힘들었을 텐데 학급, 아니 전
교생이 나누어 심었더니 해도 지기 전에 끝나지 않았던가.

처음 학생들이 들고일어났을 땐 모두 새 세상이 온 것처럼 기뻐했
다. 얼마나 기뻐했던지, 대학생 배지만 달고 있으면 차장 언니가 버스
비도 안 받았다. 전차표를 내밀지 않아도 차장 아저씨가 감히 무어라
야단을 치지 못했다. 어떤 사람은 대학생을 그냥 학생이라 부르지 않
고 학생영웅이라고 부르기도 했다.

그런 학생영웅들이 오늘도 플래카드를 들고 소리치며 어디론가 몰려가는가 하면, 전찻길을 가로막고 서서 확성기에 대고 소리치며 사람들의 걸음을 멈추게 했다. 어젯밤엔 가면을 쓴 사람들이 파출소 유리창을 부수고 행패를 부린 사건이 신문에 대문짝만하게 났다.

며칠 있으면 어머니날(1956년에 어머니날이 생겨났고, 1973년부터 어버이날로 바뀌었다). 난지는 서울 올라와 처음 맞는 어머니날에 엄마에게 선물을 하고 싶었다.

화신백화점에 가려고 버스를 탔는데 중앙청에서 길이 막혔다. 길 한복판을 가르며 따라오던 전차도 지붕 위 도르래 바퀴에서 파란 불꽃을 튕기며 쎄에 하고 멈춰 섰다. 안국동과 광화문 쪽에서 대학생들이 어깨동무를 하고 몰려오고 있었다.

"또 데모인가? 이번엔 또 뭘 하라는 데모인가?"

"내 편 네 편 하고 싸우다 날 새는 국회의원도 문제고, 우리 힘으로 나라를 바로잡았다고 우쭐대는 학생들도 문제고. 에이 참, 조용한 날이 없으니 …. 쩟."

"아예 대학생 배지 떼고 국회로 가지. 나랏일에 매사 콩 놔라 팥 놔라만 하고 있으니 …."

"목숨 줄 같은 논밭 팔아 가르치는 부모 마음 헤아리면 이제 그만할 일이지."

"해방되고 싸우던 때가 자꾸 생각나는구만."

전차 안에 탄 어른들이 너나없이 한마디씩 했다. 그때였다.

"그러기에 또 한 번 난리가 나려나 봅니다."

군인 옷을 입은 아저씨가 큰 소리로 한 마디 뱉고는 뒷문을 지키고 있는 차장을 밀치고 뛰어내렸다. 사람들이 광화문 쪽으로 뛰어가는 군인 아저씨를 차창으로 멀뚱히 바라보았다. 그러고는 모두 입을 다 물었다. 버스 안에 갑자기 찬 바람이 부는 것 같았다. 버스 운전사 아저씨가 라디오를 틀었다.

"오늘도 해야 할 일을 제쳐 두고 국회의원들이 입씨름만 하다 끝났습니다. 이러다가 이번 정기국회도 신파, 구파끼리 힘겨루기 싸움만 하다 말 것 같습니다."

버스는 삼십 분이나 서 있다가 움직였다. 전차 차장 아저씨도 브레이크를 풀며 핸들을 움직이는 모습이 보였다. 전차는 원효로행이라 광화문 쪽으로 꺾어 나가고 난지가 탄 버스는 안국동 방향으로 곧장 갔다. 전차가 꺾이기 전, 뿌지지치이익 하는 방귀소리가 버스 안까지 들렸다. 덩칫값을 하느라 방귀소리도 컸다.

화신백화점은 이름 그대로 화려했다. 비 오는 날, 옆 짝이 입고 온 노란 비옷과 초록 우산이 너무 예뻐 어디서 샀냐고 했더니 화신백화점에서 엄마가 사주었다고 했다. 백화점이 시장하고 다르냐고 물었더니 시장은 싸구려만 파는 곳이고 백화점은 비싸고 좋은 것만 파는 곳이라고 말했다. 내킨 김에 화신백화점이 어디냐고 물었다.

"종로. 우리나라에서 가장 큰 백화점이다. 없는 게 없을 정도야."

짝이 들려준 말이다. 그땐 아무 생각 없이 물었는데 오늘 문득 그곳 생각을 한 것이다.

난지는 사람들 틈에 끼어 백화점 안을 돌아보았다. 짝 말대로 정말

없는 게 없었다. 백화점 안에 주인이 각각인 가게가 수십 개다. 옷 가게, 화장품 가게, 보석 가게. 장난감 가게, 악기 가게 …. 유리 진열장 안에 들어 있는 물건들을 찬찬히 들여다보고, 또 그렇게 들여다보는 사람들을 또 구경하는 것이 재미있었다. 세 바퀴를 돌면서 엄마 선물을 찾았다. 얼른 눈에 띄지 않는다.

양품점 개업식 날, 부산 아줌마가 준 지전 두 장이 주머니 속에서 만져졌다. 가만히 마음을 가다듬고 엄마를 생각해 보았다. 며칠 전에 엄마가 머리 모양을 바꾼 생각이 났다. 시집와서부터 줄곧 쪽을 쪘던 긴 머리를 자르고 파마를 한 것이다.

"서울살이가 애옥살이라 아침마다 동백기름 발라 쪽을 찌는 것도 호사스러운 일이다 싶어 자르고 볶았다."

난지는 머리를 빠글빠글 지지고 돌아온 엄마가 다른 사람 같았다. 쪽찐 머리의 엄마만 보아 오다가 파마머리를 한 엄마는 너무나 이상했다.

서울 와서 난지 엄마에게 달라진 것이 또 있었다. 한복을 입지 않는 것이다. 솜리에서는 일할 때도 치마저고리를 꼭 입었는데, 저고리를 뜯어 블라우스를 만들고 치마로는 통바지를 해 입거나 이불 껍데기로 썼다. 난지는 머리용품 파는 데서 한참 서성이다가 구리푸(머리를 흘어지지 않게 끼워 두는 기구, 헤어 롤) 한 세트를 샀다. 포장지 겉에 구리프를 감아 굽슬굽슬한 머리가 구불구불 흘러내린 언니의 얼굴이 보였다.

'이걸로 엄마 머리를 조금 펴면 덜 굽슬거려 보기 좋을 거다.'

구리푸를 사 가지고 집에 오니 아버지가 다른 때보다 일찍 와 계셨다.

"이번엔 학생들이 아니라는구먼. 이번엔 다른 데서 들고일어나는 것 같아."

아버지 말이 무슨 뜻인지 알 수 없었다.

동이 채 트지도 않은 새벽, 식구들이 모두 잠 속에 있는데 총소리가 났다.

"이, 이게 무슨 소리예요? 나, 난리가 또?"

난지 엄마가 어둠 속에서 주섬주섬 옷을 찾아 입으며 전깃불을 켰다. 새벽 5시였다. 식구들이 모두 일어났다. 라디오를 켰다.

"긴급 뉴스입니다. 벼랑 끝에 와 있는 나라를 구하고 잘사는 나라를 만들기 위해 젊은 군인들이 일어났습니다. 기어이 올 것이 왔으니 국민은 안심하고 혁명군의 뜻을 따르라는 대통령의 지시가 있었습니다."

"아이고, 무서워라. 해마다 난리가 나니 이를 어쩌면 좋아요."

난지 엄마가 난지 아버지의 팔을 붙잡고 울먹였다.

"쩟, 대통령이라는 양반이 '기어이 올 것이 왔군' 하고 말하다니, 난리가 안 나는 게 이상한 일이지."

아버지가 어이없다는 듯 혀를 찼다.

"아이고. 그럼, 대통령이 군인들이 들고일어날 것을 미리 알기라도 했단 말인가요? 아이고, 세상에. 난리를 기다리는 대통령이 다 있다니요. 쯧."

난지 엄마도 덩달아 혀를 찼다.

난지 아버지가 일터에 가 보고 오겠다며 일어나 나갔다. 그러나 이내 돌아왔다. 청와대 앞에 군인들이 받들어총을 하고 버티고 있어 더 갈 수가 없었다고 한다. 라디오에서는 또 긴급 뉴스가 나왔다.

"통행금지 시간을 앞당기니 저녁 6시 이후엔 외출을 삼가시기 바랍니다. 질서를 바로잡기 위해 군인들이 곳곳을 지키고 있으니 국민들은 두려워하지 말고…."

'군인이 총을 들고 버티고 있는데 두려워 말라니 그런 말이 어디 있어.'

난지가 듣기에도 우스웠다. 아니, 맞지 않는 말이었다. 그리고 무서웠다.

"엄마, 내일 학교 가지 말까?"

난지가 엄마에게 물었다. 작년 난리 때 솜리의 남별여중은 이틀이나 휴교를 했다.

"살살 가 보거라. 혁명하고 느이들 공부하고 무슨 상관이 있겠냐."

이튿날 아침, 총을 든 군인 둘이 학교 맞은편 동사무소 앞에 받들어 총을 하고 서 있었다. '아차!' 하면 저 총구멍에서 총알이 튀어나올 수 있다는 생각에 순간 소름이 쫙 끼쳤다. 보초 선 군인 아저씨의 얼굴은 깊이 눌러쓴 철모 속에 반쯤 가려져 있었다. 하지만 자신의 얼굴은 남이 볼 수 없게 가리고, 지나가는 행인을 한 사람도 빼놓지 않고 보고 있는지 몰랐다.

이번에도 호외가 날개 돋친 듯 팔렸다. 학교 앞에도 군인들이 줄을 서 있었다. 교문 앞에서 선생님들이 오늘 수업이 없으니 집으로 돌아가 라디오를 잘 들으라고 일러 주었다. 예상했던 대로였다.

서울 와서 겨우 두 달 남짓 보냈는데 난지는 솜리에서보다 더 삼엄한 난리의 현장을 보고 있었다.

한길로 빠진 아버지

혁명군이 국무총리로부터 나라를 다스릴 권한을 넘겨받았다. 라디오 방송국은 하루에도 몇 번씩 혁명군의 새 계획을 발표했다. 마치 온 국민의 방송국이 혁명군의 방송국이 된 것 같았다. 앞장서서 혁명을 일으켰다는 박정희 장군의 목소리가 쇳소리로 들렸다. 혁명군의 뉴스는 어린이 시간도 잡아먹고 즐거운 노래 프로그램도 잡아먹었다.

봄이 다 가고 여름의 복판에 들어서도 얼음장 같은 명령들이 넘쳐흘렀다. 혁명 정부의 명령은 그렇다 치고 날이 몹시 더웠다.

아버지가 겨울이면 나뭇가지를 주워 오던 인왕산 치마바위 옆 자락에 느티나무 한 그루가 있다. 솜리 공터의 느티나무만큼 크다. 난지는 지금 그 나무 아래 누워 나뭇잎 사이로 파란 모자이크가 된 하늘을 올려다보고 있다. 떠가는 구름마다, 피어나는 구름마다 꽃의 이름을 달아 주었다. 달리아, 홍초, 맨드라미, 샐비어, 봉선화…. 솜리의 꽃밭에 피었던 꽃들이다. 과일 이름도 달아 주었다. 사과구름, 배구름,

곶감구름, 토마토구름, 귤구름 …. 그러다가 또 사람 이름을 달아 주었다. 아버지구름, 엄마구름, 언니구름, 순녀구름, 미란구름, 한나구름, 아, 불쌍한 종석 오빠구름 …. 생각이 돋는 대로 정신없이 이름을 달아 주었다. 실컷 향기를 맡고 싶은 꽃들이다. 실컷 먹고 싶은 과일들이다. 실컷 불러 보고 싶은 이름들이다.

한참을 누웠다가 일어나 방학숙제인 풍경화 스케치를 했다. 등산하는 사람들이 지나가면서 힐끔힐끔 들여다보고 지나갔다. 기분이 우쭐해졌다. 잘 그리고 못 그리고는 그만두고, 누군가의 시선을 받는 일이 난지의 마음을 공연히 설레게 하고 있었다.

그러나 이내 마음에 구름이 끼었다. 꽃구름도 아니고 과일구름도 아닌 먹구름이었다. 아버지 때문이다. 두 번의 난리로 아버지의 꿈은 자꾸만 멀어져 갔다. 아흔아홉 칸 집을 다 고치고 나면 수원에 있는 궁궐을 손보기로 되어 있었다. 궁궐은 규모가 커서 배울 것도 많고 또 한두 달에 일이 끝나지 않기 때문에 아버지가 오랫동안 월급을 받을 수 있다고 했다.

그런데 그 일이 또 깨졌다. 당장 먹고사는 급한 일이 아니면 나랏돈을 쓰지 못하도록 혁명정부가 나라 금고열쇠를 쥐고 있기 때문이다. 난지 아버지는 당분간 궁궐의 한옥을 실컷 보고 공부하고 싶은 꿈도, 한옥을 손보는 일을 해서 돈을 버는 희망도 접어야 했다.

집에 들어오는 난지 아버지의 얼굴이 조금씩 어두워져 갔다. 누구보다 난지에게는 살갑게 대해 주던 아버지가 엄마의 끼니 걱정소리를 들으며 난지에게도 냉랭하게 대했다. 난지는 그런 아버지를 보며 생전 변하지 않을 것 같던 아버지가 변하고 있음을 알아챘다. 그렇지만 아버지에게는 말을 할 수가 없었다.

전학이 안 돼 홀로 남게 되었을 때 아버지가 들려준 말이 있다.

"난지야, 어려운 일일수록 참고 기다리면 시간이 해결해 준다."

난지는 이 말을 아버지에게 되돌려 주고 싶었다.

그러던 어느 날, 난지 아버지가 서울에 올라와 알게 된 나이 많은 대목 아저씨가 찾아왔다.

"구름각이라고 하는 요정에서 집을 좀 손봐 달라고 하는데 함께 가지 않으려오?"

"여부가 있겠습니까. 대감집이든 요정집이든 지금은 찬밥 더운밥 가릴 때가 아니지요."

그렇게 해서 난지 아버지는 구름각이라는 한옥을 고쳐 주러 다녔다. 처음 며칠은 솜리에서처럼 날마다 연장가방을 들고 구름각으로 일을 하러 다녔다. 음식을 파는 요정이라 난지 아버지는 음식 대접을 잘 받았다. 게다가 요정에는 소리를 잘하는 예쁜 여자도 드나들었다. 분단장을 곱게 한 여자들이 손님의 부름을 받고 와 노래를 부르는 것이었다. 손님이 들지 않는 집을 고치면서 난지 아버지는 곁귀로 소리를 들을 수 있었다. 싫지 않았다. 북장단에 맞춰 추임새를 올리고 목울대를 꺾으며 내는 소리에 슬픔이 배어 있는 것 같다. 그리움 같은 것도 묻어 있는 듯했다. 그런 소리를 들으며 일한 날은 고단해도 기분이 좋았다. 어떤 때는 일보다 소리가 더 듣고 싶어질 때도 있었다.

구름각에 와서 소리를 하는 사람은 모두 여자이고 남자는 가끔 특별 손님으로 모셔졌다. 남자소리꾼이 오면 여자소리꾼들이 선생님이라고 하며 공손하게 절을 했다. 똥물을 먹고 폭포수 아래서 목청을 틔웠다는 나이 지긋한 남자소리꾼의 소리는 어찌나 애절하고 힘빨이 있는지 난지 아버지도 소리를 배우고 싶다는 생각이 저절로 들었다.

'나도 소리를 한번 해 볼까?'

그러나 기분으로 나온 말이라 이내 지웠다.

그런데 뜻밖에 행운의 날이 왔다. 구름각 집을 다 손보고 돈을 받는 마지막 날이었다. 주인이 애썼다고 술상을 떡 벌어지게 차려 일한 사람들을 대접했다. 그리고 술상뿐이 아니라 여자소리꾼들도 불렀다. 술 한 순배가 돌고 여자소리꾼들이 흥부전의 박타는 장면을 부르자 난지 아버지가 느닷없이 북장단 대신 젓가락장단을 맞추었다. 소리도 조금 따라 했다. 아버지의 소리를 듣고는 구름각 주인이 소리를 배우고 싶으면 와서 배우라고 했다. 난지 아버지는 거나하게 취해 젊은 목수의 부축을 받으며 집으로 돌아왔다.

그날 이후 난지 아버지는 집 고치는 일이 끝났는데도 구름각에 날마다 다녀왔다. 구름각 별채에 소리를 배우러 다니는 것이었다. 구름각에서 번 돈을 구름각에서 소리를 배운다고 썼다.

아버지가 그렇게 밖으로 나돈 다음부터 난지네 집엔 마른바람이 피잉피잉 불었다. 세 든 집도 사는 동안은 내 집이라며 정성으로 보살피던 꽃밭의 꽃들이 시들어갔다. 공동수도의 물을 지게로 길어다 주던 것도 어느 때부터인가, 엄마가 했다. 난지는 등록금을 못 내 칠판에 이름이 적히고 서무실에 불려갔다. 난지 엄마는 가까운 양장점에 가서 실밥을 뜯어 주고 조금씩 돈을 받아왔다. 난지네 어려운 형편을 딱

하게 여긴 통장이 동사무소에 말해 배급 쌀을 타다 먹을 수 있게 해주었다. 그런데 그 동사무소가 바로 난지의 학교 앞에 있었다. 동사무소 앞에서 배급 쌀을 타기 위해 남루한 옷차림의 아저씨, 아주머니들이 줄을 서 있는 모습을 학교에 오가면서 늘 보아 왔다.

'아버지나 엄마도 저기서 저렇게 줄을 서서 쌀을 타 오겠지.'

난지는 왠지 창피했다. 무어든 얻어먹는다는 느낌이 들면 난지는 창피했다. 전에 미란 엄마가 주는 캐러멜을 받을 때도 그런 생각이 들어 받고 싶어 하지 않았다. 지금은 돌아가신 미란 엄마에게 미안하고 후회가 되지만 그땐 그랬다.

난지 아버지는 어제도 구름각에 갔다가 곤드레만드레 되어 새벽에 들어와, 난지가 산에 갔다 왔을 때야 일어났다. 엄마가 동에서 배급 쌀표가 나왔다고 말하자 아버지가 난지를 불렀다.

"아버지가 고단하니 니가 가서 받아와라. 두 포대는 무거우니 나중에 가지러 온다 하고 한 포대만 갖고 와."

"싫어요."

"싫어? 아비가 시키는데 싫다는 말이 나와?"

난지 아버지가 붉게 충혈된 눈으로 난지를 쏘아보았다. 난지는 이런 아버지를 처음 보았다. 샛길로 빠진 아버지가 정신조차 어떻게 된 게 아닌가 하는 생각이 들자 왈칵 무섬이 돋았다.

'아버지는 언제든 나를 때리려면 때릴 수 있는 힘이 있다.'

난지는 아버지의 눈에서 폭력의 빛을 발견하고 질겁을 했다.

"아버지, 제발 그것만은 시키지 말아요. 거긴 우리 학교 앞이에요.

배급 쌀을 타다가 우리 반 아이들 만나면 창피해서 학교도 못 다닐 거예요."

난지는 울먹이며 사정을 했다.

"학교를 왜 못 다녀. 그놈들은 밥 안 먹고 다닌단 말이냐?"

억지였다.

'지금 아버지에겐 내 마음을 이해하려는 생각이 터럭만큼도 없다.'

그러나 죽어도 학교 앞 동사무소에 가서 쌀을 받아 오기는 싫었다. 결국 아버지 말을 듣지 않았다고 난지는 작대기로 매를 맞았다. 그다음은 어떻게 됐는지 모른다. 너무 분해 저녁을 거르고 이튿날 아침도 거르고 도시락도 없이 그냥 학교에 갔다. 세 끼를 쪼르르 굶고 집에 올 때는 어떻게 왔는지조차 가물가물, 들어오자마자 픽 쓰러졌다.

"아이고, 어릴 때 질기게 울던 버릇 커서도 그대로니 이를 어쩌냐. 좀 수굿해야지."

난지 엄마는 따로 차린 밥상을 난지 앞에 놓았다. 말은 한마디도 나오지 않고 눈물이 샘솟듯 흘렀다.

"안다, 안다. 니 맘 엄만 안다. 난지야, 어서 뜨거운 국 먹고 한숨 자거라."

엄마가 보는 앞에서 참기름으로 덖어 끓인 미역국에 하얀 입쌀밥을 말아 꾸역꾸역 먹으며 난지는 꼬마 철학자가 되어 가고 있었다.

'세상에 엄마가 없다면 어떻게 아이가 어른이 될 수 있을까. 세상에 엄마의 손이 없다면 어떻게 따뜻한 밥을 먹을 수 있을까.'

제발 가지 마세요

집이 기한이 됐다. 더 살려면 돈을 더 내야 했다. 그러나 불가능한 일이었다. 집 문제까지도 이젠 난지 엄마 몫이 되고 말았다.

'돈이 샘물처럼 퐁퐁 솟는 거라면 얼마나 좋을까?'

난지 엄마가 혼자서 끙끙 앓고 있을 때 난지 아버지는 옆에 없었다.

뜻밖에 외삼촌이 엄마의 고민을 도와주었다.

"나누어 삽시다. 누님, 관사에 들어와 사십시오."

외삼촌은 지금 막 수원에 농아학교를 새로 세워 인가를 받아 놓고 있었다. 머지않아 그리로 이사를 가서 학생들을 가르쳐야 했다. 가까운 외삼촌네 관사로 이사를 했다. 관사 사람들 눈을 피해 밤에 이삿짐을 옮겼다. 식구들이 한 사람씩 따로 들어갔다. 난지 엄마는 하늘이 무너져도 솟아날 구멍은 있나 보다고 외삼촌에게 고마워했다.

그러나 이사를 하고 나서도 난지 아버지의 바람은 가라앉지 않았다. 사태는 점점 심각해져 갔다. 소리를 배우고 싶어 구름각을 드나들던 난지 아버지의 소리 바람이 사람에게로 옮아간 것이다. 난지 아버지가 구름각에서 소리하는 여자를 좋아한다는 소문이 난지 엄마의 귀에 들어왔다. 난지 엄마는 듣고도 못 들은 척 넘겼다. 아니, 아예 난지 아버지를 마음 밖으로 내몰았다. 하루하루 끼니를 걱정하며 사는 형편을 모르지 않을 난지 아버지에 대한 노여움이었다. 그렇지만 노여움은 마음속에만 갇혀 있지 않았다. 난지 엄마도 모르게 한숨이 새어 나오고 미움이 톱날처럼 박혀 도리어 난지 엄마를 아프게 했다. 가뜩이나 제대로 먹지도 못하는 엄마의 얼굴이 야위어 가는 것을 눈여겨본 큰언니가 물었다.

"어머니, 무슨 걱정이 있으세요?"

난지 엄마가 도리질을 하면서 눈물을 주르르 흘렸다. 큰언니의 물음에 참았던 설움이 분수처럼 솟았다.

큰언니는 그길로 아버지의 뒤를 밟아 구름각을 알아 두었다. 그리고 돌아와 작전을 세웠다. 작은언니가 거들었다. 셋째언니도 거들었다. 물론 난지도 끼었다. 엄마만 빼고 식구가 총동원되었다.

마침내 그날이 왔다. 큰언니와 작은언니가 밤이 되기를 기다려 구름각으로 향했다. 난지는 밖에서 망을 보았다. 큰언니가 가만히 대문을 여니 열렸다. 대문 안에 중문이 또 있었다. 빼꼼히 열린 중문 사이로 안을 들여다보았다. 어쩌면 곧 벌어질지도 모르는 전투 비슷한 상황에 대비해 아랫배에 힘을 모으려고 난지는 심호흡을 했다.

섬돌 위엔 코빼기 신발과 남자 구두가 얌전하게 놓여 있었다. 귀에 익은 아버지 목소리가 마당 밖에까지 들렸다. 술에 취한 채 소린지 뭔지를 꺼이꺼이 넘기며 젓가락장단을 맞추며 흥을 내고 있었다.

큰언니가 중문을 열고 마당 안으로 들어갔다. 마침 부엌에서 술상을 보아 가지고 대청마루로 올라가던 심부름 아이가 큰언니를 보고 무슨 일로 오셨냐고 물었다.

"여기 김난옥, 난미, 난희, 난지 아버지가 와 계실 텐데 좀 불러 줘요."

심부름 아이가 놀라 마루 끝에 상을 놓은 채 방으로 뛰어 들어갔다.

잠시 뒤, 아버지의 노랫소리가 뚝 끊어졌다. 그리고 방문이 열리고 자주 옷고름이 무릎 아래까지 내려오는 한복을 입은 여자가 나왔다.

"누굴 찾는 분이 오셨다구?"

묻기는 심부름 아이한테인가 본데 바라보기는 큰언니였다. 입가에 웃음은 담고 있지만 결코 부드러운 눈매가 아니었다. 오른쪽으로 갈래가 진, 남색 치마꼬리를 끌어 올리며 여자가 툇돌을 내려섰다. 큰언니가 노려보듯 여자를 쏘아보았다.

"나한테 무슨 유감이 있어요? 왜 그렇게 날 쏘아보시나? 여긴 우리 집인데, 허락도 없이 들어오셔서."

그때 바로 아버지가 대청마루에 나와 섰다.

"아버지이."

"들어가시오."

난지 아버지가 남색 치마 여자를 방으로 돌아가게 했다.

"여긴 왜 왔나?"

"아버지 데리러 왔어요."

"뭐? 데리러? 아버지가 느이들 친구냐?"

앗차! 실수를 했다.

"아니, 모시러 왔어요."

작은언니가 얼른 고쳤다.

"돌아가거라."

"아버지 지금 가요. 밖에 난지도 와 있어요."

셋째언니가 사정했다.

"난지? 참 철딱서니가 없구나, 언니라는 것들이. 어서 돌아가!"

그때 밖에서 난지가 뛰어 들어왔다.

"싫어요, 아버지랑 함께 갈래요."

갑자기 나타난 난지를 보더니 아버지의 얼굴이 빨개졌다. 아버지가 마룻바닥을 탕 굴렀다. 그러나 곧 부드럽게 말꼬리를 내렸다.

"아버지도 곧 갈 테니 먼저 가거라."

난지 고집을 꺾을 수 없다고 생각했는지 아버지가 달래듯 말했다.

그날 밤 통행금지 직전에 난지 아버지가 약속대로 돌아왔다. 3일 만의 귀가였다. 썰렁하던 단칸방이 갑자기 훈훈해지는 것 같았다. 식구들, 누구보다 엄마의 마음을 아프게 했던 아버지이건만 집으로 돌아온 아버지를 위해 엄마가 늦은 밥상을 차렸다. 솔직히 난지도 아버지가 돌아와 너무 기뻤다. 잘못해서 매를 맞는 일이 또 있더라도 아버지가 늘 옆에 있어 주면 좋겠다고 생각했다. 아버지도 엄마도 다 있는 아이들은 가난해도 행복할 거라는 선옥 언니의 말이 문득 떠올랐다.

어쩌면 난지 아버지가 학수 할아버지의 말만 믿고 서울로 올라온 것이 잘못이었는지 모른다. 아니, 학수 할아버지는 잘못이 없다. 단지 난지 아버지의 한옥 짓는 솜씨가 아까워 좋은 뜻으로 얘기한 걸 거다. 문제는 시끄러운 바깥세상에 있다. 그리고 아버지에게 있다. 두 번씩 이나 난리가 나지만 않았다면 아버지가 일터를 잃지 않았을 것이다. 아버지가 샛길로 빠지지만 않았다면, 어렵사리 번 돈을 기생집에서 술로 흘려버리지 않았다면 이렇게 온 식구가 밥을 굶을 정도로 가난해 지지는 않았을 것이다.

솜리에서는 부족하긴 했어도 가난을 느끼지 못했다. 가끔, 아주 가끔 사고 싶은 것을 못 살 때 서운한 것 빼고는 딱히 불편한 일도 없었다. 무엇보다 솜리에서는 맘 놓고 살 수 있는 우리 집이 있었다. 그리고 엄마가 살림 보태는 일을 쉬지 않고 했다.

그런데 서울에서는 시작부터 남의 집이었다. 남의 집이 처음엔 방 세 개짜리더니 지금은 두 개짜리, 그것도 농아학교 선생인 외삼촌의 관사다. 학교에서 알면 당장 쫓겨날 테지만 외삼촌이 한 식구라고 속여 살고 있는 것이다. 언제 나가라고 할지 모르는지라 엄마는 늘 불안해했다.

특히, 공동 수도에 물을 길으러 갈 때 엄마는 바짝 긴장했다. 수건을 머리에 쓰고 고개를 숙이고 될수록 사람들 눈을 피했다. 시간제로 물이 나오기 때문에 사람들은 수돗물이 나오기도 전에 초롱으로 줄을 세웠다. 그렇게 세운 줄이 수도꼭지에서부터 농아학교 푸세식 변소가 있는 데까지 이어져 있을 때도 있었다.

학교 가기 전, 난지가 초롱을 수돗가에 갖다 놓고 엄마가 밥을 안치

는 동안 새치기를 당하지 않도록 지키고 있어야 했다. 하루는 차례가
다 되어 수도꼭지에 초롱을 대려는데 뒤쪽에서 웬 아주머니가 새된 소
리로 삿대질을 하며 소리쳤다.

"거기 학생은 어디 사는 학생이야?"

"네?"

"학생, 내 말이 안 들리니? 어디 사냐구 물었는데?"

"저어기, 저 ⋯ ."

"저어기가 어디야. 아무래도 우리 관사 식구가 아닌 것 같은데."

"관사에 살아요. 우리 집도 관사라구요!"

어디서 용기가 생겼는지 난지가 아주머니를 향해 소리쳤다. 소리쳤
던 아주머니가 고개를 갸웃하며 더 캐묻지 않았다. 다시 반격이 올 줄
알았는데 뜻밖에 잠잠했다. 난지도 짐짓 아무 일도 아닌 척 물을 받았
지만 속으로는 몹시 불안했다. 거짓말을 한 꼴이 된 것이다. 지금은
외삼촌도 없다. 하루빨리 이 관사에서 나가야 한다. 다행일까. 외삼
촌이 그만두었는데도 학교에서 나가라고 하지 않아 아직 눌러살고 있
는 것이다. 갑자기 당하는 공격에 얼결에 맞소리를 쳤지만 기분은 흙
탕물이 되었다. 학교에 가서도 공부가 잘되지 않았다.

그날, 집에 와서 난지는 다짜고짜 아버지에게 대들었다.

"아버지, 집도 없는 서울에 살기 싫어요."

"어? 갑자기 그게 무슨 소리냐?"

"오늘 수돗물 받으러 갔다가 어떤 아줌마 때문에 창피를 당했단 말
예요. 어디 사냐고 물어 관사가 우리 집이라고 했어요. 거짓말이 들통

나 쫓겨나도 난 몰라요."

"난지야."

엄마가 난지를 빤히 바라보았다. '아버지한테 그러면 안 돼' 하고 말하는 것 같았다.

"처음 자리 잡을 때 집부터 장만했어야 하는 것을…. 아버지가 판단을 잘못한 것 같다."

아버지가 미안한 마음을 내비쳤다. 나중에 엄마한테 들은 얘기로는 서울 복판의 집값이 너무 비싸 솜리 집을 판 돈으로는 턱도 없어 나중에 벌어서 사기로 하고 우선 세를 얻었다 한다. 무리를 하면 살 수도 있었지만 당장 살아갈 일도 생각해야 해서 집에다 다 쏟을 수가 없었던 것이다. 난지는 그런 것까지 자세히 이해할 만큼 세상 속에 있지 않았다. 아직은 학생, 그것도 갓 서울 온 어린 중학생이다. 그러나 난지는 아버지와 엄마 곁에서 알게 모르게 세상을 배우고 있었다.

"아버지, 인제 구름각에 가지 말아요. 그리고 학수 할아버지한테 편지해서 한옥을 짓는 곳을 소개해 달라고 해 봐요."

난지 아버지가 빙그레 웃으며 말했다.

"우리 난지, 많이 컸구나."

다락방의 난지

　기어이 들통이 났다. 관사를 관리하는 농아학교 직원이 난지 엄마를 찾아왔다.

　"이승주 선생이 학교를 진즉 그만두었는데 형편이 딱하다 하서 보아드렸습니다만, 이제 … ."

　그다음은 안 들어도 안다. 집을 비워 달라는 말이었다. 그러면 그렇지. 외삼촌이 사정을 하여 일 년을 봐준 것임을 뒤늦게 알게 되었다.

　"이제 더 지탱할 수가 없구나. 어쩌냐, 느이들이 접어야겠다."

　큰언니는 아르바이트를 해서 간신히 학교에 다니고 있지만 둘째언니와 셋째언니는 공부를 계속하기가 어려워진 것이다.

　"양장기술을 배우겠어요."

　둘째언니가 엄마가 힘들어하는 것을 알아채고 말했다.

　"나도 언니를 돕겠어요."

　셋째언니가 말했다.

난지네는 또 이사를 했다. 한옥은 한옥인데 문간방이었다. 세 평 남 짓한 방에 여섯 식구가 살아야 했다. 다행한 것은 그 문간방에 다락방 이 있다는 것이었다. 난지 엄마는 다락방을 난지의 방으로 정해 주었 다. 우습지만 태어나 처음 난지가 제 방을 가진 것이다. 다락방이든 마루방이든 난지는 좋았다. 언니들을 제쳐 두고 엄마가 다락방을 준 것이 속으로 너무나 감사했다. 나만의 호젓한 공간을 얻었다는 기쁨 이 다른 불편을 지워 주었다.

사실 방에 대한 난지의 집착은 유별났다. 방이 여러 개였던 솜리 집 에서도 난지 방이 따로 없는 것이 못내 섭섭했다. 정말 내 방이 있으면 얼마나 좋을까 생각하며 혼자서 방에 대해 공상을 하곤 했다. 그리고 난지의 공상은 자못 화려했다.

'이 마당에 방이 크고 작고는 문제가 되지 않아. 상자만 한 방이라도 내 방만 있다면 '세상에서 내가 가장 사랑하는 나의 방'이라는 긴 이름 을 붙여 주고 예쁘게 꾸밀 테다. 내 방에서 옷을 벗고 싶을 때 마음 놓 고 벗고 발가벗은 채 거울 앞에 서보기도 하며 세상에서 둘도 없는 김 난지를 실컷 예뻐해 주고 싶다. 내가 무엇을 하든 간섭하는 눈이 없어 편안할 거다. 무엇보다 턱을 괴고 눈을 깜짝거리며 나를 공주, 아니면 밤하늘의 영롱한 별 여왕쯤으로 살짝 등극을 시킬 테다. 그래서 세상 사람들이 오로지 나만을 사랑하도록 명령도 해 볼 테다. 물론 그 명령 은 내 방 안에서만 효력이 있겠지.'

난지는 마음을 다락방에 얌전하게 모셔 놓고 마치 꿀단지에서 꿀을 떠먹듯, 커다란 유리병 안에 든 알사탕을 꺼내 먹듯, 자신의 방에서 자신만의 생각, 자신만의 꿈을 꺼내 맛있게 먹었다. 비록 천장이 머리에 닿아 일어날 때마다 '콩!' 머리방아를 찧는 방이지만, 앉아서 다리를 쭉 뻗기에도 넉넉지 않은 공간이지만, 난지에겐 자신과 단둘이 될 수 있는 세상에서 가장 오붓한 곳이었다.

다락방에서 내려오면 아랫목에 조각이불이 항상 깔려 있다. 난지 엄마가 둘째언니의 양장점에서 옷을 만들고 버려진 천 조각을 모아다 색을 맞추고 선을 구상해 만든 이불이다. 아궁이에 불기운이 다 사그라들었을 때도 그곳만은 따뜻하다.

가만히 조각이불 속에 발을 묻었다. 거기 엄마의 사랑이 숨 쉬고 있었다. 식구 수대로 밥을 퍼서 아랫목 이불 속에 묻어 두고 엄마는 밤일을 하러 또 양장점에 갔다.

"난지야, 한 시간쯤 있다 연탄 좀 갈아 넣거라. 연탄 갈 때는 불 앞에서 숨을 쉬지 말고 참았다가 구멍을 맞춘 다음 돌아서서 내쉬거라. 가스 많이 맡으면 머리 나빠진다. 그리고 연탄 아껴 때야 한다."

엄마가 나가면서 난지에게 일렀다. 하지만 유난히 추위를 타는 난지는 엄마가 나가기 무섭게 부엌에 나가 헝겊으로 꼭 틀어막은 아궁이 구멍을 느슨하게 했다. 그러고는 공부를 하다 그만 깜빡 잊었다.

'꺼졌으면 어쩌지?'

아궁이를 열어 보니 연탄은 역시 걱정대로 환갑 진갑 다 지난 호호백발 할아버지가 되어 있었다. 서둘러 연탄광으로 갔다.

"어? 연탄이 한 장도 없잖아?"

난지네 말고 두 집이 더 세 들어 살고 있는 이 집에는 세를 든 사람들이 저마다 이름표를 달아 쓰는 공동광이 있다. 어떤 집은 한 달 치를, 어떤 집은 두 달 치 연탄을 들여놓고 쓴다. 난지네는 많아야 보름 치를 들이고 형편이 안 되면 새끼에 꿴 낱장을 사 때기도 한다. 그런데 난지네라고 쓰인 곳에 연탄이 한 장도 없는 것이다.

'엄만, 연탄이 떨어진 것도 모르고 갈라 했구나.'

난지는 난감했다. 당장 불을 갈지 않으면 연탄불이 꺼지고 방은 이내 냉골이 될 것이다. 주머니에 돈도 없다. 식구들이 돌아오면 모두 덜덜 떨고 이불 속에 묻은 밥도 다 식는다. 불씨가 아주 사라지면 엄마가 밤늦게 돌아와 번개탄을 사와야 한다. 그리고 불이 붙을 때까지 부채질하며 밖에서 떨어야 한다. 불은 자꾸만 사위어 가고, 아궁이를 들여다보다가 연탄광으로 가보다가 하며 난지는 혼자 애를 태웠다. 쫓기다가 막다른 골목에서 휙 몸을 돌리듯, 난지의 눈이 다른 집 연탄으로 갔다.

'한 장쯤이야 모르겠지. 그리구 나중에 도로 갖다 놓으면 되지.'

난지는 그중 꺼내기 알맞은 춤 쪽으로 갔다. '김 선생님네'라고 쓴 쪽지가 붙어 있었다. 말을 못 하는 농아학교 선생님인데, 혼자 방을 얻어 자취를 하고 있었다.

난지는 밖을 한 번 내다보고 큰 숨을 한 번 내쉬고는 집게로 얼른 한 장을 들어 내렸다. 나와선 땅만 바라보았다. 열아홉 구멍 가운데 아홉 구멍은 이미 불기운이 사라졌다. 구멍을 잘 맞추어 새 연탄을 위에 얹었다.

'살아나야 돼, 그래야만 돼. 내가 몰래 훔쳐다까지 갈아 넣는 거라구.'

집게를 부엌 바닥에 내동댕이치고 방으로 들어와 사과궤짝책상에 앉았다. 기분이 구정물 속 같다. 난생처음 남의 물건에 손을 댄 것이다. 도둑이 된 것이다. 연탄 한 장을 훔친 좀도둑 김난지. 글자가 눈에 들어오지 않았다. 어금니가 시큰거린다. 기분이 나쁠 때면 가끔 느껴지는 증상이다.

'빌려 썼다고 생각하자. 그리고 갚자. 갚으면 돼. 엄마가 연탄이 떨어진 줄 알면 사겠지. 그때 한 장, 아니 미안한 마음으로 한 장을 더 얹어 갚으면 돼. 김난지, 너무 부끄러워하지 마.'

난지는 잔뜩 풀이 죽은 자신을 달랬다. 그리고 엄마가 오기를 기다렸다. 그러나 형편은 더욱 나빠져 그날 이후 난지네는 한 번도 연탄을 모개로 사들이지 못했다. 날마다 새끼를 구멍에 넣어 손잡이를 만든 낱장을 사다 쓰지 않으면 안 되었던 것이다. 김 선생님네 연탄 한 장을 갚을 길이 막막해졌다. 형편 따라 마음도 바뀌는지 난지는 다시 마음을 느긋하게 먹었다. '언제든 김 선생님이 이사 가기 전까지만 갚으면 돼' 하고 자신을 달랬다.

그러나 정작 코앞에서 불편한 일이 생겼다. 아침 아니면 저녁, 김 선생님이 학교에 가거나 학교에서 돌아올 때 난지와 마주치는 것이다. 난지는 자기도 모르게 김 선생님을 보면 눈을 아래로 하고 걸었다. 김 선생님은 그것도 모르고 먼저 아는 체를 하거나 머리를 쓰다듬어 주었다. 김 선생님이 말을 못 하는 것과 상관없이 난지는 김 선생님이 무슨 말을 할까 봐 조마조마했다. 손말을 못 알아듣는 난지에게 글씨로 얼마든지 야단을 칠 수 있지 않겠는가.

분홍빛 꽃망울이 맺히고

며칠 전부터 아랫배가 싸르르 아파 왔다. 계속 아픈 것이 아니라 띄엄띄엄, 아프다는 신호를 보내왔다. 체하거나 소화가 안 돼 아플 때와는 사뭇 다른 느낌의 아픔이었다.

젖꼭지 주변에 몽우리가 잡히면서 누르면 아프고, 어쩌다 옷에 쓸려도 아프고, 가만히 있어도 불편하단 느낌이 든 것은 한 달도 더 되었다. 그런데 그것과 배가 아픈 것과 무슨 상관이 있는지는 모르나 아무튼 난지의 기분이 영 말이 아니었다. 머리도 띵하고 수업시간에 선생님 얘기도 귀에 쏙쏙 들어오지 않았다. 그러던 차에 난지 엄마가 목욕탕에 가자고 해서 따라나섰다. 마침 설밑이었다.

엄마는 솜리에서처럼 묵은 때를 달고 새해를 맞으면 해님이 알아보지 못해 우리 식구에게 줄 복을 다른 이에게 준다며 열심히 때를 밀고 난지의 등도 빨개지도록 빡빡 밀어 주었다. 난지는 배도 아프고 또 엄마가 젖몽우리를 들여다볼까 봐 몸을 잔뜩 웅크렸다.

엄마가 탕 안으로 들어간 사이, 난지는 입구의 거울 있는 데로 갔다. 탕 안에 김이 잔뜩 서려 사람들이 희미하게 보였다. 수건으로 앞을 가리고 거울 앞에 섰다. 젖꼭지 언저리가 동전만큼 번져 있고 똑딱단추처럼 납작하던 젖꼭지가 팥알만큼 붉어져 있었다. 빛깔도 갓 피어난 모과꽃잎 빛깔이다. 아무도 없을 때 아버지의 면도거울을 가지고 다락방에 올라와 웃옷을 벗고 비쳐 보던 그때의 가슴이 아니다. 난지는 까닭 없이 얼굴이 화끈거렸다.

'내 몸 안에서 틀림없이 무슨 변화가 일어나고 있다.'

난지는 그 변화가 무엇인지는 아직 확실히 알 수 없지만 어른이 되려는 변화가 아닐까 하고 짐작했다.

자리로 돌아오니 엄마가 나와서 또 때를 벗기고 있었다. 이번엔 난지가 엄마의 등을 밀었다.

"더 좀 빡빡 문질러라."

난지는 땀을 비 오듯 쏟으며 힘주어 미는데, 엄마는 성에 안 차 자꾸만 "더! 더!" 하고 채근했다. 두 시간도 넘게 탕 안에 있어 손도 발도 퉁퉁 불어 나온 난지는 순간 어지럼증이 돋아 바닥에 쓰러지고 말았다. 사람들이 모여들었다.

"애야, 왜 그러냐. 응?"

"아이고, 나, 난지야!"

옷을 입다 말고 엄마가 달려와 난지를 끌어안았다. 난지가 수건으로 가슴을 먼저 감추며 눈을 감은 채 간신히 손사래를 쳤다.

"괜찮아, 엄마. 잠깐 어지러워서. 조금 있으면 일어날 수 있어요."

집에 온 엄마는 얼마나 놀랐는지 다신 난지에게 때를 밀어 달라고 안 하마고 약속했다. 아마 등을 세게 밀어 달라고 하는 바람에 난지가 힘이 떨어져 쓰러진 걸로 아는 모양이었다.

설을 일주일 남겨 두고 난지의 배가 본격적으로 아프기 시작하더니 아래로 뜨끈한 무엇이 흘러내리기 시작했다. 난지는 솜리에서 거머리에게 물렸을 때보다 더 놀랐다. 온몸이 달달 떨려오고 얼굴이 불에 덴 듯 화끈거렸다. 배 아픈 것보다 더 큰 두려움이 밀려왔다. 혼자서 당하는 일이라 어찌해야 할지 몰랐다.

우선 밑으로 흐르는 빨간 피를 추스르는 일부터 해야겠다 싶어 엄마의 장롱을 뒤졌다. 맨 밑바닥에 이불속감 같은 희고 부드러운 천이 접혀 있었다. 난지는 그것을 꺼내 몇 겹으로 접어 팬티 안쪽에 댔다. 이상하게도, 접힌 양 끝에 고리가 달려 있고 기다란 끈이 한쪽에 붙어 있었다. 눈썰미가 있는지라 난지는 고리에 끈을 끼우고 허리로 한 바퀴 돌려 묶었다. 두툼한 천이 팬티에 착 붙어 움직이지 않았다. 그제야 난지는 마음이 놓였다. 불안과 걱정이 가시자 배도 덜 아파 왔다.

저녁에 돌아온 난지 엄마가 자초지종 이야기를 듣고는 환하게 웃으며 난지의 등을 토닥여 주었다.

"욕봤다. 이제 우리 난지도 어른이 되는 문으로 들어왔구나."

'그랬구나. 어른이 되려고 그렇게 아팠구나.'

실컷 아프고 나서 난지는 엄마의 말대로 어른으로 들어가는 문을 무사히 통과했다. 난지는 비로소 시원한 빗줄기가 온몸을 적시고 지나간 듯 개운했다.

'어른으로 가는 문, 그 문은 하나가 아니라 여러 개일 것이다. 문 하나를 열고 들어가면 또 하나의 문이 앞을 가로막을지 모른다. 어떤 문을 열면 기쁨이, 어떤 문을 열면 슬픔이, 또 어떤 문을 열면 이별이 기다리고 있겠지. 그래도 하나씩 하나씩 씩씩하게 열어야지.'

난생처음 겪어보는 아픔이 난지의 몸도 마음도 우쑥 자라게 했다. 선홍빛 꽃망울은 머지않아 어엿한 한 송이 꽃으로 피어날 것이다. 꽃잎이 이슬 마시며 한 겹, 햇볕 쬐며 한 겹 피어나듯, 난지의 분홍빛 시간들 또한 기쁨 속에 한 겹, 슬픔 속에 한 겹 피어날 것이다.

난지 엄마는 난지의 그때를 위해 장롱 아래 고이 준비를 해두고 있었다.

미란아

정말 우연이란 것이 세상에 있나 보다. 그것도 기적 같은 우연이. 서울에서 미란이를 만난 것이다.

스케이트를 타는 아이들이 부러웠다. 그러나 스케이트가 없어 탈 수도 배울 수도 없었다. 스케이트를 타고 빙판을 씽씽 달리는 모습은 너무나 멋졌다. 한강의 얼음이 꽝꽝 얼어 스케이트 타는 학생들로 붐 빈다는 뉴스가 심심치 않게 나왔다.

'구경이라도 하자.'

난지는 전차를 탔다. 마침 효자동에서 출발하는 전차를 타고 종점 인 원효로에서 내리면 한강이 가깝다는 것을 엄마한테 들어 알고 있었 다. 서울역까지는 가 보았지만 그 멀리는 아직 가보지 않았다. 전차 안에서 바깥 풍경을 보며 정거장마다 내리고 타는 사람을 구경하는 것 도 재미있었다.

전차가 남영동에서 서고 사람들이 올라오는데, 난지가 자리에서 벌떡 일어났다.

"미, 미란이?"

긴 머리에 까만 비로드 리본을 하고 밤색 오버를 입은 여학생이 밝은 얼굴로 올라타는데, 미란이었다. 눈을 몇 번이나 깜짝이며 보고 또 보았다. 분명 미란이다.

"미라안아."

작은 목소리로 조심스럽게 불렀다. 미란이가 두리번두리번했다. 그러다가 자리에서 일어나 있는 난지와 눈이 맞았다.

"나, 난지?"

"응. 미란아."

숨이 막히는 것 같았다.

"오 마이 갓! 난지, 오."

미란이가 난지를 끌어안고 팔짝팔짝 뛰었다. 전차 안의 사람들이 멀뚱히 구경거리나 생긴 듯 바라보았다.

"오, 난지, 난지, 사랑하는 내 친구, 얼마나 보고 싶었는지 몰라."

"어, 어떻게 된 거야?"

난지가 미란의 팔을 끌고 자리에 앉았다. 미란이는 방학을 이용해 잠깐 한국에 왔다. 미란 아버지의 친구 목사가 한국으로 돌아가는 길에 따라왔다. 솜리에 다녀오고 싶다고 아버지에게 졸랐다.

"엄마 생각이 더 나지 않겠니."

아버지가 말했지만 그래도 엄마랑 살던 곳이기에 더 가보고 싶다고 했다. 친구 난지도 너무너무 보고 싶다고 했더니 아버지가 그분에게 부탁을 했다.

"미란아, 솜리에서는 미안했어."

"뭐가?"

"뭐든 다."

"뭐든 다? 아무것도 모르겠는데. 호호, 수수께끼야."

"뭐가?"

"난지가 하는 말, 모두."

그러고는 사람들이 보는 데서 미란이는 난지의 볼에 자꾸만 뽀뽀를 했다.

한강 스케이트장에 구경 가는 것은 자동으로 깨졌다. 그길로 미란이는 난지네 집에 가서 난지 엄마에게 인사를 하고 저녁을 먹고 그리고 숙소인 교회로 돌아갔다.

전에 난지가 솜리에서 서울에 왔을 때처럼, 미란이도 보름 동안 한국에 머물기로 되어 있었다. 일주일이 지났을 때 만났으니 남은 일주일은 미란이를 실컷 볼 수 있다. 그런데도 헤어질 때를 생각하니 미리부터 마음이 헛헛해 왔다.

'생각하지 말자. 지금 이 순간만 생각하는 거다. 미란이를 볼 수 있는 바로 지금만.'

미란이도 같은 마음이었을까.

"난지야, 우리 날마다 만나자. 응?"

"그러자. 응."

난지는 무어든 미란이 하자는 대로 따라 하고 싶었다. 미란의 교회에도 갔다가 아버지랑 갔던 칠궁에도 갔다가 하며 둘은 날마다 만났다. 한참 동안 못 나눈 얘기를, 떨어져 살던 때의 이야기를 하나라도 더 듣고 더 들려주려고 다투어 가며 얘기를 했다. 하다가 웃고 울고 했다. 그러고도 저녁에 헤어질 땐 섭섭한 마음을 감추느라 일부러 밝은 웃음을 보였다.

며칠 있으면 미란이가 미국으로 돌아간다. 그런데 미란이가 돌아갈 날을 일주일 미루었다며 솜리에 다녀오자고 했다. 차비가 걱정되었지만 난지는 그 자리에서 그러자고 대답했다. 미란이는 가기 전에 함께 갈 서양 친구를 난지에게 소개해 주겠다고 했다. 미란이가 무슨 말을 해도 난지는 '오케이!'였다. 밝고 씩씩해진 미란이를 보니 세상에 힘든 일이 하나도 없을 것 같았다.

솜리에 내려가기로 한 전날, 난지는 미란이와 광화문의 빵집에서 만나기로 했다. 어른들과 함께라면 괜찮지만 학생들끼리 빵집에 가는 것은 원래 교칙에 걸리게 되어 있었다. 하지만 미국에서 온 미란이에게 그런 규칙을 말하는 것이 우스워 미란이가 정하는 대로 가만있었다. 더구나 미란이가 미국 친구와 함께 온다고 했던 말이 설레게 했다. '뉴욕제과', 이름이 그래서 마치 미국의 어느 빵집에 온 기분이다. 문을 밀고 들어갔다. 창가에 등을 보이는 서양 아이 앞에 미란이가 있었다.

"미란아!"

"난지야!"

여전히 보고 또 보아도 보고 싶은 친구다. 미란이가 먼저 난지 쪽으로 달려 나왔다. 이번에도 미란이는 난지를 부둥켜안고 얼굴을 부비고 한 바퀴 비잉 돌았다. 기분을 온통 몸으로 보이는 미란이의 태도가 솜리에서와 사뭇 달랐다. 난지도 싫지 않았다.

"난지야, 난지야, 오, 사랑하는 내 친구, 난지 킴. 이만큼 이만큼 사랑해."

보름 동안 날마다 만났는데도 미란인 난지 손을 잡고 놓지 않았다. 미란이 손에 잡혀 의자에 앉으려는 순간 난지가 "악!" 하고 입을 막았다.

"하, 한나 아니야?"

"어? 우리 집에서 함께 종이배를 띄웠던 친구?"

한나도 놀라 눈이 휘둥그레졌다.

"이게 어떻게 된 거지?"

이번엔 미란이가 놀라 어안이 벙벙해졌다. 미란이가 어떻게 한나와 친구가 되었는지, 한나가 어떻게 난지를 알고 있는지 셋은 모두 어리둥절했다. 궁금증은 빵을 먹으면서 차츰 풀렸다.

그것은 목사면서 선교사인 한나 아버지로 해서 맺어진 인연이었다. 미란 아버지가 일본에서 미국으로 가도록 도와준 사람이 바로 한나 아버지였던 것이다. 미란 아버지와 한나 아버지가 솜리에 있을 때부터 가까이 지내던 사이였음을 난지도 미란도 몰랐다.

미란 아버지가 북쪽 사람들의 손에서 빠져나와 자유롭게 살고 싶어 할 때 가장 먼저 격려해준 사람도 한나 아버지였다. 북쪽 사람들을 피해 일본으로 갔던 미란 아버지를 다시 미국으로 건너가도록 도와준 사람도 한나 아버지였다. 그 덕분에 미란 아버지는 미국에서 새로 공부를 시작했다. 그 공부는 세상 공부가 아니라 신학이었다. 마침내 미란 아버지도 선교사가 되었다. 참으로 살풋한 인연이었다.

한나의 겨울방학에 맞춰 미국에 갔던 한나 아버지는 미란이를 데리고 한국으로 왔다. 미란이가 한국의 친구를 보고 싶다 하도 졸라 한나랑 함께 오게 했다. 그 친구가 바로 오빠의 자동차에 치일 뻔했던 난지일 줄은 한나도 몰랐던 것이다.

"세상엔 슬픈 일도 많지만 기쁜 일도 많아. 엄마가 하늘나라로 떠난 뒤 얼마나 오래 슬퍼했는지 몰라. 그런데 한나 아버지가 아빠를 보내주셨어. 그리고 이렇게 내 친구 난지를 만나게 해주셨어. 난 지금 너무 행복해. 아이 엠 해피, 해피. 오, 해피 데이."

"미 투, 미 투, 미 투."

한나가 미란의 영어를 받았다. 입에는 익숙지 않지만 난지도 알아들을 수 있었다. 중학생이 되었으니까.

"미란아, 한나한테도 솜리 가자는 얘기했니?"

"응. 한나 아버지가 서울에서 볼일을 보는 동안 우리 먼저 가라 했어."

"그러고 보니 우리 모두 고향이 솜리야. 이렇게 함께 갈 수 있게 되다니, 정말 좋다."

"미 투, 정말 기쁘다."

한나가 두 손을 모았다. 기도가 하고 싶은 눈치다.

"나도 서울에서 중학교에 다니고 방학 때면 미국 할머니 집에 가고 하느라 솜리를 못 갔어."

"잘됐다. 모두 가고 싶어 하니까."

그런데 정작 먼저 말을 꺼낸 미란이가 이상하게 말이 없다.

"미란, 왜 그래?"

한나가 이상한지 먼저 물었다.

"아무것도 아니야."

도리질을 하면서도 미란이 얼굴이 여전히 시무룩해 보였다. 혹 엄마 생각을 하는 게 아닐까? 난지는 낌새를 알아챘지만 차마 물어볼 수는 없었다.

"미란아, 가고 싶지 않으면 가지 말자. 생각이 바뀔 수도 있잖아."

"놀랐지? 안 갈 줄 알고. 가자."

미란이가 활짝 웃으며 말했다.

'공연히 조바심을 냈구나.'

난지는 속으로 후유 하고 숨을 내쉬었다.

"한 장씩 갖자. 아빠가 미리 사 주신 거야."

한나가 구슬 지갑에서 차표 세 장을 꺼내 탁자 위에 놓았다. 순간, 난지의 차표 걱정이 눈 녹듯 사라졌다.

우리도 세상을 보아야 해

셋이서 솜리 가는 기차를 탔다. 사람들이 한나를 힐끔힐끔 쳐다보지만 한나는 아랑곳하지 않았다. 마치 속으로 '내가 언제부터 이 나라에 살고 있는지 알아요? 엄마 배 속에서부터 살았다구요. 그러니 나를 이상하게 바라보지 말아요' 하고 말하고 싶은 걸 참는 눈치다.

기차소리는 언제 들어도 정겹다. 마음을 설레게 한다. 산과 들을 지나고 강을 건너고 컴컴한 굴속을 들어가면서 기차도 기찻길 위에서 여행을 한다. 기차의 여행은 레일 위에서 시작되고 레일 위에서 끝나지만, 가랑머리, 단발머리, 노랑머리 세 소녀의 여행은 레일 너머 시간을 향해 달리고 있다. 곱디고운 시간, 슬프고 아리던 시간들이 바람처럼, 공기처럼 생각 속으로 밀려든다.

"우리 아빠 한국을 너무 좋아해. 봄·여름·가을·겨울 계절이 모두 있어 좋고 물이 맑아 사람들의 마음도 맑다고 해. 아빠는 한국에서 오래오래 살고 싶대. 나도 아빠랑 같은 생각이야."

"있지, 난 미국에서 살며 미국 아이들과 공부를 하면서 길에 대해 많은 생각을 했어. 어떤 보이지 않는 손에 의해 내가 가야 할 길이 정해져 있지 않나 하는 그런 생각 말이야."

"그러고 보니 나도 참 이상해. 어떻게 미국 사람인 내가 한국에서 자라고 한국에서 학교에 다니는지, 내가 그러고 싶어 그렇게 된 게 아니잖아?"

"미국이라는 나라가 굉장히 큰 나라인데도 단합이 잘되는 것을 보고 놀랐어. 그게 어디서 나오는 힘인가 가만 생각해 보았지. 약속이야. 여러 곳에서 온 사람들이 함께 사이좋게 살기로 약속을 한 거야. 약속을 지키니까 서로 믿음이 생기고, 믿음이 생기니까 평화롭고, 평화로우니까 사람들이 밝고 명랑해."

"미란이 얘기 멋지다."

한나가 추어주었다.

"정말."

난지도 장단을 맞추었다.

"미란이 말도 한나 말도 다 맞는 것 같애. 사실 나도 비슷한 생각을 하고 있었어. 우리 집이 왜 고향을 두고 서울로 올라왔을까? 다른 친구들은 전학을 하지 않는데 나는 왜 전학을 하게 되었나. 그리고 대학생 종석이 오빠는 어째서 스스로 물에 빠져 죽어야만 했을까. 이 많은 물음의 답이 분명 어딘가에 있을 것 같아."

"어른이 되면 답을 알게 될 거야."

"그러겠지?"

"나도 얘기 하나 해줄게."

미란이가 또 바통을 이었다.

"엄마가 돌아가시고 혼자서 강가에 자주 나갔지. 허드슨강이라고, 강가에 서서 하늘을 올려다보며 거기 있을 엄마를 생각했지. 내가 엄마를 생각하고 있을 때 하늘엔 새들이 날아가고 날아오고 했어. 그런데 한 번은 일렬로 줄을 만들어 북쪽으로 날아가는 새 떼를 보았지. 옆에 흑인 아주머니한테 물었더니 기러기 떼라고 하더구나. 어떻게 새들이 줄을 빠져나가지 않고 그렇게 오래 날 수 있을까 궁금해서 또 물어보았지. 아주머니가 말했어. "사람도 새들도 자기가 가야 할 길이 있단다. 저 기러기는 그 길을 잘 알고 있기에, 그리고 그 길을 또래와 함께 가야 함을 알고 있기에 벗어나지 않고 얌전하게 대열을 따라가는 거란다" 하고 말이야."

"난 빵보다 밥이 더 좋아. 스테이크보다 두부조림이 더 맛있어. 김치도 좋아해."

한나가 뜬금없이 먹는 얘기를 꺼냈다.

"미국 할머니네 집에 가서 밥을 먹다가 김치를 찾으니 할머니가 슈퍼에 가서 김치를 사다 주셨는데 여기 김치 맛이 아니야. 그래서 할머니가 방학 끝나면 가라는 걸 빨리 왔지. 우리 할머닌 아빠한테 미국으로 돌아오라고 야단치셨어. 왜 가난하고 또 시끄러운 나라에서 살려고 하느냐고. 그런데 아버지가 싫다고 하셨어. 아빤 시끄러워도 한국이 좋다고 하셨어. 아직 한국에서 아빠가 해야 할 일이 있다며."

난지가 한나와 미란이를 물끄러미 바라보았다. 미국 아이 한나는 한국 얘기를 하고 한국 아이 미란이는 미국 얘기를 하고 있다.

"우린 모두 조금씩 어른이 되어 가고 있는 것 같아. 어릴 땐 나만 알면 됐지만 어른이 되면 식구랑 이웃도 알아야 되는 거지. 어려선 엄마의 잔소리만 들으면 됐지만 어른이 되면 자기 마음의 잔소리도 들어야 하고."

"무슨 말이야?"

한나가 어깨를 으쓱하며 물었다.

"식구들이 모두 서울로 가고 홀로 솜리에 남았을 때 너무너무 외로웠단다. 그래도 동생들을 업어 주는 착한 친구 순녀, 아버지를 위해 일찍 시집간 곰례 언니, '고맙제요, 고맙제요' 마지막 인사를 하고 하늘나라로 간 수피아 할머니가 있어서 외로움을 견딜 수 있었어. 서울 와서 반 아이들한테 따돌림을 당할 때도 슬펐지. 그래도 엄마, 아버지가 있고 언니들이 있어 참아낼 수 있었어. 누구보다도 낯선 서울에 와서 고생하는 엄마를 생각하면, 내가 엄마를 위해 아무것도 해줄 수 있는 게 없어서 미안해. 하지만 즐거웠던 때도 많았어. 중학교에 들어와 새 기분으로 새 공부를 하고 이렇게 보고 싶은 친구도 만나고. 그렇지만 이게 다는 아니지. 이제 우리도 세상을 보아야 해."

난지가 숨을 돌린 다음 이야기를 계속했다.

"미란아, 네가 없는 동안 우리나라가 얼마나 시끄러웠는지 몰라. 난리가 한 번도 아니고 두 번씩이나 났단다. 어른들이 몹시 힘들어했어. 나도 힘들었어. 배가 고팠거든. 학생들이 피를 흘리고 쓰러졌고 군인들이 총을 메고 거리로 나섰지. 피지도 못하고 졌다고 어른들이 불쌍해했어. 그렇지만 난 얼마나 무서웠는지 몰라. 그 바람에 우리 아버지의 꿈도 번번이 깨졌단다."

"아, 멋진 말이 떠올랐다."

갑자기 미란이가 손뼉을 쳤다.

"'꽃이 아픔을 참고 망울을 터뜨리는 건, 슬픔을 견디고 활짝 피는 것은, 꽃처럼 아름다운 세상을 보여 주고 싶어서다. 꽃보다 더 아름다운 세상을 만들고 싶어서다. 그러려고 꽃이 피는 거다.' 학교에서 배운 시야."

"정말 멋진 시다. 그러니까 우리 모두도 지금은 꽃망울이지만 머지않아 활짝 피어 세상을 아름답게 만들 꽃들이야."

한나의 말에 난지가 받았다.

"맞아. 그러려면 우리도 세상을 보아야 해. 아니, 세상을 보기 위해 꽃처럼 활짝 피어나야 해."

모두 꽃처럼 환하게 웃었다.

뛔에엑! 기적소리에 세 소녀가 파아뜩 깨어났다. 두 개의 선로를 따라 기차가 달리고 있다. 기찻길 위에서. 세상엔 길이 참 많다. 산길, 들길, 논길, 골목길처럼 이름이 붙은 길이 있지만 그렇지 않은 길도 있다. 보이는 길도 있지만 보이지 않는 길도 있다. 그러나 분명 길은 길이다. 강은 시냇물들이 어깨동무를 하며 이어가는 길이다. 무지개는 하늘과 땅을 잇는 길이다. 그리움은 마음과 마음을 잇는 길이다.

한나가 난지의 코앞에 파란 눈을 디밀었다.

"왜 그래?"

"배고프지 않아?"

마침 홍익회 아저씨가 도시락을 멜빵에 건 나무판에 담아 가지고 들어왔다. 한나가 도시락을 세 개 샀다. 아버지의 특명이라며 매번 돈을 한나가 냈다. 미란이가 빙긋이 웃으며 잠자코 있어 난지도 잠자코 있었다. 만약 미란이가 냈으면 난지의 어깃장에 또 발동이 걸렸을지 모른다.

치이익 포옥, 치이익 칙, 기차가 가쁜 숨을 몰아쉬며 다시 만난 세 소녀를 태우고 솜처럼 따뜻한 고향, 솜리역 안으로 들어가고 있다. 후우욱! 그리움이 더께로 앉은 솜리의 하늘에 매캐한 연기가 퍼졌다.

때로 아프면서 크고 때로 크느라 아팠던 시간도 연기에 휩싸여 퍼져 갔다. 생각해 보니 시간 또한 갖가지 빛깔로 소녀들을 키워 주었던 것이다. 슬프고 힘들었던 잿빛 시간, 평화롭고 달콤했던 귤빛 시간, 모든 시간이 축복이었다. 세 소녀는 그렇게 잠시 그리움이 꽃등처럼 피어나는 1959년 솜리 속으로 빨려 들어가고 있었다.